# 惡魔前來吹笛

横溝正史

婁美蓮 譯

日本推理大師經典

橫溝正史

# 惡魔前來吹笛

CONTENTS

出版緣起

# 日本推理大師，永不墜落的熠熠星團

編輯部

一九二三年，被譽為「日本推理之父」的江戶川亂步推出〈兩分銅幣〉之後，日本現代推理小說正式宣告成立。若包含亂步之前的黎明期，此一文類經過了將近百年的漫長演化，至今已發展出其獨步全球的特殊風格與特色，使日本成為最有實力的推理小說生產國之一，甚至在同類型漫畫、電影與電腦遊戲的推波助瀾之下，日本著名暢銷作家如桐野夏生、宮部美幸等也已躋進亞洲、歐美市場，在國際文壇上展露光芒，聲譽扶搖直上。

我們不禁要問，在新一代推理作家於日本本國以及台灣甚或全球取得絕大成功的背後，有哪些強大力量的支持、經過哪些營養素的吸取與轉化，能夠在競爭激烈的國際舞台上掙得一席之地？在這些作家之前，曾有哪些重要的作家精耕此一文類、獨領當時風騷，無論在形式的創新或銷售實績上都睥睨群雄、立下典範、影響至鉅？而他們的努力對此一文類長期發展的貢獻為何？此外，日本推理小說的體系是如何建立的？為何這番歷史傳承得以一代又一代地開發出一批批忠心耿耿的讀者，並因此吸引無數優秀的創作者傾注心血，人才輩出？

為嘗試回答這個問題，獨步文化在經過縝密的籌備和規畫之後，於二〇〇六年年初推出全新書系「日本推理大師經典」系列，以曾經開創流派、對於後輩作家擁有莫大影響力的作家爲中心，由本格推理大師、名偵探金田一耕助和由利麟太郎的創作者橫溝正史，以及社會派創始者、日本文壇巨匠松本清張領軍，帶領讀者重新閱讀並認識在日本推理史上留下重要足跡的作家，如森村誠一、阿刀田高、逢坂剛等不同創作風格的重量級巨星。

日本推理百年歷史，從本格派到社會派，到新本格、新新本格的宣言及開創，眾星雲集，但跨越世代、擁有不朽魅力的巨匠們，永遠宛如夜空中璀璨耀眼的星團熠熠發亮，炫目不墜。

獨步文化編輯部期待能透過「日本推理大師經典」系列的出版，讓所有熱愛或即將親近日本推理小說的讀者，親炙大師風采，不僅對於日本推理小說的歷史淵源有全盤而深入的理解，更能從經典中讀出門道、讀出無窮無盡的趣味。

# 導讀／解謎推理小說大師．橫溝正史

傅博

八十多年來的日本推理文壇有三大高峰，就是日本推理小說之父江戶川亂步、本格派解謎大師橫溝正史和社會派大師松本清張。

這三位各自確立創作形式，影響了之後的推理小說的創作路線。

江戶川亂步於一九二三年，在《新青年》月刊發表〈兩分銅幣〉，獲得年輕讀者肯定，之後，陸續發表具歐美推理小說水準之作品，爲日本推理小說奠定了基礎。

話須從江戶川亂步向《新青年》投稿前夕說起。

《新青年》創刊於一九二〇年一月，其創刊主旨是鼓吹鄉村青年到海外發展的啓蒙雜誌。編輯這類綜合雜誌的慣例，除了主要論文或相關報導之外，都刊載一些附錄性的消遣文章，《新青年》選擇的是歐美新興文學，就是推理小說。主編森下雨村是英文學者，知悉歐美推理小說，對於每期刊載的作品，都附有詳細的作家介紹和作品欣賞的導讀，幫助讀者欣賞推理小說。

同時爲了鼓勵推理小說的創作，舉辦了四千字的推理小說徵文獎，同年四月即發表第一屆得獎作品，八重野潮路（本名西田政治）之〈蘋果皮〉。之後不定期發表得獎作品，橫溝正史的處女作〈恐怖的愚人節〉是翌年（二一年）四月的得獎作品。

《新青年》雖然提供了推理小說的創作園地，其水準與歐美作品相比較，還是有一段距離，對讀者發生不了影響力，須待四年後江戶川亂步的登場，其原因不外是徵文字數太少。看穿四千字寫不成完整推理小說的推理小說迷江戶川亂步，寫好〈兩分銅幣〉和〈一張收據〉兩短篇，直接寄給森下雨村，看完兩作品後，森下疑為是歐美的翻案小說。

所謂的「翻案小說」，是指保留歐美文學作品原有的故事情節，而把時空背景移植到日本，登場人物改為日本人的小說。明治維新（一八六八年）以後的大眾讀物，很多這類改寫小說。

森下雨村把這兩篇作品交給知悉歐美推理小說的醫學博士小酒井不木判斷，徵求其意見，〈兩分銅幣〉終於獲得發表機會，三個月後〈一張收據〉也在《新青年》刊出。《新青年》由此積極培養作家，刊載創作推理小說。創作與翻譯作品並駕齊驅，成為《新青年》的賣點，鼓吹青年雄飛海外的文章漸漸匿跡，名符其實，成為推理小說的專門雜誌。

橫溝正史出道雖然比江戶川亂步早兩年，但著力推理創作是一九二五年以後，而要確立解謎推理小說的方法論，須待到二十年後的一九四六年。

橫溝正史，一九〇二年五月二十四日，生於神戶市東川崎。小學六年級時閱讀了三津木春影之翻案推理小說《古城的祕密》後，被推理小說迷住。一九一五年考入神戶二中，結識西田德重，他也是推理小說迷，兩人時常一起逛舊書店，尋找歐美推理雜誌來閱讀。二〇年中學畢業後，在銀行上班。這年秋天西田德重死亡，因而認識其哥哥西田政治，他就是上述《新青年》懸賞小說的第一屆得獎者。橫溝正史受其影響，開始撰寫推理小說應徵《新青年》後效，翌年二一年三次得獎，四月處女作〈恐怖的愚人節〉獲得一等獎、八月〈深紅的祕密〉獲得三等獎、十二月〈一把小刀〉獲得二等獎。同年四月考入大阪藥學專門學校。

一九二四年三月藥專畢業後，在家裡幫忙父親經營的藥店，業餘撰寫推理小說。翌年二五年四月與西田政治會見江戶川亂步，而加入推理作家所組織的親睦團體「偵探趣味之會」。之後積極地在《新青年》發表作品。十一月，與江戶川亂步去名古屋拜訪小酒井不木。一九二六年六月出版處女短篇集《廣告娃娃》。同月，因江戶川亂步的慫恿上京，到《新青年》編輯部上班，翌年五月接任主編。隔年，轉任《文藝俱樂部》主編。

發行《新青年》的博文館是戰前二大出版社之一，發行的雜誌很多，有綜合雜誌《太陽》、文藝雜誌《文藝俱樂部》、少年雜誌《譚海》等等。《新青年》創刊後，歐美推理小說獲得支持，博文館立即把《新文學》雜誌更名改版為《新趣味》（二二年一月），專門刊載歐美推理小說，並舉辦推理小說徵文。其壽命雖然不到兩年，於二三年十一月停刊，其精神卻於三一年九月創刊的《偵探小說》繼承，首任主編即是橫溝正史。

一九三二年七月辭職，成為專業作家。主編雜誌時期的作品不少，作品內容大多是具幽默氣氛的非解謎為主的推理短篇，和記述凶手犯案原委為主題的通俗推理長篇。

一九三三年五月七日，因肺結核而喀血，七月起在富士見療養所療養三個月，翌年（三四）年春，身為《新青年》主編，也是推理作家的水谷準以友人代表的身分，勸橫溝正史停止執筆一年，以及易地療養，七月搬到信州上諏訪療養。

療養後，橫溝正史改變作品風格，充滿江戶時代的草雙紙趣味。江戶時代是指明治維新前，德川幕府所統治（一六〇三～一八六七年）的時代，「草雙紙」是江戶時代初期圖文並茂的大眾讀物之總稱，視其內容以封面顏色分為赤本、黑本、青本、黃表紙四類和長篇之合卷。內容有諷刺、滑稽等輕鬆系列，和怪奇、幻想、耽美等異常系列。橫溝正史的草雙紙趣味是指後者。橫溝正史之戰前代表作，〈鬼火〉、〈倉庫內〉、〈蠟人〉等，都是具有草雙紙趣味的耽美主義作品。

一九三六年以後，橫溝正史的作品產量驚人。因第二次世界大戰，從三九年起，日本政府禁止舶來的推理小說之創作後，橫溝正史致力撰寫稱為「捕物帳」的時代推理小說，和具有推理小說氣氛的現代小說，其產量仍然驚人。

一九四五年八月，第二次世界大戰終結，變成廢墟的日本，一切從頭出發。《新青年》雖然於二月廢刊，十月立即復刊，但是，因大戰中積極參與推動國策的博文館，被GHQ（聯合軍總司令部──統治敗戰國日本到一九五二年）解體，分成幾家小出版社。因此，《新青年》雖然三次更改出版社，卻挽不回往年榮光，五〇年七月從歷史舞台消失。

一九四六年新創刊的推理雜誌有五種，即三月之《寶石》和《Top》、七月之《Profile》、十一月之《偵探讀物》。翌年（四七年）即有七種新推理雜誌誕生，即一月之《黑貓》、《眞珠》和《偵探小說》、七月之《妖奇》、十月之《G-men》和《Windmill》、十一月之《Whodunit》。這些雜誌都是月刊，雖然當時因印刷紙張缺乏，不能定期發行，但想像當時可看到這十三種推理雜誌排在一起的豪華場面，就可知戰後日本推理小說復興之快速。而領導戰後推理文壇的，就是《寶石》，其中堅作家就是江戶川亂步（精神領袖）和橫溝正史（創作路線）。

《寶石》創刊號就讓橫溝正史撰寫連載小說。橫溝正史交給編輯部的作品，便是《本陣殺人事件》。

「本陣」是江戶時代的上流人士所住宿的驛站旅館，經營者都是當地的名門。明治維新後，本陣不一定繼續營業，但其一族仍是該地的豪門。

殺人事件發生於一九三七年十一月二十五日，岡山縣某村本陣之一柳家。戶主是五十七歲的糸子夫人，她生育三男二女。這天是四十歲的長男賢藏舉辦婚禮之日，婚宴後，新郎和新娘進洞房，這時候下著雪，四點十五分從洞房傳出新娘久保克子的尖叫聲。因洞房呈密室狀態，傭人破門而入，發現新郎新娘已被殺，這時候雪已停，凶器之日本刀插在庭院的雪地上，但沒有任何腳印，構成雙重密室殺人事件。

正好，這時候在東京開業偵探事務所之金田一耕助，來到岡山拜訪恩人久保銀造。金田一由此有機會參與辦案，他勘查犯罪現場和庭院後，便很有邏輯地解開密室之謎團，揭破事件眞相。是日本三大名探之一的金田一耕助誕生的一瞬間。另外兩位名探是江戶川亂步塑造的明智小五郎，和高木彬光筆下的神津恭介。他們都是職業偵探。

在本書，作者如下介紹金田一耕助。一九一三年於日本東北之岩手縣鄉村出生的金田一耕助，盛岡中學畢業後，抱著青雲大志上京，寄宿在神田，在某私立大學念書不到一年，對日本之大學教育失望，放棄學業去美國。到了美國之後，美國好像也不是他想像中的理想社會，他在餐廳打工洗碟子，過著無賴的生活。由於好奇心被毒品吸引，吸毒成癮的金田一，在偶然的機會下，解決了在舊金山發生的日僑殺人事件，引起當地日本人注意，成爲英雄。久保銀造在岡山經營果樹園很成功。他想擴充事業而來美國，在某日僑聚會上，認識了金田一，他勸金田一戒毒，並資助他去大學念書。金田一耕助於三年後之一九三六年大學畢業，歸國拜訪久保銀造，久保資助金田一在東京日本橋開設偵探事務所。半年後在大阪解決了重大事件，來到岡山度假，碰到本陣的命案。

橫溝正史如此塑造了一名推理能力超人非凡，人格卻非完整的英雄，讓讀者有一種親密感。二次大戰中，金田一入伍，到中國、菲律賓、印尼等地打仗，一九四六年復員回國，戰後之金田一耕助探案待後續說。

橫溝正史發表《本陣殺人事件》第一回之後，同年四月，在《ＬＯＣＫ》開始連載《蝴蝶殺人事件》。命案也是發生於一九三七年，比本陣命案早一個月之十月二十日，地點是大都會大阪。馳名國際的歌劇家原櫻女士，在東京歌劇演出之後，前往大阪的途中失蹤，翌日其屍體被裝在低音大提琴的琴箱裡，送到大阪的演出會場。

本篇的架構比較複雜，作者設定新聞記者三津木俊助，爲某出版社撰寫推理小說。序曲寫他想把戰前在大阪發生的歌劇家殺人事件小說化，到東京郊外之國立（地名），拜訪解決此事件的名探由利麟太郎之允許的經過。第一章至第四章即以原櫻之經紀人土屋恭三的手記形式，記述事件發生前後時歌劇團員的行動，第五章至第二十章改由三津木俊助記述由利麟太郎的辦案過程，終曲是三津木寫完原稿後再次拜訪由利，以兩人對話的方式，由利直接說明推理經過。

由利麟太郎是橫溝正史創造的偵探，一九三六年五月發表的中篇〈妖魂〉（之後改爲〈石膏美人〉）首次登場。一九〇二年出生，曾任東京警視廳搜查課長，因廳內的政治鬥爭而辭職，一時去向不明，偶然的機會認識新聞記者三津木俊助後，重出江湖。警方無法破案的事件，由三津木收集資訊，由利根據所收集的資訊，以消去法逐一消除不適合犯案的人物，最後推理出凶手。包括由利未登場，三津木單獨破案之故事，「由利、三津木系列」的長短篇合計有三十三篇，故事內容大多屬於重視懸疑、驚悚的通俗作品。《眞珠郎》、《夜光蟲》、《假面劇場》等長篇是也。《蝴蝶殺人事件》則是「由利、三津木系列」的代表作。

橫溝正史除了塑造金田一耕助和由利麟太郎兩位名探之外，還塑造了八名偵探，但他們不是現代的偵探，而是江戶時代的捕吏。凡是明治維新以前爲時代背景之推理小說，皆稱爲捕物小說或捕物帳，近幾年來又稱爲時代推理小說。

時代推理小說的寫作形式是日本獨有，其起源比江戶川亂步之〈兩分銅幣〉早六年。一九一七年岡本綺堂（劇作家、劇評家、小說家）發表《半七捕物帳》第一話〈阿文之魂魄〉爲其原點。作者執筆《半七捕物帳》的動機是，欲塑造日本版福爾摩斯——半七，同時想把故事背後的江戶（現在之東京）人情、風物藉故事的進展留給後世。之後，很多作家模仿《半七捕物帳》形式，創作了多姿多采的捕物小說。按其內容，可分爲執重人情、風物，與以謎團、推理取勝的兩種系統。

橫溝正史所塑造的江戶捕吏中，最有名的是佐七（明治維新以前，平民只有名字，沒有姓氏）。佐七，一六二九年於江戶神田阿玉池出生。父親傳次也是捕吏，他有兩名助手，辰和豆大。他因皮膚白皙且英俊，很像娃娃，周圍叫他爲「人形（娃娃之意）佐七」。人形佐七爲主角的捕物帳，大約有兩百篇（短篇爲多），合稱「人形佐七捕物帳」，屬於推理、解謎取勝的系列作品。

佐七之外，橫溝正史筆下的江戶捕吏，還有不知火甚左、鷺十郎、花吹雪左近、緋牡丹銀次、左一平、朝彥金太、紫甚左等。其中除了不知火甚左和人形佐七之外，都是一九三九年政府禁止撰寫推理小說之後所塑造的。

話說戰後，《本陣殺人事件》的成功，不但決定了今後橫溝正史的解謎推理路線，並爲戰後日本推理小說確立新路線，一直到一九五七年，松本清張之社會派推理小說登場前夕。這段期間，日本推理文學的主流是解謎推理，其領導者就是橫溝正史。

戰後的橫溝正史與以往不同，一直以金田一耕助之傳說作者自許，爲他寫了近八十篇的探案，其中四分之一以上是長篇。由此可窺見橫溝正史旺盛的創作能力。橫溝正史的代表作集中於金田一耕助探案。

《獄門島》（一九四七年一月至四八年三月，在《寶石》連載，二九年五月出版單行本）。一九四六年初秋，金田一耕助從戰地回來，九月初就到東京都心之市谷，替戰亡的戰友解決戰前發生的無頭公案後，九月下旬來到瀨戶內海上的離島——獄門島。其目的也是在歸國的船上，受即將死亡的戰友鬼頭千萬太之託。千萬太是鬼頭本家之長男，他有三個妹妹——月代、雪枝、花子。

金田一耕助在往獄門島的渡船上，認識千光寺的了然和尚，得知鬼頭本家的先代死亡後，其家務事由了然和尚、荒木村長和中醫師村瀨幸庵三人合議處理。十月五日，舉行千萬太葬禮時，花子失蹤，晚間發現其屍體被吊在千光寺庭院的古梅樹上。其後，雪枝被殺，屍體藏在放在路旁的大吊鐘內，月代也被殺，屍體周圍布滿胡枝子的花瓣。

兇手為何殺人後，需要這樣布置屍體，成為連續殺人事件的謎團。金田一耕助發現是比擬俳句（日本獨自的定型詩）的殺人事件。那麼其動機是什麼？兇手是誰呢？

《獄門島》在各種推理小說傑作排行榜，都入圍前五名（排名第一的也不少）。筆者認為是日本推理小說史上之最高傑作。不可不讀。

《惡魔前來吹笛》（一九五一年十一月至五三年十一月，在《寶石》連載後，一九五四年出版單行本）。一九四七年一月十五日，東京銀座的天銀堂珠寶行內，發生大量毒殺事件，死者達十人。三月一日〈惡魔前來吹笛〉的作曲者椿英輔失蹤，四月十四日發現其屍體，之後被認定為自殺。幾天後，椿英輔的女兒美禰子，帶著英輔的遺書來拜訪金田一耕助，並告訴金田一，她認為向警察當局告密「天銀堂毒殺事件的兇手是椿英輔」的是住在椿公館中的某一人。不久命案便相繼發生……

橫溝作品的殺人動機，很多是血統、血緣問題。本書不但不例外，問題還很嚴重，很陰慘。雖然不是一部純粹的解謎推理小說，卻是一部值得閱讀的傑作。

「金田一耕助探案」除了上述三長篇之外，還有《夜行》、《八墓村》、《犬神家一族》、《女王蜂》、《三首塔》、《惡魔的手毬歌》、《假面舞會》、《醫院坡上吊之家》

（按發表順序排行）等傑作。

日本解謎推理小說到了一九五〇年代初，即開始衰微，一九五七年，松本清張出版《點與線》和《眼之壁》，確立社會派後，既成作家漸漸失去創作園地，有的不得不停筆，橫溝正史也很少發表作品。到了一九七〇年代初，偵探小說（指一九五七年以前之推理小說）的重估運動，使橫溝正史的作品復活，重新獲得不勝計數的讀者。

橫溝正史於一九四八年，以《本陣殺人事件》獲得第一屆日本偵探作家俱樂部長篇獎（現今的日本推理作家協會獎）之外，一九七六年日本政府授與勳三等瑞寶章。一九八一年十二月二十八日逝世，享年八十歲。

二〇〇六年一月二十日

本文作者簡介：

傅博，文藝評論家。另有筆名島崎博、黃淮。一九三三年出生，台南市人。於早稻田大學研究所專攻金融經濟。在日二十五年以島崎博之名撰寫作家書誌、文化時評等。曾任推理雜誌《幻影城》總編輯。一九七九年底回台定居。主編《日本十大推理名著全集》、《日本推理名著大展》、《日本名探推理系列》以及日本文學選集（合計四十冊，希代出版）。

角色分析

# 金田一耕助是何許人也？

編輯部

作為日本推理小說史上的三大名探之一的金田一耕助，究竟有何本領跨越六十年的歲月，仍受到廣大讀者的愛戴？就讓我們透過接下來的幾個關鍵字，深入了解金田一耕助吧。

**他的外型：**

在很多金田一系列的作品中，都能看出金田一是皮膚白皙的小個子。而原作者橫溝正史曾在《迷路莊慘劇》一作中，明白指出金田一的身形是「五尺四寸高、體重約十四貫左右」，換成現代的講法就是約一百六十三公分高、五十二公斤左右。不過令人意外的是，歷代以來在電影或電視劇中演出金田一耕助的演員們，除了片岡鶴太郎之外幾乎都高出原著設定許多。此外，不少原著中的登場人物形容金田一是個長得像蝙蝠的窮酸男子，然而也有不少角色認為金田一有著溫柔、睿智的眼神。他們最後總會傾倒於耕助那溫暖、誠摯的微笑之下，就像是《惡魔前來吹笛》裡的三春園老闆娘一樣。

**他的打扮：**

說到金田一耕助，幾乎所有人第一時間就會想到他那皺巴巴的和服。但他並不是一年三百六十五天都穿同樣的和服，根據原著的設定他會隨季節的變換，夏天穿夏季和服，秋冬之際則會再披上和服外套。

隨著時代轉變，和服顯得愈來愈稀奇，金田一數十年如一日的打扮也曾被誤以為是有特殊目的的變裝。不過在《惡靈島》一作中，金田一面對這樣的質疑，則是開朗地強調：「雞窩頭和皺巴巴的和服可是我的招牌打扮呢。」

**他的習性：**

講到金田一耕助的習性，諸位讀者第一個想到的，一定就是不停地搔抓他的雞窩頭，搞得頭皮屑滿天飛，興奮之際還會口吃。事實上，金田一有著諸多名偵探都沒有的奇怪習慣，他甚至會抖腳，眞無愧其窮酸男子的評語。在《八墓村》和《惡魔前來吹笛》等作品中，就有他又是抓頭、又是抖腳的場面出現，眞讓人不知道該說什麼。除此之外，雖然出現次數不多，金田一還會吹口哨，當他獲得重大線索時，便會心情愉悅地吹起口哨。

**他的戀愛：**

在《惡靈島》中，金田一曾經被問到關於感情方面的事情，他非常害羞地亂抓著雞窩頭回答：「不，我那方面完全沒有動靜。」這麼說來，金田一似乎不曾對任何女性動心，不過其實他也曾經有心動的對象。一是《獄門島》的鬼頭早苗，早苗是鬼頭家的繼承人，個性外柔內剛。在案件結束之後，金田一問早苗是否願意和他一同前往東京生活，無奈早苗爲了鬼頭家的未來拒絕了，這是金田一第一次失戀。還有一人是〈女怪〉中的酒吧老闆娘，持田虹子。即使知道虹子已有情人，金田一仍舊熱情地說：「就算老闆娘有情人，我還是喜歡她，非常、非常、非常地喜歡她。」只可惜案件的眞相太悲慘，兩人無緣結合。在這個案件中大受傷害的金田一爲了療傷，便自我放逐到北海道去了。

接下來諸君將讀到的故事共分三十章，內容全部出於作者個人的想像。在閱讀的過程中，或許有人會聯想到某起類似的社會事件，不過，在此我必須事先聲明：全都與這本小說無關。

作者

# 【惡魔前來吹笛登場人物關係圖】

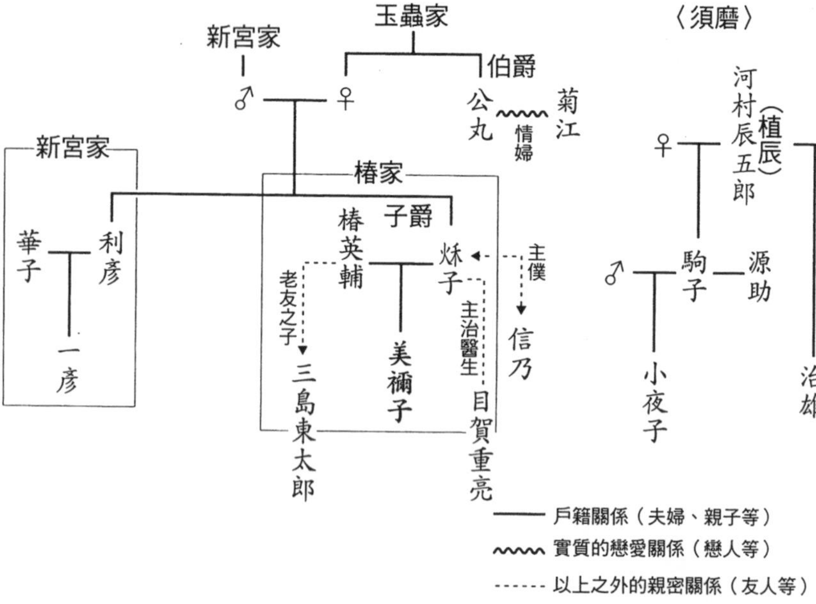

I

CHAPTER

第一章

# 惡魔前來吹笛

現在拿起筆正打算寫下這恐怖故事的我，多少會覺得有點良心不安。認眞說起來，我並不想寫這個故事。對於把這恐怖案件透過文字公諸於世，我並不是很感興趣。如果問我爲什麼，那是因爲這起案件太過悲慘，充滿了詛咒和憎恨，對鼓舞讀者的精神而言，一點幫助都沒有。

這個故事最後將以怎樣的形式結束？老實說，身爲作者我也還不知道，不過諸君在掩卷的那一刻，肯定會感到一種無可救藥的灰暗思想，重重壓在胸口上吧。或許能讓人看完後還感到舒暢的犯罪和推理故事本來就很少，只是這起案件的餘味太強、太過極端，我才會這麼擔心。關於這一點，金田一耕助似乎也抱持同樣的想法。提供這份資料給我之前，他著實猶豫了好一陣子。

認眞說來，這個故事比我近兩、三年來所寫的「金田一耕助冒險系列」都發生得早，應該先寫出來才對。就年代而言，大概介於〈黑貓亭事件〉和《夜行》之間。金田一耕助一直瞞著我，不輕易說出這個故事，恐怕是擔心充斥在整起案件中的絕望黑暗、互相詛咒的人際關係，以及可怕的憎恨和怨念會讓讀者不舒服吧。

不過，在書商的苦苦追逼之下，我只能把心一橫，在取得金田一耕助的同意後，將整起案件的原貌公諸於世。雖然嘴上說不想寫、興趣缺缺，但一提起筆，我當然是火力全開，將全副精神投注在這本書上。

對了，此刻我拿起筆準備埋頭苦寫，桌案上散亂地擺著一堆金田一耕助提供的參考資料，不過其中最吸引我的是一張照片，還有一張唱片。

說起那張照片，約明信片大小，是某位中年紳士的半身像。當初拍這張照片的時候，照片中的主角按虛歲來算是四十二歲，（在這裡打岔一下，此後凡故事中出現的年齡，一律是虛歲。因為這起案件發生當時，還沒有以足歲計年的習慣。）正是男人的厄運之年。是這樣想的緣故嗎？還是，聯想到接下來將要述說的那起恐怖案件的關係？看著這個人的面貌，竟讓人感到一種無可救藥的陰沉灰暗。

他的膚色偏黑，額頭寬廣，頭髮整齊地向左旁分。鼻梁高挺、眉毛上揚、顏色深濃的眼珠，彷彿其中蘊藏著豐富情感，卻也經常自我爭辯，愛鑽牛角尖。嘴巴小，嘴唇薄，不過並不會予人殘忍刻薄的印象，反倒帶點女性的嬌柔之氣。話說回來，他的下巴很寬，似乎顯示在女性化的文弱氣質背後，如果眞有什麼事發生，就會爆發出無比堅強的意志。

身上穿著樸素的西裝，胸前別的卻是花俏的蝴蝶結，隱約洩漏出此人的藝術家氣質。

若要粗略地描述這張照片給人的整體印象，就是充滿貴族氣質的美男子。話說回來，這名男子到底是誰？他正是在那恐怖案件裡，扮演最重要角色的已故子爵，椿英輔。他拍了這張照片的半年之後，就發生了那命中注定的失蹤。

對了，除了這張照片之外，還有一張唱片也很吸引我。那是二次大戰後由G唱片公司發行的十吋黑膠唱片，內容是長笛獨奏，取名為：

〈惡魔前來吹笛〉

作曲者兼長笛吹奏者都是剛剛說的那位椿英輔先生。而且，還是在他失蹤前一個月才完成作曲和錄音。

開始寫稿之前，我自己也不記得到底聽了這張唱片幾次。不管聽了幾次，我總會被樂曲散發的陰森鬼氣嚇得手腳發軟。絕對不只是因爲樂曲讓我聯想到接下來要講的故事，而是長笛的旋律本身就怪怪的。姑且稱爲「音階的扭曲」好了，這讓曲子亂了套。在此情況下，充滿詛咒、憎恨的旋律，變得更加瘋狂、恐怖。

雖然在音樂方面我是個百分之百的門外漢，仍會不由自主地想到，這首曲子和杜普勒（註一）的長笛演奏曲〈匈牙利田園幻想曲〉有幾分相似之處。不過，杜普勒的曲子至少還有光明、快活的一面，椿英輔的這首〈惡魔前來吹笛〉則是徹頭徹尾的冷酷悲痛。尤其是樂曲漸強的部分，那種極致的狂亂就像幽靈滿懷怨恨、詛咒，對著深夜的天空吶喊。音痴如我也不禁毛骨悚然，泛起陣陣雞皮疙瘩。至於〈惡魔前來吹笛〉——

標題恐怕是引用木下杢太郎（註二）的名詩〈玻璃批發商〉中的一句「瞎子前來吹笛」，不過這首曲子完全沒有詩裡的那種意境，正如字面呈現的意思，只有宛如惡魔嘶喊的笛聲，一種彷彿要滲出紫黑污血，充滿詛咒和憎恨的旋律。

連我這樣的門外漢都能感受到其中的陰森鬼氣，更何況是與這起案件相關的人們？椿英輔失蹤後，這首樂曲不時莫名響起，聽到笛聲他們心中有多震驚害怕？……不用想就能知道。

〈惡魔前來吹笛〉——如今仔細思索，這調子顯得錯亂的樂曲本身就藏著一把鑰匙，可解開接下來即將說到的那起恐怖案件的謎。

案件發生的昭和二十二（一九四七）年，是報紙社會版熱鬧滾滾的一年。就我記憶所及，至少有三件震驚社會的大新聞在那一年發生。其中兩件似乎牽扯在一起，連一般市井小民都知道，然而不可思議的是，還有一件當時完全被當成另一回事的大案子，也有著微妙的關聯。

這個案子不是別的，正是震驚整個社會的「天銀堂事件」。

天銀堂事件——光是看到這五個字，諸君恐怕就心頭一驚吧。直到現在，有關這起案件的回憶依然鮮活地烙印在世人的腦海裡。

這前所未聞、史無前例，甚至連國外媒體都廣爲報導的犯罪事件，我想沒有在此詳述的必要，不過保險起見，還是簡單介紹一下好了。

當年一月十五日，上午十點左右，銀座區赫赫有名的珠寶店「天銀堂」的門口，走進一名男子。

那名男子約四十歲，膚色微黑，給人高貴的印象，容貌俊美。他的手臂上戴著東京都衛

註一—杜普勒（Doppler Albert Franz，1821～1883）奧地利作曲家。

註二—木下杢太郎（1885～1945）日本詩人、劇作家、醫生。作品以充滿耽美氣氛、異國風情而聞名。

生署的臂章，單手拎著像是醫生使用的公事包。

男子要求到後面的經理室與店經理會面，當下他立刻出示名片，上面的頭銜寫著東京都衛生局，名字爲井口一郎。他向店經理勸說，由於附近發生了傳染病，必須讓所有接待顧客的店員喝下預防藥劑才行。

事後或許有人會批評，經理和店員們未免對政府官員的頭銜太過盲信，不符合民主精神。不過現實的情況是，這名自稱井口一郎的人是如此出色，態度平靜、充滿自信，任誰都不會對他起疑。

於是，經理立刻把店員都叫到經理室來。因爲還是早上，沒有什麼客人上門，店員們才剛把珠寶擺到展示架上，這會正閒著。所以，經理一叫，大家就全過去了。不只是看店的店員，連負責打掃的清潔婦也被找去。包括經理在內，總共聚集十三人。

這位自稱井口一郎的怪客，見店裡的人到齊，不慌不忙地從公事包拿出兩瓶藥水，逐一倒入和人數相符的茶杯裡。然後，他親自指導服用的方法。

這些善良的老百姓作夢都想不到，數秒之後，竟有如此淒慘的命運在等著自己。他們聽從指示，將兩種藥水一飲而盡。過了幾秒，那恐怖的地獄卷軸就展開了。

他們喝下的是氰化鉀。店員們倒栽蔥似地一個接著一個倒下，有人一躺下就馬上嚥了氣，有人發出臨終前的痛苦呻吟，滿地打滾。

自稱是井口一郎的怪客看到這幅景象，隨即把帶來的東西全塞進包包裡，奔出經理室，抄起擺設在店內的珠寶，往銀座街頭逃逸。事後，根據警方的嚴密調查，發現犯人搶走的那批珠寶特別珍罕，若以時價計算，高達三十幾萬圓。

這起悲慘的案件直到犯人逃亡十分鐘後，才被人發現。碰巧走進店裡的某個客人，聽到門後傳出異樣的呻吟聲和微弱的呼救聲，嚇了一跳。多虧他大著膽子往門內一看，這場前所未聞的大騷動才落了幕。

當時十三名犧牲者裡，只有三人好不容易撿回了一條命，剩餘十人在醫生和警察趕到之前就已氣絕身亡。這就是世人口中的「天銀堂事件」。

就計畫性來講，這起案件出乎意料地單純，甚至連智慧型犯罪都算不上，不過凶手殘忍、冷血，毫無人性，教人瞠目結舌。雖說戰後時局混亂，但從未有如此令世人震驚的凶案。

而且，依案件的性質，應該很容易抓到犯人，警方卻遲遲未能將犯人緝捕到案，因此，這起案件到後來竟變成燙手山芋，越演越烈。

當然，警視廳那邊也沒閒著。從犯人的行蹤到珠寶的流向，甚至連井口一郎名片的出處，舉凡所有線索，他們都努力查證過了。此外，根據三名僥倖存活下來的被害者，以及目睹犯人從「天銀堂」逃出的兩、三名證人的記憶，警方完成了犯人的合成照片，公開徵求社會大眾的協助。爲了尋找眞凶，而用上合成照片，首開先例的恐怕就是這件案子吧。

這張合成照片總共修了五次，每修正一次，就重新刊登在全國的報紙上一次，而每次都引發不同的悲喜劇。我想世人對這些事都還記憶猶新。

應合成照片而來的讀者投書和告密信，絡繹不絕地湧向警視廳。哪裡的誰和那張照片很像，某町的某人和那張合成照片上的人簡直是一個模子印出來的，類似的投書層出不窮，搞得警視廳人仰馬翻。雖然明知會被騙，但只要有人檢舉，刑警還是會去查訪，或是請傳言中那個和照片很像的本人出面說明。

此外，因爲碰巧和那張照片的人有幾分神似，在街頭遭巡邏的員警逮住，備感困擾的人也不在少數。這種混亂的現象不只是在東京，而是在全國各地不斷上演。

然後，這件事和我接下來要講的故事，有著奇妙的關聯。

剛剛提過了，「天銀堂事件」發生的日期是一月十五日，之後約莫經過五十天，三月五日的早報上，又刊登一則震驚各界的報導。這正是我接下來要述說的，那恐怖的殺人三重奏的前奏曲。

當時太宰治尚未寫出《斜陽》一書，所以「斜陽一族」或「斜陽階級」的字眼，還沒被用在此案上。如果，那時候《斜陽》已出版，這恐怕將成爲使用「斜陽階級」一詞的頭號案件。

三月五日的早報大幅報導椿子爵失蹤的消息。由於這起案件率先揭露了貴族階級即將崩毀的悲劇，世人自然頗感興趣。

椿子爵失蹤的消息首度出現在報紙上，如剛才所述，是三月五日早上，然而，實際上子爵失蹤的日期更早，是在四天前，三月一日。當天上午十點，子爵沒向家人交代行蹤，獨自出門後，再也沒回來。

離家時他的打扮是樸素的灰色西裝，套上同樣樸素的灰色大衣，戴著陳舊的史丹森（註）禮帽。

家人不認為他會失蹤……不，應該說他們不願去想，所以按兵不動了兩、三天。當然，在此期間，他們曾四處向親朋好友打聽子爵的下落，卻一無所獲。四日下午，他們終於向警視廳報案要求協尋，這才讓悲劇露出了端倪。

沒有遺書。

不過，就當時子爵的情況看來，自殺的可能性很大，於是警視廳通令附近各縣市，著手展開調查。同時在翌日的五日早報上，刊出子爵的照片，就是如今在我手邊，約明信片大小的照片。

由於沒有遺書，就算子爵的失蹤眞的與自殺有關，也沒辦法明瞭他自殺的動機，但任誰都想像得出大致的原因。

子爵置身於這動盪不安的社會，卻缺乏謀生能力。他的心地良善，是一位個性溫和、偏

**註**—史丹森（Stetson），美國品牌，創立於一八〇五年，發明牛仔帽的製帽專家。

女性化的敦厚紳士，光是這一點，就足以讓他在生活上成為一個無能的人。終戰之前，他在宮內省（註一）工作，但隨著宮內省的廢除和組織縮編，他也被罷官了。不過，即使是在宮內省當差的時候，他的地位似乎也沒有多崇高。

據說，子爵的家庭環境也是他失蹤的原因之一。

位於麻布六本木的子爵宅邸並未被戰火燒毀，但就因為沒被燒毀，子爵才會背負這麼多不幸。終戰後，宅邸裡住進了夫人的哥哥新宮子爵一家，以及同樣房子被燒毀、前來投靠的夫人的舅舅玉蟲伯爵一家。有人說，這些事讓椿子爵原本敏感的神經終於承受不住而斷裂了。

麻布六本木的那個家確實是椿子爵的宅邸，只是，實際擁有者是夫人秌子。

椿家乃所謂的堂上（註二）華族（註三），就算在公卿中家世也算顯赫，可惜明治維新以來，家族沒出半個傑出人物，所以即使爵位是世襲的，每年也只能領取微薄的俸祿。到了椿英輔這一代，更是窮到谷底，幾乎連子爵的體面都保不住。幸虧他和新宮秌子結婚，才挽救了此一困境。

秌子的娘家新宮家為大名（註四）華族，由於世代主人均生財有道，擅於積聚財富，在華族中是赫赫有名的財主。除此之外，新宮家還有玉蟲伯爵這座大靠山。玉蟲伯爵是秌子母親的哥哥，戰前執研究會（註五）之牛耳，乃貴族院（註六）的首領。雖然他從來沒有當過大臣，在政界卻隱然有一股勢力。

雖然椿英輔經常感念：「不才如我，竟能得到玉蟲伯爵的青睞，結成親家，眞是三生有幸！」然而，伯爵這邊似乎頗後悔結成這段姻緣，總是嘲笑英輔，說他是個只會吹笛子的廢物。

好大喜功如玉蟲伯爵者，看到像椿英輔這樣對權勢毫不迷戀也不執著的人，便認爲他一無是處。外甥新宮利彥每天過著只有美酒、女人、高爾夫的日子，伯爵反倒稱讚：「這小子不愧是貴族出身！」由此可見這號人物有多喜歡鋪張擺闊了。

那麼自以爲是的伯爵和酒色之徒的大舅子搬了進來，不光鳩佔鵲巢，還動不動就指責子爵是個廢物，即使敦厚如椿英輔者，當然也會受不了——消息靈通的人士如此說道。

暫且轉移一下話題。話說，椿英輔失蹤後，生死未卜，報紙上每天都鬧得沸沸揚揚，於是頭腦動得快的唱片公司，趁勢推出〈惡魔前來吹笛〉的唱片。如同先前講過的，這張唱

**註一**—負責處理日本皇室事務的行政機關，一八六九年設立，一九四七年改制爲宮內廳。

**註二**—被允許上殿的貴族，天皇的近侍。

**註三**—一八六九年後用來稱呼舊公卿、諸侯的說法，分爲公侯伯子男五等爵位。一八八四年加入對國有功者，伴隨著種種特權的世襲身分。日本憲法實施之後遭到廢除。

**註四**—江戶時代領有封邑的諸侯。

**註五**—一八九一年由堀田正養、大原重朝、岡部長職、正親町實等華族議員爲中心，組成貴族院內最有力的派閥，是明治、大正時期日本政界的一大勢力。

**註六**—一八九〇年根據《明治憲法》所成立的構成日本帝國議會的立法機關之一，一九四七年隨著《日本憲法》實施而廢除。

片本身暗藏許多提示，不過當時誰都沒有注意到。此外，由於與人唱的歌謠不同，是樂器獨奏，而且是西洋樂器中特別冷門的長笛，這張唱片並未引起太大的迴響。

將近兩個月都沒有椿英輔的消息，大部分的人認爲他自殺了。終戰後，椿英輔偶爾會談到死亡。他曾說既然都要死，寧願選一個誰都不會發現的地方，安安靜靜地等死。因此，有人猜測他可能已死在某處的深山裡——還眞說中了。

就在他離家四十五天之後，四月十四日，信州霧之峰的森林裡，有人發現一具男性屍體。從屍體的衣著和隨身物品判斷，確定死者就是遍尋不著的椿英輔，於是這個消息馬上傳回他位於六本木的宅邸。

這時，在六本木的房子裡，大家正在爭論該由誰去領回屍體。秌子夫人承受不了丈夫失蹤的打擊，健康惡化，再加上她天生就不適合做這種事，只好讓女兒美禰子代替她去。如此決定後，表哥一彥也說願意陪美禰子前往。一彥是英輔的外甥，同時也是跟他學吹笛的弟子。

不過，只有他倆去還是令人不放心。一彥二十一歲，美禰子十九歲，都太年輕了，必須派個老成的人同行。大家都認爲一彥的父親利彥是最適合的人選，利彥卻遲遲不肯答應。對他來說，與其大老遠跑去領回妹夫的屍體，不如跟妹妹要錢，玩高級妓女，或是約狐群狗黨去打高爾夫來得痛快。

然而，利彥拗不過妹妹的苦苦哀求，再加上妹妹答應事後會給一筆錢供他玩樂，他還是帶著一彥和美禰子上路了。同行的還有戰後椿英輔替死去朋友照顧的遺孤，名叫三島東太郎的年輕人。結果抵達現場後，俐落地負責處理所有手續的全是這個青年。

屍體在上諏訪解剖過後，立即交付火化。不過，有一件事頗令人驚訝，根據周圍的情況和法醫的驗屍報告得知，椿英輔三月一日離家後，馬上就來到當地，服下氰化鉀自盡，可是屍體幾乎沒有腐化的跡象。當然，跟活著的時候相比，容貌有些許改變，卻足以讓死者的親生女兒、大舅子、外甥一眼就認出他是椿英輔。大家都說，可能是此地極爲寒冷、氣溫很低的緣故。

就這樣，椿英輔親手從這世上抹殺了自己的存在。若他眞是三月一日死亡，那麼當時他還是子爵。恐怕他是想在自己仍是貴族的時候，以貴族的身分死去吧。

至此，椿英輔子爵的失蹤事件算是暫時告一段落。不過，實際上卻非如此。

事發之後，經過半年，惡魔吹起高亢、幽怨的笛聲，令世人必須從新的角度再度審視椿英輔的失蹤案件。

2 CHAPTER

第二章

# 椿子爵的遺書

如果您讀過〈黑貓亭事件〉就會知道，昭和二十二（一九四七）年前後金田一耕助過著相當不正常的生活。

前一年秋天，剛從軍隊退伍回來的耕助沒有地方可住，暫時窩在大森的山腳下，一家名為「松月」的料理旅館。那家料理旅館是金田一耕助的老朋友，戰後在海濱從事土木工程、人面頗廣的風間俊六，開給他的小老婆經營的。耕助暫時在那裡落腳，之後卻像生了根似地賴著不走。

幸好，朋友的小老婆是個好女人，簡直把金田一耕助當成自己的弟弟（實際上，她的年紀比耕助小）照顧。只要一有案子上門，金田一耕助就生龍活虎，平常都無精打采有如病貓。所以，照顧他的生活起居是一件很麻煩的事，可是小老婆大人卻從來沒有給他臉色看，偶爾還體貼地塞點零錢供他花用。

仗著人家對他好，耕助也就大大方方住下。雖然住在這裡有百般好處，但仍難免有不方便的地方。

怎麼說呢？由於漸漸在社會上打響名號，前來找他調查的顧客越來越多。委託人有男有女，而且女性還不少。連大男人進出這樣的場所都要考慮一下了，更何況是妙齡女子。對她們來說，要推開單身料理旅館的大門，似乎需要極大的勇氣。就算鼓起勇氣、踏進旅館，還得和金田一耕助坐在四張半榻榻米大的別房裡，面對面交談——當然會覺得侷促不安。

昭和二十二年九月二十八日。

此刻，耕助正在旅館的四張半榻榻米大的別房裡，和一名侷促不安的女客相對而坐。對方是二十歲左右的年輕女子，穿著黑色裙子、皺綢罩衫和粉紅色羊毛外套，配上短髮，跟這年頭同齡的女孩相比，她的打扮算是樸素的。

她的長相勉強恭維也稱不上美人。額頭突出、眼睛過大，臉頰到下顎一帶卻又瘦削無肉，五官整體有一種不平衡感，甚至顯得有點滑稽。即使如此，還是可看出她的來頭不小。不知爲何，她顯得十分焦躁，來這裡的委託人大多是這樣，不過那籠罩她全身的陰影又是怎麼回事？

金田一耕助一直不著痕跡地觀察對方，但在旁人的眼裡，他只是悠哉地抽著菸而已。女子似乎不知道該如何打破僵局，無奈地頻頻改變坐姿。兩人已打過初次見面的招呼，互報姓名之後，耕助就等著對方開口，可是對方似乎也等著耕助拋出話題。耕助一向窮於應付這種場面。

突然間，一段長長的菸灰從耕助的指尖彈落。女子訝異地睜大雙眼，看著桌上的菸灰，出聲：「那個……」好像想說什麼，豈料耕助竟呼地一口氣吹散菸灰——

「哎呦！」女子連忙用手帕捂住眼睛。

「啊，我眞、眞是失禮。菸灰飛進眼睛裡了嗎？」耕助急忙探出桌子。

「不，那個……」女子用力揉了兩、三次眼睛，接著拿開手帕，對耕助露出微笑，眼神彷彿在說「你眞過分」。微笑時露出的黑色齲齒還滿可愛的，至少在這一瞬間，纏附在她身上的黑影變淡了點。

耕助用力抓著腦袋，「對、對不起，我眞是太沒禮貌了，妳的眼睛還好吧？」

「嗯，沒事。」

女子回復先前趾高氣昂的樣子，故作冷淡矜持，不過總算打破僵局了。

「妳去找過警視廳的等等力警部（註），是吧？」

「是。」

「然後，等等力警部要妳來找我？」

「是。」

「請問有什麼事嗎？」

「啊，這個……」女子顯得欲言又止，「我的名字是椿美禰子。」

「是，妳剛剛講過了……」

「不，光是這樣講，你沒聽出來也是當然的，我是今年春天惹出失蹤事件的那個椿英輔的女兒。」

「今年春天惹出失蹤事件的……」金田一耕助沉吟著，突然瞪大眼睛：「那妳不就是椿子爵的……」

「是，不過我們已不是什麼子爵了……」美禰子自嘲地拋出這句話，一雙大眼毫不閃躲地直視耕助。

耕助又咯吱咯吱地搔起頭來。「令尊的事……眞是遺憾……」耕助再度看著對方，問道：「對了，妳今天來找我是……？」

「我是爲了……那個……」

籠罩在美禰子身上的陰影，和她臉上的焦躁神色變得越來越明顯。她坐立難安地扭緊手帕，說道：「聽起來很荒謬，不過站在我的立場，這是非常嚴肅的問題……」

美禰子的一雙大眼注視著金田一耕助，彷彿要把他的身體吸進眼底，接著說：「我父親眞的過世了嗎？」

金田一耕助似乎嚇到了，重新望向對方。由於過度震驚，他幾乎整個人從座位上跳起。耕助雙手扶住桌緣，總算按捺心中的激動。

「這、這、這是怎麼回事？」

美禰子規矩地把雙手放在膝上，不發一語地凝視著金田一耕助。包覆女子的陰影好似游絲，冉冉蒸騰上升。金田一耕助將杯裡剩下的冷茶一飲而盡，總算比較鎮定下來。

「我是看報紙才知道那件事，並不清楚詳細情況。不過，我記得令尊的遺骸是在信州還是哪邊的山裡找到的？」

「是的，在霧之峰。」

**註**—日本警察的位階共分九等，由上而下依序是警視總監、警視監、警視長、警視正、警視、警部、警部補、巡查部長、巡查。

「那是在他離家後幾天發生的事？」

「四十五天。」

「原來如此。照理說，經過四十五天，屍體應該已腐化，容貌也難以辨識……但報紙上寫著椿子爵的屍體滿好認的……」

「不，屍體幾乎沒有腐化，這才讓人覺得不舒服。」

「這麼說來，妳親眼看見屍體了？」

「嗯，是我去領回來的，因爲母親不願意去……」

提及母親的時候，她的語氣隱約透著不快，於是金田一耕助又詫異地觀察起她的神色。美禰子好像也注意到了，她的耳根泛紅，垂下頭，不過她馬上堅決地抬起頭。耳根的火瞬間消退了，黑色的陰影卻仍包圍著她。

「當時，妳認爲那具屍體的確是令尊嗎？」

「是的。」美禰子點頭，「至今我依然這麼相信。」

金田一耕助莫名其妙地盯著對方，暗忖：她到底想說什麼？然而，他隨即改變想法，問道：「當時，只有妳一個人嗎？是否有其他人陪同？」

「我的舅舅和表哥都去了，此外，還有一位三島先生……」

「那些人和令尊很熟嗎？」

「是的。」

「他們也認爲那具屍體就是令尊嗎？」

「是的。」

金田一耕助的兩道眉毛越靠越近，「既然如此，爲何妳到現在心中仍存有『父親是否還活著』的疑問？」

「金田一先生，」美禰子的語氣突然急切起來：「我相信那就是我父親，到現在我都這麼相信。不過，雖說屍體沒有腐化，但就五官來看，畢竟還是跟生前大不相同。我想那是因爲自殺前的苦惱和煩悶，以及仰藥後的痛苦造成的。只是，當時有人在背後竊竊私語『好像弄錯人了』。我自己也曾這麼想，所以後來一再有人問『那具屍體眞的是妳父親嗎？』的時候，儘管確信絕對沒有這種事，我卻無法自拔地感到懷疑、不安。身爲父親的親生女兒，又是把屍體看得最清楚的人，連我都這樣了，更何況是其他人？他們會加倍不安也是理所當然。只怪舅舅嫌噁心，不肯好好地看一下……」

提到舅舅的時候，美禰子的聲音又變得低沉沙啞。

「妳說的舅舅是……」

「他是我母親的哥哥，名叫新宮利彥，以前也是子爵。」

「那麼妳所謂的表哥，就是他的……」

「是他的獨生子。」

「令尊身上有沒有什麼特徵？」

「如果有的話，就不會出現這種問題了。」

金田一耕助點點頭，「不過，到底是誰先提出這種問題的？就是問『那具屍體眞的是妳父親嗎？』的人……」

「是我母親。」

美禰子冰冷僵硬地吐出這四個字，聲音中蘊含的尖銳和冷酷，讓金田一耕助不由得再度審視她。

「妳母親爲何……」

「母親一開始就不相信父親會自殺。在父親生死未明的時候，她就怎麼也不肯相信父親是去自殺了。母親認爲父親還活著，只是躲在某處罷了。父親的屍體被找到後，母親多少有幾分相信了，但隨著日子一天天消逝，她又懷疑起父親死亡的事實。她說：『你們都被騙了，那具屍體不是妳父親。他找人當替死鬼，自己跑去別處躲起來了。』」

金田一耕助睜大眼，盯著對方。不知爲何，一種陰鬱的思緒自五臟六腑翻湧而來，他卻刻意輕描淡寫地說：

「我想，站在令堂的立場，因爲夫妻的情分，總希望……」

「不、不，才不是這樣。」美禰子一副急欲澄清的樣子，「母親害怕父親。她擔心父親如果還活著，會回來找她報仇……」

金田一耕助驚訝地瞇起了雙眼。美彌子約莫也注意到自己的失言，血色瞬間從雙頰退去。不過，她並未別開臉，也不打算低下頭，毫不閃躲地正面迎接耕助的視線。一股黑色的蒸騰霧氣又包裹住她的身軀，冉冉升起。

問題牽扯到別人夫妻的私事，除非對方先提，否則實在不方便追問。美彌子似乎也在猶豫著該不該繼續講下去。

於是，金田一耕助趕緊改變話題。

「對了，話說回來，令尊好像沒有留下遺書。關於這件事，令堂……」

「不，我父親有留下遺書。」美禰子斬釘截鐵地說道。

金田一耕助嚇了一跳，「不過，我記得報紙上寫著沒有遺書……」

「那是後來才發現的。當時父親的事已快要平息，如果公開此事，難免又會引來閒言閒語，所以我們選擇不對外透露，只有自家人知道。」

美禰子從皮包裡拿出一只信封，往耕助的面前一放。拿起來一看，信封正面寫著「美禰子收」，背面則用女性化的秀麗字跡簽上椿英輔的名字。當然，信已開封。

「這封信是在哪裡找到的？」

「夾在我的書本裡。我根本不知道有這回事，今年春天整理書桌，我把用不上的書和讀過的書全收到書庫。夏天把書搬出去曬的時候，這封信從書頁裡掉出來。」

「可否容我拜讀一下？」

「請便。」

遺書的內容如下：

美禰子啊！

請不要責怪父親。爲父再也無法忍受更多的屈辱和不名譽了。這件事一旦曝光，椿家世代的英名都將陷入泥沼。啊，惡魔前來吹笛了。父親無論如何都活不到那一天了。

美禰子啊，原諒父親。

沒有署名。

「確定是令尊的筆跡嗎？」

「沒錯。」

「不過，這上面寫的『屈辱』和『不名譽』是什麼意思？不是只有你們家失去爵位，這是整個階級的問題，跟椿家世代的名聲沒什麼關係……」

「不，不是這樣的。」美禰子幾乎是咬牙切齒地說：「那個問題確實也讓父親很煩惱，但信中指的不是那件事。」

「那、那麼是……」

「父親……他……」

美禰子的額頭滲出一顆顆噁心的汗珠。她彷彿被什麼附身，呼出灼熱的氣息，說道：

「今年春天，父親被懷疑是『天銀堂事件』的凶手，曾接受警方非常嚴厲的偵訊。」

金田一耕助嚇得趕緊用雙手扶住桌緣。有句話叫「當頭棒喝」，此刻他就有種被鐵鎚擊中頭部的感覺。耕助喘著氣，清了清喉嚨，慌亂地想說些什麼。

然而，他還沒來得及開口，美禰子已滔滔不絕地吐出尖銳、忿恨的話語。

「事實上，經過不知道第幾次的修正，『天銀堂事件』凶手的合成照片，竟然變得跟父親一模一樣，眞是不幸。不過……不過……警方會找上父親，並不是因爲父親跟凶手很像，而是有人向警方告密，檢舉父親。我不知道告密者是誰，但可以確定的是，對方絕對是我們家的人，同住在一個屋簷下，椿、新宮、玉蟲三家族中的某人。」

這一瞬間，在耕助的眼裡，美禰子宛如可怕的女巫，面目猙獰。包圍她的陰影轉爲黑色火焰，熊熊燃起。

3 CHAPTER — 第三章

# 椿子爵的謎之旅

由於被當作「天銀堂事件」的嫌犯，椿子爵受到警方的嚴厲偵訊，這個事實讓金田一耕助感到前所未有的驚訝。

沒想到身爲貴族的人，竟會被當作那樁慘絕人寰的案件的嫌犯。

他在腦海裡，描繪著逐漸沒落的階級即將面對的殘酷命運。子爵的心底，肯定有著宛如鉛塊的沉重感受。

「啊，這、這……」金田一耕助用力地吞了口口水，「我還是第一次聽到。當時發生的事，我記得滿清楚的，報紙上從未提過這一點。」

「是，那是因爲警方對父親的身分有所顧忌，都是祕密進行偵訊。父親曾多次被找去警視廳，讓在『天銀堂事件』中倖存的被害者指認。不，不只是這樣。警方不斷追問『天銀堂事件』發生的當天，也就是一月十五日那天父親的行蹤，連我們都遭到嚴密的盤查。」

「原來如此，是要查證不在場證明吧？不過，那是什麼時候發生的事？」

「父親第一次被抓，是在二月二十日。」

「那是在令尊失蹤前十天。你們馬上就提出了不在場證明吧？」

「沒那麼順利。一月十五日那天，父親在哪裡、做了什麼，我們家根本沒人知道。不，應該說我們到現在都還不知道。」

金田一耕助訝異地望著美禰子。

美禰子的聲音因憤怒而顫抖，「警視廳派人來調查的時候，我馬上就去翻了自己的日記本。日記上寫著：『一月十四日早上，父親說要前往箱根的蘆之湯，出門去了。』那個時候，父親在編寫長笛樂曲，說要去蘆之湯住兩、三天，尋找靈感。然後，十七日晚上他就回來了，期間我們一直以爲他待在蘆之湯。可是，根據警視廳的調查結果，父親根本沒去那裡。」

美禰子用力搓揉著手帕，說道：「而且一開始父親似乎不肯說出那幾天的行蹤，讓調查人員有了不好的印象，一時之間，父親的處境變得非常危險。」

「不過，後來他的嫌疑還是釐清了？」

「是的，因爲始終無法擺脫嫌疑，後來父親也慌了，這才清楚交代十四日到十五日之間的行蹤。就這樣，父親總算交代自己的不在場證明，前後花了一個星期。」

「令尊到底是去哪裡？」

「我不知道。父親從未對家裡的任何人提起那件事。」

金田一耕助的心裡莫名一陣騷動。

明明捲入「天銀堂事件」這麼大的案子，被當成嫌犯看待，卻遲遲不肯提出對自己有利的不在場證明，其中必定藏有莫大的隱情。

「令尊是不是有什麼必須隱瞞的祕密？」

「絕無此事。」美禰子的聲音透著忿恨不平。「大家都說父親是個懦夫，但我認爲他是放不開。連我這個做女兒的都覺得他顧慮太多，小心翼翼地讓人受不了。他唯一的消遣就是吹笛子，這樣的一個人，說他藏有什麼祕密，根本不可能。不過……」

美禰子突然有些含糊，「二月中旬，就是剛剛提到的謎樣旅行前後，他的樣子有點反常……」

「所謂的反常是……？」

「他看起來非常煩惱，該怎麼說呢？他好像在害怕著什麼。」

「害怕……？」

「是的，終戰後他一直如此……但今年情況變得更加嚴重，當時我就有這種感覺。現在仔細回想，那陣子他確實不太對勁。」

「這麼說來，今年初應該發生了什麼事，導致令尊心神不寧。關於這一點，妳有沒有什麼頭緒？」

「沒有……只是……」

「只是什麼？」

「去年底，玉蟲家的舅舅搬來跟我們同住。」

「妳說的玉蟲舅舅是……」

「是我母親的舅舅，名叫玉蟲公丸，到今年春天爲止還是伯爵。」

「原來如此。」

金田一耕助拿起書桌上的便條紙和鋼筆，嚴肅地望著美禰子說：「妳剛剛提到，密告令尊的人就跟妳住在同一屋簷下，這是怎麼回事？」

「那是……那是……」籠罩在美禰子身上的陰影又變成紫黑色的火焰，熊熊燃燒起來。「是父親告訴我的。我到現在都還清楚記得當時的情況。那是二月二十六日，父親總算擺脫嫌疑，回到家裡。雖然嫌疑已澄清，但家裡的人依然很害怕，沒人敢接近父親，我只好獨自去安慰他。當時父親待在二樓的書房，儘管太陽已下山，他卻沒開燈，神情恍惚地癱坐在椅子上。那一刻父親的落寞神情，至今仍清楚浮現在我的眼前。我說不出任何安慰的話，只能趴在父親的膝上號啕大哭。」

美禰子的表情呈現怪異的扭曲，好像隨時都會哭出來。不過她並沒有哭，反倒一雙眼睛睜得老大。「父親摸著我的頭髮，對我說：『美彌子啊，我們家住著惡魔，就是那傢伙去檢舉我的。』……」

纏住美禰子的陰影越來越深濃。金田一耕助已見怪不怪，總算明白何以她身上會有這麼重的陰氣。

「我嚇了一跳，抬頭看著父親，問那句話是什麼意思。父親沒多解釋，可是從他斷斷續續講的話語中，我得到這樣的結論。檢舉父親的密告信，鉅細靡遺地把『天銀堂事件』發生前後，父親的一舉一動都記錄下來，如果不是住在同一屋簷下的人，不可能知道得那麼詳細。」

金田一耕助打了個冷顫，感覺有什麼冰涼的東西從腳底爬上來。

「令尊沒說是誰嗎？」美禰子神色陰鬱地點點頭。

「就妳來看，令尊只是隱約抱著這樣的懷疑？還是，他清楚知道告密者是誰？」

「我想父親非常清楚。」

「那妳呢？妳是否想到哪個人會做出這麼惡劣的事？」

美禰子的雙唇詭異地扭曲了，她的眼珠閃著殘酷的熱切光芒。

「我不是很清楚。不過眞要懷疑起來，倒是很多人都有嫌疑。首先從母親開始……」

「從令堂開始……」

金田一耕助屏住呼吸，直視對方，陣陣雞皮疙瘩再度從腳底竄起。美禰子沉默地看著耕助。

金田一耕助將鋼筆拿正，「我想先確認同住在一起的有哪些人，妳說總共有三個家族？」

「是的。」

「那麼，從你們家開始好了。令尊名叫椿英輔，對吧？請問他的歲數？」

「四十三歲。」

「然後呢？」

「母親秌子，秌是火字旁的秌，四十歲。不過……」

「不過……？有什麼問題嗎？」

美禰子生氣似地板起臉孔：「如果您見到我母親，八成會以爲我在說謊吧。她既年輕又漂亮，年少時就是貴族圈裡數一數二的美女，現在看上去頂多三十出頭。因此，對母親而言，有個像我這麼醜的女兒，是她人生的一大意外。我是母親胸口的痛。」

金田一耕助看著對方，原本想說些安慰的話，隨即打消念頭。她不是那種喜歡聽奉承話的女孩。

「接著是妳，妳幾歲？」

「十九歲。」

「有兄弟姊妹嗎？」

「沒有。」

「這麼說來，你們家就三個人。有沒有其他像是總務或是管家的人？」

「以前有過這樣的人，但如今已不是那種時代了……不過，家裡還有另外三個人。」

「是哪些人？」

「其中一個名叫信乃，是母親從新宮家嫁過來時，一起帶來的，之後一直住在這裡，年齡大概是六十二、三歲，現在家裡大小事都是她在打理。」

「聽起來挺忠心的？」

「是的，她是很忠心。到現在都還把我母親當作孩子，無論如何都不肯叫她一聲『夫人』，總是稱呼她『大小姐』或是『秌子小姐』，母親聽她這麼叫，好像也滿高興的。」

美禰子話中帶刺，隱含譏諷，耕助卻故意裝作沒聽懂。「那麼，另外兩位是……」

「其中一個名叫三島東太郎，約莫二十三、四歲，聽說是父親結婚前認識的朋友的兒子。去年秋天軍隊解散，他沒地方可去，來投靠父親，是一個非常難得的人。」

「所謂的『難得』是指……」

美禰子的雙頰微微泛紅，「您應該知道我們這群人如今是怎麼生活的吧？大家都是靠祖產過日子。講到錢這檔事，我們一個個就像蠢蛋一樣，總是讓沒良心的奸商騙得團團轉……可是，自從三島先生來家裡走動之後，情況大有改善。那個人對這種事特別有辦法，連糧食都是他去幫忙採買……所以乾脆就讓他住在家裡了。」

「不簡單，這麼年輕就如此能幹。那麼，還有一個人是……？」

「她是女傭，名叫阿種，大概是二十三、四歲，比我漂亮。」

金田一耕助對這樣的譏諷不加理會，「這麼說，前述的六人是椿家的成員。那麼，另外兩家是……？」

「別苑那邊住著新宮一家。五月那場大空襲燒毀了他們的房子，之後他們就一直住在我們家裡。舅舅利彥和我父親同年，四十三歲，然後是嬸嬸華子和他們的獨生子一彥。我不知道嬸嬸的年紀，表哥則是二十一歲。」

「他們家只有三個人嗎？有沒有女傭什麼的……」

「要請女傭，他們還不夠資格。」

美禰子有點幸災樂禍地說，不過她似乎馬上察覺自己的壞心眼，雙頰泛紅，低下了頭。等她再度抬起頭，卻露出挑釁的眼神，看著耕助：「金田一先生，既然如此，我乾脆把一切都說出來好了。舅舅早在房子被燒毀之前就一貧如洗，三天兩頭便來向我母親要錢。那個人啊，恐怕這輩子都沒靠自己的力量掙過一毛錢。他不僅好吃懶做，還揮霍無度，十足是個紈褲子弟。按照舅舅的想法，世上的人都有供養他的義務，他生來就享有特權，可以不用工作，過著奢華的生活。」

金田一耕助會心一笑，「貴族當中，有這種想法的人應該不在少數吧？」

「或許是這樣，舅舅就是典型的例子。不過舅舅一直向母親要錢，也不是沒有道理的。外公在我母親十五歲時去世，他很疼愛我母親，所以留給我母親的遺產比給舅舅多。除此之外，母親還從她的外公那邊得到很多遺產，變得非常有錢。母親長得漂亮，任誰都會特別寵她。帶著這麼龐大的財產，母親嫁到椿家，舅舅當然會覺得不平。他花光自己的錢後，開始覬覦母親的財產，認爲那是他的權利。也因如此，舅舅一家和玉蟲舅舅硬要搬進來的時候，父親什麼話都不能說。父親就像是養子，一點權力都沒有，總是孤孤單單的。」

美禰子的聲音再度透著怒氣，金田一耕助仍不理會。

「玉蟲前伯爵是一個人搬進來的嗎？」

「不，他還帶了名叫菊江的貼身婢女，大概二十三、四歲，長得非常美。當然，她不只是婢女。」金田一耕助馬上理解這句話的意思。

「妳舅舅幾歲了？」

「應該快滿七十歲。」

「他沒有其他地方可去嗎？」

「不，玉蟲家的子孫都很爭氣，人數還不少，不過舅舅心高氣傲，自以爲是，跟兒孫都合不來，反倒是我母親這個做姪女的很尊敬他。」

金田一耕助的目光落在便條紙上，上面寫著以下十一個人的名字：

| | | |
|---|---|---|
| 椿 | 英輔 | 四十三歲 |
| 妻 | 秌子 | 四十歲 |
| 女 | 美禰子 | 十九歲 |
| 老管家 | 信乃 | 六十二、三歲 |
| 三島 | 東太郎 | 二十三、四歲 |
| 女傭 | 阿種 | 二十三、四歲 |
| 新宮 | 利彥 | 四十三歲 |
| 妻 | 華子 | 四十歲左右 |
| 兒 | 一彥 | 二十一歲 |
| 玉蟲 | 公丸 | 七十歲左右 |

妾　　菊江　　二十三、四歲

金田一耕助把便條紙拿給美彌子看，「妳是指這上面的人都有可能去檢舉令尊嗎？」

美彌子看了一眼，回答：「不，不是全部。三島先生、女傭阿種，還有菊江，沒有理由那麼做，新宮舅媽和一彥表哥也不可能……新宮舅媽是個大好人。不過剩下的四個人，母親、信乃、新宮舅舅、玉蟲舅舅，如果是他們，難保不會做出那樣的事。」

「也就是說，這些人都跟令尊有深仇大恨？」

美彌子的臉上再度燃起憤怒的黑色火焰。

「不，他們才不是恨他！比這更惡劣，他們壓根瞧不起他。」

美彌子咬牙切齒地說：「在新宮家那群人的眼裡，父親是個廢物。他們看準父親性格溫和，打不還手、罵不還口，乾脆欺壓他到底。將作弄他、爲難他、嘲笑他，當作人生最大的樂趣。新宮舅舅更過分，明明他自己一無是處，有什麼資格取笑別人？」

美彌子擲地有聲的話語中，包含著彷彿會從牙齦滲出血的辛辣。金田一耕助大感興趣，直盯著她說：「令堂也是如此？」

「不，母親的情況不太一樣。」

美彌子的氣勢突然變弱，聲音也變小：「母親是個天眞無邪的人，就像嬰兒一樣。玉蟲舅舅對她有極大的影響力。舅舅的一舉一動、一言一行都會影響到她。舅舅把父親當成小貓、小狗看待，母親也就習慣性地忽略父親……現在母親後悔了。不，應該說她是害怕才對。她害怕父親會回來找她報仇，嚇得像孩童似地不停發抖。」

「原來如此，所以她才會產生令尊還活著的幻想？」

「是的。如果只是幻想倒還好，只是……金田一先生，母親說最近看到父親了。」

「看到令尊？什麼時候？在哪裡？」

金田一耕助嚇了一跳，望向美禰子。美禰子看起來又像女巫一樣了。

「就在三天前，二十五日那天。母親帶著菊江和女傭阿種，一起去東京劇場看戲。母親她們的位子在舞台正前方，中場休息的時候，母親不經意地轉頭看向二樓，發現父親坐在最前排的位子上。自那之後，母親變得有點精神失常，菊江和阿種也嚇壞了……」

「這麼說，其他兩人也認爲那個人就是令尊？」

「是的。最早發現這件事的就是菊江，聽說是菊江告訴母親和阿種的。」

「當時，她們沒試著去確認那是否就是令尊嗎？」

「沒有。菊江和阿種說太恐怖了，她們不敢這麼做。那個人似乎發現她們在看他，急忙把身體一縮。之後菊江和阿種終於鼓起勇氣，上樓去確認的時候，那個人早就不在了。」

說到這裡，美禰子停頓了一下，目不轉睛地盯著金田一耕助，似乎在觀察他的反應。耕助的心底陰影擴散，瀰漫著不安。

「然後呢……」

「明天晚上，我們家將舉行占卜。」

「占卜？」

美禰子突如其來地改變話題，金田一耕助不由得睜大眼睛，她卻一本正經地說：「是的，我們要請人來占卜，看父親是否眞的還活著。對了，我怎麼忘了？金田一先生，那張名單上請再多加一個人。」

「是哪位呢？」

「目賀重亮，年齡大約五十二、三歲，是醫學博士。從母親還在新宮家時，就是她的主治醫生。不，母親並沒有哪裡特別不舒服，但她總覺得身上有病。因此，目賀醫生經常到家裡來，也算是自己人了。話說回來，就是這位目賀醫生要幫我們占卜。」

金田一耕助的眼睛又睜得更大了，美禰子卻一副不足爲奇的樣子。「最近這種事可流行了。我們家也經常聚集一群太太，大夥圍著目賀醫生，進行類似的活動。對了，既然您已知道這件事，明晚能否請您出席那場聚會……」

由於突然牽涉到現實的話題，金田一耕助嚴肅地望向美禰子。接著，他傾身向前問：

「妳的意思是，占卜的時候說不定會發生什麼事嗎？」

「不，不是那樣的，我一開始就不把占卜當一回事。只是，如果您出席，就可以一次見到名單上的人。我希望您好好觀察他們。金田一先生……」

美禰子突然急切地說：「我最近莫名不安，都快要發瘋了。如果只是母親幻想著父親仍活著，我還能忍受，因爲母親本來就神經兮兮。可是，母親竟然看到和父親長得一模一樣的人，這就另當別論了。世上總會有一、兩個長得像的人，那可能只是巧合而已。不過，仔細一想，不斷幻想著父親仍活著的母親，偏偏碰到長相酷似父親的人，怎麼看都不像是巧合。該不會是懷著不良意圖的某人，在暗地裡策畫一切？這才是教我害怕的地方。一旦這麼想，我就怎麼都不明白，母親一開始爲什麼會產生父親仍活著的幻想？母親是個很敏感的人，只要稍加暗示，她就會中計。是不是有人對母親灌輸那樣的想法……讓她開始胡思亂想？那個人讓母親相信父親仍活著的目的到底是什麼？……金田一先生，我害怕的是這種情況。」

美禰子的眼神彷彿被鬼魅附身，「我實在是無法可想，才會去找父親被懷疑涉入『天銀堂事件』時，幫了我們很多忙的等等力警部。他跟我說，如果是這種事，應該找您比較適合……」

美禰子拜託金田一耕助調查的就是這麼一回事。

# 4 CHAPTER — 第四章

# 沙卦

前子爵椿英輔的宅邸位在麻布六本木。從六本木的十字路口，朝通往霞町的下坡路走去，就會看到右邊占地一千兩百坪的地皮。這一帶飽受戰火的無情肆虐，只有椿家不可思議地逃過一劫。在尚未展開重建的昭和二十二年前後，宅邸裡蒼鬱茂盛的檜木和柏樹每每引來路人的側目。

尚未蒙受戰禍之前，這一帶不是某某伯爵就是某某子爵的古宅。這些老房子歷史悠久，戶戶就像是生了根，高牆櫛比相連。椿英輔的家也是其中之一。這房子原本是炑子的外公所有，後來送給了炑子。

建築物是一棟舊式的明治風格雙層洋房，連接日式平房。除了這幢日式平房外，還有一幢平房坐落在走廊的盡頭。那是炑子結婚時，爲了接母親過來同住而新建的。

椿英輔和新宮炑子結婚的時候，雙親都還建在，不過他們不被允許和兒子同住，反倒是炑子的母親住了進來。因此，名義上是炑子嫁進椿家，實際上卻是椿英輔入贅新宮家。

炑子的母親在開戰前就去世了，原本她住的地方，現由玉蟲前伯爵和他的愛妾菊江居住。

椿家還有一棟融合和洋風格的粗糙建築，位在建地的一角。那裡原先是前任管家夫婦的住所，同時也是身爲地主兼一家之主的炑子的辦公室，如今是新宮前子爵一家的住所。

話說，昭和二十二年九月二十九日，也就是美禰子拜訪金田一耕助的隔天，晚上八點左右……

金田一耕助在椿邸寬敞典雅的客廳裡，遇見一名古怪的人物。

對方約莫五十二、三歲，穿著破舊的燕尾西服，領帶歪七扭八。那宛如平家蟹（註）的扁平臉孔上，蓄著蓬亂、未經修剪的鬍子，看似邋遢、不修邊幅的外表，反倒給人精力充沛的印象。跟這個年紀的老人一樣，他的體型胖碩，只是，那滿身油滋滋的肥肉還是讓人有點噁心。

此人正是今晚的主角，目賀重亮博士。

「唔，這方面的事我並不是特別有研究，只是感興趣而已。而且用沙占卜，我還是第一次聽到……」

金田一耕助一如往常穿著陳舊的和服，套上寬鬆的褲裙，手裡拿著皺巴巴、變形的軟呢帽。從剛才起，他就一直用雙手捏著那頂忘了掛在玄關的帽子。

「哪裡，其實這也不是我發明的，我只是把中國自古流傳下來的占卜方法稍稍改良罷了。不過，不可思議地神準。」

「您研究很久了嗎？」

「沒錯，超過十年。中日戰爭剛開打的時候，我在北京待了一年多，之後利用當時記下的東西，做了很多研究。」

**註**—盛產於瀨戶內海，腳細長，甲殼上的圖案與人臉相似。

「中國那邊也叫沙卦嗎？」

「不，那邊好像叫乩卜或扶乩之類的，你想成是日本的碟仙就對了，只是比起碟仙準多了。對了，聽說你是一彥的學長，是眞的嗎？」

在目賀博士一雙利眼的注視下，金田一耕助連忙回答：「是、是的，沒錯。」

然後，爲了趕緊轉移話題，他問道：「對了，今晚的占卜什麼時候開始？」

目賀博士目光冰冷地笑著說：「大概要等到停電後吧？」

「停電後……？」

「是的。烁子夫人是個神秘主義者，她覺得家裡黑漆漆的比較好。只不過，伸手不見五指也沒辦法占卜，到時應該會使用家用照明燈……今晚的緊急停電從八點半開始，持續半小時，時間應該快到了。」

對昭和二十二年前後電力供應吃緊的情況有印象的人，想必到現在都還記得分區輪流停電的痛苦吧？占卜將利用這樣的停電時間舉行。

正當目賀博士掏出超大懷表確認時間，一名年輕男子從走廊過來，說道：「博士，大致準備好了，請來檢查一下。」

「啊，是嗎？好、好。」

目賀博士輕鬆地站了起來，然後忽然想到似地說：「金田一先生，我先失陪。」

「噢，請便。」

「三島，室內照明沒問題嗎？」

「是，那部分我拜託阿種姊了。」

聽到三島的名字，金田一耕助不由自主地望向那名青年。高大魁梧的體格，白皙的皮膚，稱不上英俊，卻是笑容可掬、討喜的年輕人。向金田一耕助以眼神致意後，三島就跟著目賀博士走了。從背影望去，目賀博士的O型腿彎得厲害。

金田一耕助拿出手表一看，正好是八點二十分。

眼看著緊急停電的時間就要到了，美禰子到底在做什麼？剛剛耕助來訪的時候，她馬上從玄關迎了出來，帶他到客廳，介紹目賀博士給他認識。之後，她表示要去請母親過來就離開了，可是到現在連個人影都沒瞧見。

金田一耕助掏出手帕擦拭額頭，接著雙手抓住帽子，巴噠巴噠地猛搧起來。今晚異常悶熱，就算站著不動仍汗流浹背，該不會又要下雨了吧？

當金田一耕助呆呆地想著這種事的時候，走廊那頭傳來細碎的腳步聲。一名中年男子吊兒郎當地晃了進來，發現耕助站在那裡，似乎嚇了一跳，立刻停下腳步。

是新宮利彥吧？金田一耕助馬上就猜到了。此人身材高瘦，皮膚白卻毫無光澤，虛張聲勢地把架子端得很大，卻也讓人看出他異常膽小。人中特長，嘴角鬆弛，腦袋似乎不怎麼靈光。

利彥疑惑地上下打量著金田一耕助，然而，金田一耕助打算起身打招呼時，他卻驚慌失措地直往後退，拔腿跑出客廳。

哎呀，看來大少爺非常怕生……

金田一耕助愣了一下，另一頭傳來利彥說話的聲音。

「喂，美禰子，客廳那個奇怪的傢伙到底是誰？」

好沙啞的聲音。美禰子怎麼回答，金田一耕助聽不到，不過——

「一彥，你說的學長就是這傢伙？你最好別把奇怪的人帶回家裡，也不知道他是何居心。」

——哎呀，眞是太不信任我了。我只是長相比較吃虧罷了。

金田一耕助還在嘻皮笑臉的時候，美禰子和另一名同年紀的青年走進來。

美禰子面有慍色，一臉僵硬地介紹：「失禮了。金田一先生，這位就是我的表哥一彥。」

金田一耕助感到有點意外，一彥一點都不像他的父親。然而，當一彥說「金田一先生，我父親是不是講了什麼失禮的話？」的時候，他又覺得一點都不像父親是一種幸福，因爲一彥的臉上洋溢著孩童獨有的眞誠。雖然他沒有父親那麼高大，卻有一副勻稱的體格，相貌也比父親有氣質多了。只是，他看起來抑鬱寡歡，缺乏年輕人的蓬勃朝氣，是椿子爵失蹤以來，糾纏著這個家的悲劇造成的嗎？

「哎呀，」金田一笑容可掬地說：「沒什麼……我想上前打招呼，似乎嚇到他了，他拔腿就跑。八成是以爲莫名其妙的人到家裡來了吧?哈哈!」

一彥尷尬得臉都紅了。美禰子則板起臉孔,不屑地說:「舅舅總是這樣,惡人沒膽,只敢在家裡發威。對初次見面的人,他怕得像是看見老虎。」

這時,門那邊傳來細碎的衣物摩擦聲,美禰子嚇了一跳,趕緊回頭。「啊,母親下來了。」

不過,美禰子的語氣不太確定,所以金田一耕助半信半疑,仍坐在椅子上,往門那邊看去。

然後,他第一次見到美禰子的母親,前子爵椿英輔的未亡人秌子。當時留下無法言喻的奇怪印象,日後金田一耕助始終揮之不去。

美禰子對母親的描述一點都不誇張。眼前這位滿臉堆著笑容的婦人年輕美麗,讓人壓根都想不到她已有像美禰子這麼大的女兒。略爲發福的身材,反倒讓她像極了下半身豐滿的日本娃娃,可謂珠圓玉潤。豐腴的雙頰鐫著明顯的酒窩,讓她又年輕幾分。手工精細的華服繫上以粗金線繡成的腰帶,說她是未出閣的少女也沒人會懷疑。

這些都還不打緊,只是,當金田一耕助看到這位婦人的瞬間,不知爲何,他竟然心裡發毛,就是覺得哪裡怪怪的。

秌子確實美麗,不過,那是一種人造花般的美。如同畫上的美人,虛幻而不眞實。她的笑容燦爛耀眼,卻彷彿經過專人指導。秌子看著耕助,但視線似乎落在更遠的地方。

「美禰子。」鉌子像少女似地偏著頭說話。一聽到她的聲音，金田一耕助又覺得體內哪根筋不對勁了。那聲音有著比少女更少女的甜膩。

「你和一彥請來的客人就是這位，是吧？怎麼不介紹給我認識呢？」

「我先失陪一下。」一彥好像待不下去了，他越過鉌子的身旁，走出客廳。

美禰子神色陰沉，不悅地目送一彥離去，不過她還是走到母親身邊，牽起她的手，將她帶到金田一耕助的前面。耕助急忙從椅子上站起。

「母親，容我向您介紹。這位是金田一耕助先生，是一彥表哥的學長。由於他對占卜很有興趣，今天特地前來觀摩。金田一先生，這是我的母親。抱歉，我有點事要處裡，先失陪了。」

美禰子草草交代完畢，頭一扭，就大步走出客廳。

「這孩子！眞是的，」鉌子刻意皺起眉頭，「瞧她走路的樣子，像男孩一樣……現在的女孩都這麼沒有規矩，實在拿她沒辦法。不知道提醒她多少次，就是改不過來。」

鉌子突然回頭，衝著耕助嫣然一笑：「金田一先生，我們過去那邊坐好嗎？」

金田一耕助眞的糊塗了。眼看八點半就要到了，八點半一到電就會停，一片漆黑中，剩下他和這婦人單獨相處……想到這裡，金田一耕助不由得流了一身冷汗。

「啊，不，我站著就好。話說回來，夫人，占卜的時間不是快到了嗎？」

「占卜……？喔，您就是爲此而來。金田一先生……」鉌子面帶愁容，「您怎麼想呢？

我丈夫眞的死了嗎？不、不，那根本是騙人的，我丈夫一定還活著。我曾親眼看到他，就在幾天前。金田一先生……」

這時，烁子像孩童一樣全身打顫，「我好怕、好怕，不知道該怎麼辦。他八成是在等待機會，向我們這群人報仇。」

烁子的害怕絕對不是裝出來的，也不是刻意誇張。她眞的如此相信，而且嚇得要命。不過，這些都不算什麼，倒是訴說著心事的烁子，全身散發出一種無法形容的狐媚味。那根本是無法用一般常識判斷，令人討厭又噁心的感受。

然而，隨著金田一耕助越來越習慣這朵妖豔假花散發的濃郁香味，他反倒同情起對方的無知，更勝於厭惡她的賣弄風情。

「夫人，妳爲何會有這樣的想法呢？說什麼妳丈夫會回來報仇……」

「那是因爲……我對不起他。我仗著丈夫脾氣好，怠慢了他……欸，金田一先生，不是有人這麼說嗎？平常脾氣好的人，一旦發起狠來是很可怕的。我想，『天銀堂事件』的凶手說不定就是他。」

「夫人！」正當金田一耕助嚇了一跳、幾乎忘了呼吸的時候，傳來一個女人的叫喚聲。

「哎呀，夫人，原來您在這裡。」一名身穿大紅晚禮服、頸繫珍珠項鍊的年輕美女走進來。她的身材苗條高䠷，儀態優雅。

「菊江，有什麼事？」話講到一半被打斷的烁子似乎有點不高興。

「占卜快要開始了，請移駕到那邊去吧。」

「好，我馬上過去。菊江，我剛剛跟金田一先生聊起我丈夫的事，我說他或許就是『天銀堂事件』的凶手。」

菊江朝耕助瞥了一眼，應道：「是、是，這個我們等一下有的是時間聊。不過，現在占卜的時間到了……來，我們去那邊吧。」

她輕輕推著秌子的背，「金田一先生，您也一起來。」

「好的。」

金田一耕助想再觀察菊江一會，忽然停電了，四周一片漆黑。

「哎呀，眞糟糕。這時候要是有帶手電筒就好了。」

「菊江、菊江，好恐怖！」

「夫人，沒事的，我在您的身邊，金田一先生也和我們在一起。」

「金田一先生，請不要走開……待在我的身邊……我……我……」

「夫人，我在這裡，請放心。」

站在伸手不見五指的無邊黑暗中，金田一耕助沒來由地一陣心慌意亂。

美禰子的恐慌不是沒道理的。只要利用這朵美麗假花的瘋狂幻想，不管多麼恐怖的犯罪計畫都可能成功。說不定，此刻在黑暗中，計畫正一步一步進行著。

「咦！」突然間，秌子又發出尖叫，衣服的摩擦聲沙沙作響。

「夫人、夫人，您怎麼了？」

「有人……有人……在二樓走動，從老爺的書房……」

菊江沉默了一下，應道：「夫人，您聽錯了。現在誰會去二樓呢？金田一先生，您聽到什麼了嗎？」

「不，我什麼也沒聽到。」

「不、不，確實有人從老爺的書房走出來，我聽到關門聲，和腳步聲……」

這時女傭阿種正好拿手電筒過來，於是金田一耕助就把二樓腳步聲的事忘了。

「抱歉，電說停就停，所以我來晚了……家裡的時鐘似乎慢了。」

由於亮著手電筒，炑子總算比較鎮定。

「阿種，辛苦了。來，夫人，我們走吧。金田一先生也一起。」

由於漆黑一片，無法完全看清屋內的狀況，不過占卜的房間約莫在最裡面。走到一半，美禰子也拿著手電筒追上來。

「嚇壞我了，突然就停電，我們家的鐘好像慢了五分鐘。」

不久，一行人總算來到舉行占卜的房間門口。

「金田一先生，您先請。」

「好……」

金田一耕助有點裹足不前，因爲他還拎著那頂充滿汗臭味的帽子。

「金田一先生，來，請進。」

菊江再次催促，耕助沒辦法，只好把帽子往走廊上的花瓶一罩，跟著進入幽暗的占卜密室。

# 5 CHAPTER — 第五章

# 火焰太鼓

當天晚上，在目賀博士的主持下進行詭異沙卦的場所，稍後將成爲上演血腥密室殺人事件的現場。由於這個房間本身就大有問題，所以會在這裡多費些筆墨，描述一下內部的情形。

說到那個房間，大約有十六張榻榻米大，是深而長的西式房間。正對走廊的入口處，安著厚實的橡木大門，是左右對開的，門閂似乎設在內側。門的上方橫著與入口同寬的細長氣窗，上面嵌著四片玻璃，其中兩片可往左右打開。不過，氣窗的高度用鐵尺來量，也不過五寸（註）大小，別說人無法從打開的窗戶鑽出去，連頭要通過也辦不到。

進入房間後，正面牆壁設有一整面大窗。這裡的窗都有兩層，外面那層嚴密地罩上百葉捲簾。

這個房間是失蹤的椿子爵的練習室。有空的時候，子爵會在裡面專心作曲、彈奏。因此，這個房間不但離其他家人的起居室和臥房很遠，牆上還裝有隔音設備。就算有人在裡面打鬥，家裡的人也不會發現。

那天晚上，金田一耕助跟著菊江進入房間時，房內的景象卻大不相同。他作夢都想不到房間竟然那麼大，直到命案發生後，他又回來查看現場才注意到。

之所以會這樣，是因爲從天花板垂下的黑色簾幕從三個方向把房間的一部分圍了起來，簾幕後的景象全被遮住。

簾幕內的空間約有八張榻榻米大，利用自家發電機啓動的照明設備，從天花板垂吊而下。燈罩下，在昏黃、擴散的光暈裡，椿、新宮、玉蟲三個家族的成員姿態各異地圍著大圓桌，默默坐著。

金田一耕助還沒來得及觀察這群人，目光已受到圓桌上擺的怪異物品吸引。

桌上有一只直徑長達一．五公尺的淺底大陶盤，盤子上平整地鋪了一層又白又細的沙。盤子的上方，放著一個無比詭異的裝置。

那是直徑約十公分，像是淺碟子的物品，安在五根纖細的竹子上頭。這五根細竹以小碟子爲中心，規則地呈星型放射狀排列。竹筷的長度比大陶盤多出十公分。在這些竹子的內側十五公分處，另有五根三十公分的細竹支撐。這五根支架穩穩地插在陶盤的沙中，位置剛好在正五角形的五個角上。

也就是說，距離陶盤三十公分高的地方，有一個和沙平行的小碟子，由五根放射線兒著。然後，從小碟子的中央又垂下一根三公分的金屬錐子，而這根錐子似乎就是沿著裝在陶盤底或細竹下的軌道，產生微妙的晃動，然後在沙上寫下占卜的文字。看樣子，這就是目賀博士改良的名叫「扶乩」或「乩卜」的玩意。不管是陶盤、竹筷或竹架子，全塗上仿中國風的朱漆。

有關那詭異道具的說明到此爲止，接下來會再費些筆墨介紹一下當晚參加沙卦的來賓。

**註**—舊制的丈量單位，一寸約爲3.03公分。

首先，正面坐著活動的主持人目賀博士。博士背後的簾幕上，掛著一幅水墨畫，畫的似乎是中國的仙人。之後聽他們說這名仙人叫「何仙」，扶乩進行的時候，會把這位仙人召喚出來，請祂回答問題。目賀博士背對著仙人而坐，一副他本人就是蟾蜍仙的表情。

接下來，以這位蟾蜍仙為中心，從耕助的角度望去，他的右邊坐著烁子，左邊是個白髮蒼蒼的老人，金田一耕助一眼就猜出此人正是昔日執研究會牛耳，擔任貴族院首領的前伯爵玉蟲公丸。

由於戰後一連串的打擊，玉蟲前伯爵已不復昔日的意氣風發，不過那睨視耕助的炯炯目光，依舊透著不把人放在眼裡的冷酷無情。不該出現在老者身上的光滑皮膚，呈現暗沉的蠟黃色，右邊太陽穴一帶有塊洩漏年紀的大黑斑，格外引人注目。儘管如此，那修剪整齊的白鬍子，以及閃閃發亮的得體和服衣襟，配上圍在脖子上的黑絲巾，讓靠在椅背上的他充滿王公貴族的氣勢。

在玉蟲前伯爵後面的是剛剛見過的新宮利彥，接著是年約四十、身穿黑色洋裝的貴婦。她應該是利彥的妻子，從頭到尾都安安靜靜地坐著。

利彥的妻子華子，予人的印象和烁子相反，顯得謙恭有禮。她和烁子差不多年紀，看上去卻比烁子老了十歲，容貌也不像烁子那樣美得有點詭異，但倒也不醜，是沉穩大方、看似聰慧的中年婦女。只是，她給人的第一印象，有種無比沉重的倦怠感，彷彿活得很累。

金田一耕助悄悄坐到她的身邊。這麼一個善良體貼的人竟嫁給沉迷酒色的利彥，耕助不禁有點同情她。

然後，華子再過去是她的兒子一彥，一彥旁邊坐著三島東太郎。以上五人坐在目賀博士和耕助連成的線的左側座位。

另一方面，線的右側、目賀博士的隔壁坐著秌子，這一點剛剛提過了。秌子隔壁坐著一個老太婆，這老太婆醜到讓人覺得世上大概沒人比她更醜了。她應該就是從新宮家陪嫁過來，之後就一直服侍著秌子的老管家信乃。

醜到極限也就讓人不覺得醜了。不，那反倒是一種藝術。在年齡的腐蝕下，信乃情感中的羞恥、矜持等污垢，似乎都清洗掉了。連她本人都像忘記自己的醜，坦然面對一切。就這一點看來，反而讓人興起一股敬畏之情。總之，這女人在某方面也有著異於常人的冷酷無情。

信乃旁邊是美禰子，美禰子旁邊是菊江。以秌子爲首，這四人坐在金田一耕助的右側，女傭阿種還沒有資格同桌。

話說，由於鐘慢了，緊急停電出乎意料地說來就來，大家似乎都迷了一下路，到達這個房間前，已浪費不少時間。

金田一耕助、秌子、菊江，以及隨後趕來的美禰子，一起進入這個房間的時候，屋裡只有玉蟲前伯爵、老太婆信乃，和利彥的妻子華子，三人鬧得發慌地等著。

比耕助他們稍微慢一點，不久目賀博士沒規矩地扣著褲子的鈕釦，一邊張著O型腿，搖搖擺擺地走進來。

「抱歉、抱歉！我想反正還有時間，就去上了個廁所，沒想到忽然停電，我摸索好久才找到路，眞是莫名其妙。」

目賀博士嘴裡叨念著，搖搖晃晃地往自己的位子走去。沒人對他的舉止報以微笑，也沒人附和他的話。大家宛如人面獅身像，面無表情地坐著。

晚了目賀博士一步，一彥和三島東太郎幾乎同時到達。一彥沉默地走到母親的身邊，東太郎叨念著時鐘慢了的事，將家用照明燈重重往地上一放。一旦現在亮著的這盞沒電了，便可派上用場。

「醫生，我問了阿種，她忘記今天充好電的是哪一盞，所以這個……」他抬頭看向天花板上的那盞燈，「說不定進行過程中會熄掉，該怎麼辦？」

「算了，如果眞的熄掉，再另外想辦法。對了，大家都到齊了嗎？」

「不，我丈夫還沒……」說話的是華子。

「哦，新宮先生還沒來？他總是遲到，不愧是大老爺哪，派頭好大。嘿、嘿、嘿！」蟾蜍大仙發出蟾蜍般的笑聲，就在此時，新宮利彥嘟囔著，一臉不悅地走進來。蟾蜍大仙滿不在乎地往臉上一抹。

就這樣，全員到齊。

人都到齊後，又經歷一場混亂，才按照剛剛描述的順序一一坐定。接著，三島東太郎起身，關上兩扇對開的門，拉下黑色簾幕。

於是，這十一個人彷彿被關進黑色簾幕做成的箱子。不久之後，那詭異的沙卦就開始了。關於沙卦的事，我盡量簡單描述。

一開始，蟾蜍大仙目賀博士站起，朝何仙的畫像拜了拜，用低沉的嗓音唱著祝詞。那不知是梵語還是中國話，總之就像念經一樣，不時可聽到「何仙」一詞，由此可見他正在把神請出來。目賀博士的嗓音並不特別悅耳，不過他念誦得出神入化、十分熟練，自然而然就把人的心神吸引過去。之所以要這麼念誦，應該是爲了幫助出席者集中精神。

這段期間每個人都十指交扣，放在圓桌的桌緣，半閉著雙眼，各自注視著前方。金田一耕助也跟著這樣做。

密閉、狹窄、安靜的房間內，蟾蜍大仙低沉單調的聲音宛如蟲鳴，持續不斷地念唱。默默聽著，金田一耕助竟漸漸迷糊起來。

「不行！」金田一耕助暗自驚叫：「這樣下去，會進入自我催眠的狀態！」

於是，爲了轉移注意力，金田一耕助偷偷左右張望，發現一件怪事。

他的左邊坐著三島東三郎，此刻三島似乎進入忘我的境界，不可思議的是，他擱在圓桌上的兩手，只有右手戴著手套。

金田一耕助納悶了一下。不著痕跡的觀察一番後，他總算明白東太郎爲什麼只有右手戴著手套。進入忘我境界的東太郎，手指微微震動著，然而只有右手的中指和無名指略有不同。

金田一耕助馬上想到是少了那兩根手指的關係，只是不知道是從根部斷掉，還是斷了半截。爲了遮醜，他得到右手隨時都能戴上手套的特權。

弄清楚之後，耕助自覺一直盯著別人的手不禮貌，目光往右移，又吃了一驚。耕助的右邊坐著菊江。菊江同樣十指交扣，擱在桌緣。她的左手小指斷了半截。

金田一耕助不由得想看個仔細，這時菊江竟抬起左肘，往他的小腹頂去，接著以下巴示意。只見坐在正對面的蟾蜍大仙，像生氣的蟾蜍一樣，瞪著耕助。

金田一耕助簡直像在教室裡搗蛋，當場被老師抓到的小學生，整張臉脹紅，用力抓搔著頭。他馬上察覺自己的失態，連忙把手擺在桌上，乖乖閉上眼睛。

右邊的菊江吃吃竊笑，拿出手帕，蓋在左手上。之後，她也老老實實地閉上眼睛。

由於這件事，耕助認爲至少菊江不相信目賀博士的妖術，沒有迷失自己。

蟾蜍大仙的祝詞念得越來越快，變成有如吶喊一般，此時烁子搖搖晃晃地站了起來，耕助詫異地偷偷望向她。

此刻烁子已完全進入催眠狀態。原本就少得可憐的自我意識，從那媲美京人偶的秀麗臉龐抽離一空，她的眼神恍惚，注視著遙遠的前方。

金田一耕助想起昨天美禰子說過的話。

母親是個非常敏感的人，只要稍加暗示，她就會上勾……

光看秌子此刻的模樣，就知道美彌子所言不假，那是一件多麼危險的事，他到現在才明瞭其中的恐怖。

秌子恍惚地注視著前方，舉起顫抖的右手。然後，她將食指、中指、無名指併攏，輕輕放在其中一根放射竹的前端。

蟾蜍大仙的祝禱一聲急過一聲，這次換美彌子站了起來。看到美彌子起身，一彥也跟著起身。他倆跟秌子一樣，併攏右手的三根手指，各自放到眼前的放射竹上。

就這樣，五根放射竹中的三根已有三人占據，還剩下兩根。這兩根正好對著東太郎和菊江。兩人幾乎是同時站起，同樣併攏三根右手的手指，放在放射竹的前端。

金田一耕助有點訝異。秌子和東太郎就不說了（因爲他不是很瞭解東太郎），怎麼連美彌子、一彥，甚至剛剛還在竊笑的菊江，都被蟾蜍大仙的咒語迷住？更誇張的是，他們把手放在放射竹上，還乖乖半閉上眼睛。

湊齊五個人後，目賀博士的祝禱聲突然變得緩慢溫柔，簡直像是哄寶寶睡覺的搖籃曲。

金田一耕助偷偷觀察五人小組以外的其他人，發現他們都盯著那根金屬錐子。那錐子從位於放射竹中心的朱紅淺碟垂吊而下。

不知道他們是不是都相信這種占卜，至少在這一瞬間，每個人的臉上都散發著一股緊張的氣息。

金田一耕助不禁想起中世紀盛行於歐洲的惡魔主日學。此刻，在黑色簾幕圍成的箱子裡，瀰漫著類似的詭異氣氛。

忽然間，不知是誰發出啜泣聲，鼻子猛抽氣。定睛一看，那根錐子輕輕晃動。每移動一下，錐子就在沙上畫出小圓弧。錐子曾暫時靜止，後來又像有生命的物體一樣，緩緩轉動，不斷在沙上畫出半圓形。

金田一耕助馬上發現這種占卜和日本的碟仙原理相同。五名男女觸摸放射竹前端的手指產生微妙的震動，這震動傳至位於中央的碟子，讓從碟子底部垂下的錐子晃動。

之前提過，不知是這碟子的裡面或是放射竹的下面鋪有軌道，只要在軌道的範圍內，錐子可往任何方向自由移動。然後，蟾蜍大仙目賀博士將會根據錐尖在沙上畫出的圖案，論斷吉凶、運勢。這次要問的就是，椿子爵到底是生是死……

錐子越來越頻繁移動，已在沙上畫出二至三個不規則的半圓或圓弧。耕助心想，頭頂的家用照明燈似乎變暗了，說時遲那時快，燈忽然熄滅。

瞬間變得伸手不見五指，一片漆黑中，大家慌亂起來。有人低嚷著，打算離開座位。金田一耕助緊張萬分，在危機四伏的黑暗裡，他豎耳聆聽每個人的動靜，握緊拳頭的雙手不斷冒汗。

不過，這場騷動很快平息。蟾蜍大仙發出叱喝聲，提高音量繼續念著祝詞。於是，奇異的沙卦繼續在黑暗中進行，不一會，啪地一聲燈亮了。並不是家用照明燈點著了，而是緊急停電時間已過，電力自然恢復。

金田一耕助趕緊查看周圍，沒人發生異狀，大家都維持著家用照明燈熄滅前的姿勢。金田一耕助拿出手帕，鬆了口氣，抹了抹手。

電來了不久，目賀博士的祝禱聲也停止。祝禱聲一停，烁子彷彿渾身虛脫，癱倒在背後的椅子上。老太婆信乃抱住她，哄小嬰兒似地撫著她的背。其餘四人坐回自己的位子，大家都一副累壞了的表情，額頭上滲出涔涔汗水。

目賀博士三言兩語地念完最後的祝詞，從容站起，往沙子的表面看去。金田一耕助也挺直背脊，看向陶盤的中央。

此時，錐子完全靜止，垂落在沙子上方，畫成奇怪的圖案。

那是一個兩頭尖銳的橢圓形，橢圓的四周布滿線條，宛如火苗竄出。金田一耕助不禁聯想到雅樂（註）使用的火焰太鼓。

「這簡直就是火焰太鼓嘛！」

金田一耕助心裡想什麼，嘴巴就說了出來，始終對著沙子表面沉思的目賀博士卻像被嚇到，抬頭望向耕助。那眼神頗爲古怪，隱含一種難以形容的驚異之色。

之後，目賀博士的目光又落在沙面，凝視火焰太鼓半晌。接著，他匆匆瞥向烁子，和老太婆信乃交換了個眼神後，轉頭看著玉蟲前伯爵和新宮利彥。

**註**—在奈良、平安時代完成，模仿大陸一帶傳來的音樂，搭配外國樂器於宮廷、神社、寺廟等處演出的歌舞，和日本固有的歌舞不同。

循著他的目光，金田一耕助首次發現玉蟲前伯爵、新宮利彥，還有老太婆信乃感受到的驚駭，並不亞於目賀博士。

他們也凝視著沙上呈現的不可思議的圖案。不、不，感到驚訝的不光是他們。美禰子、一彥，及一彥的母親華子也露出詫異的神情，注視著沙面。

不感到驚訝的只有東太郎和菊江。他們似乎不明白眾人為何會如此驚訝，不停眨著眼。玉蟲前伯爵倏然從椅子上站起。這個老人用充滿怒意的眼神，梭巡在場每個人：「說，是誰！是誰這樣惡作劇！」

然而，眾人還來不及回答，對開的木門外傳來猛烈的敲擊聲。東太郎站了起來，稍稍將布幕拉開，透過狹窄的門縫，和某人說著話。門外傳來的聲音聽來像是女傭阿種，她顯得相當歇斯底里，話說得又快又急。

聽到她說的話，東太郎似乎嚇了一跳，將頭探向走廊，一副凝神傾聽的神態。不過，他又走回屋內，拉起布簾，打開那扇左右對開的門。

就在此時，房間裡的人一個也不少，全站了起來。

# 6 CHAPTER — 第六章

# 笛聲停了

間。

〈惡魔前來吹笛〉——

金田一耕助在破案前，聽了這首曲子無數遍，第一次聽到卻是在東太郎打開門的那一瞬間。

從不知名的遠方傳來斷斷續續的笛聲。一片死寂中，那幽渺的旋律緩緩流瀉而出，教人不由自主地心跳加速。

話說回來，這笛聲不至於讓這些人如此害怕吧……？

金田一耕助愣頭愣腦地望著呆立的每個人的表情。連剛剛看到火焰太鼓時，呈現恍惚狀態的烁子都……不，烁子早已被最深的恐懼俘虜。

她抓著老太婆信乃，像孩童般不住發抖。當長笛的旋律——那瘋狂的旋律逐漸加強時，烁子終於用雙手捂住耳朵，「啊，我的丈夫回來了，他回來吹笛子了！來人……來人啊……把那聲音停掉……」

聽見烁子宛如幼兒撒嬌的尖叫聲，大家回過神來。美禰子神色一凜，推開眾人，往屋外跑去，一彥緊跟在後。金田一耕助雖然搞不清楚狀況，也跟著他們跑。

由於停電時間已過，走廊點著亮晃晃的燈。美禰子沿著走廊，跑在最前面。

美禰子的後面是一彥，一彥的後面是金田一耕助，耕助的後面則跟著東太郎和菊江。

來到走廊後，笛聲越來越清晰，似乎是從客廳那邊傳出。

美禰子最先趕到客廳的門口。客廳的門從剛剛耕助他們出去後就一直開著，裡面燈火通明，卻不見半個人影。不過，那瘋狂的笛聲依舊響著。

「啊，美禰子，在二樓！」

一彥邊叫邊跑。在他的身後，美禰子、金田一耕助、東太郎和菊江也跟著跑。他們後方似乎還跟著別人。

通往二樓的樓梯在客廳的外面，所以他們繞回走廊。眾人趕到樓梯口，不約而同停下腳步。抬頭一望，二樓漆黑一片，但笛聲確實是從那裡傳出。

「誰……？誰在那裡？」美禰子的聲音顫抖著。二樓沒有回應，只聽得到如泣如訴的笛聲。

「誰在那裡？」美禰子又問了一次，接著按下牆壁上的開關，啪一聲，樓梯間的燈亮了。還是沒人回答，笛聲倒是有條不紊地繼續響著。

「走，去看看。」

一彥爬上五、六級階梯。美禰子有點猶豫，隨後跟了上去。金田一耕助和東太郎跟著他們，菊江則和後來才趕到的利彥和華子留在原地。

爬上樓梯後，走廊左邊有兩、三個房間，笛聲似乎是從第一間傳出。

發現這一點，大家都站在樓梯口，裹足不前。

「金田一先生……」美禰子拚命抓住耕助的手臂，邊喘邊說：「父親的書房，聲音是從父親的書房傳出。」

書房的門稍稍打開，透出宛如螢火的微光。耕助讓呆立不動的眾人留在原地，獨自來到門邊，輕輕推開門，查看屋內的情況。

書房裡沒點燈，一片漆黑，卻有一處發出微弱的光芒。金田一耕助馬上認出光源。

「金田一先生，誰在裡面……？」

耕助緩緩搖頭，「美禰子小姐，房間裡有電動留聲機嗎？」

「電動留聲機……啊，這麼說，那是唱片的聲音？」

美禰子敏捷地穿過他的身旁，按下門後的某個開關，整間書房頓時亮了起來。

書房收拾得整齊乾淨，可以想見失蹤的椿子爵多麼一絲不苟。房內一角擺著大型電動留聲機，那令人發毛的長笛旋律，正是從留聲機的音箱傳出。

「是誰……是誰這樣戲弄我們？」

知道是唱片後，美禰子鬆了口氣。她大步走到留聲機的旁邊，掀開蓋子。就在此時，音樂剛好停下，唱片自然不轉了。

就這樣，惡魔將〈惡魔前來吹笛〉徹底演奏了一遍。

兩人面面相覷，美禰子似乎先恢復冷靜，說道：「我要去陪母親了，根本沒什麼好擔心的。」

她神色一凜，面帶怒容，打算先行離開。金田一耕助抓住她的手臂，阻止她離開。

「不，美禰子小姐，請再多留一會，我有很多事想請教。」

接著，他看向站在門口的一彥和東太郎，說道：「可否請兩位到樓下去，向大家報告這件事？就說不知道是誰惡作劇，沒什麼好擔心的。」

一彥猶豫了一下，沉默地點點頭，離開門口，東太郎也跟著下樓。

金田一耕助走到留聲機旁邊，小心翼翼地拿起唱片，就著燈光，閱讀上面的文字。

「啊，這似乎是令尊的作品。」他略微驚訝地說道。到目前爲止，耕助從未聽過那首曲子，光聽旋律自然不知道作曲者是誰。

美禰子不發一語地點點頭。

「那麼，演奏者應該也是令尊？」

美禰子又無言地點頭。

金田一耕助小心翼翼地把唱片放上轉盤，回頭望向美禰子。「美禰子小姐，可否請妳過來這邊坐？站著不好說話。」

美禰子看著耕助，猶豫片刻，還是乖乖坐下。那蒼白的臉頰上寒毛根根豎立，源於過度緊張的疲乏之色，在眼眶周圍形成黑色的陰影，導致她平板嚴肅的臉孔顯得更加嚴肅，看著怪可憐的。

「……………」

附近有張桌子，耕助坐在桌緣，開口：「美禰子小姐。」

「我有很多事想請教妳，第一件是有關剛才的事。當笛聲響起的時候……爲什麼大家會那麼緊張？當然，空無一人的房子裡突然響起笛聲，任誰都會感到驚訝，不過大家的反應，似乎不只是因爲笛聲而已。爲什麼大家會如此緊張？」

「那首曲子是……」美禰子欲言又止，「是父親的遺作。父親作曲、親自演奏、錄製成唱片不久，就捲入『天銀堂事件』，然後……然後……他就失蹤了。」

美禰子哽咽地說：「那作品可說是父親留下的遺物。此外，關於曲子的標題，剛剛你也聽過了，應該能夠理解。不知爲何，旋律中充滿詛咒和憎恨的氣息，母親非常害怕這首曲子。母親深信父親是把對他們那群人的詛咒和怨恨全吹進曲子裡了。所以，自從父親失蹤，母親就把家裡剩下的五、六張唱片全部敲碎。」

金田一耕助不由得挑眉，「全部敲碎……？那麼，你們家不就一張也不剩？」

「是的……」

「可是，這張唱片……？」

「不知道，所以我才感到害怕。」

美禰子哆嗦著縮起肩膀，「到底是誰拿來放的？這樣做有何目的？」

金田一耕助從桌上滑下，緩慢地在室內踱步。「惡魔前來吹笛……這個標題果然很怪，究竟有何意義？」

「我也不清楚，父親的本意應該是暗諷戰後的世道，社會的亂象……在父親的心裡，跟惡魔前來吹笛來沒有兩樣吧？」

「原來如此。」

「母親另有一番解讀。根據她的想法，所謂的『惡魔』指的就是父親自己，總有一天他會變成惡魔前來吹笛。話說回來，這跟父親失蹤後，我們怎麼找都找不到的黃金長笛也有關聯……」

「黃金長笛？」

「是的，那是父親最寶貝的長笛。一般長笛都是銀製或木製，父親特意請人打造一支黃金長笛。黃金材質的長笛，發出的聲音特別柔和……那張唱片也是用那支黃金長笛演奏的。」

「那支長笛在令尊失蹤後就不見了嗎？」

「是的，因此母親認爲是父親把長笛帶走了，等他變成惡魔後就會回來吹笛。我當然不相信，不過剛剛那首曲子突然響起的時候，我竟瞬間陷入錯覺，以爲眞如母親所說，父親回來吹笛了。」

美禰子的臉頰泛起一層雞皮疙瘩，恐怕是想起笛聲突然響起的恐怖場面。

「令尊似乎很擅長吹笛？」

美禰子微微揚起眉毛，「椿家歷代都是宮廷的雅樂師。我不知道父親是否繼承那方面的血統，但父親眞的是一流的長笛演奏者，雖然他鮮少作曲。父親這一生的願望就是前往法國，拜在莫易茲（註）門下學習。莫易茲可說是世界首屈一指的長笛演奏家。如果大環境不是這樣，父親就能靠著長笛在社會上正大光明地立足，不知該有多好？父親絕對不像玉蟲舅舅和新宮舅舅說的，是個什麼都不會的廢人。」

吐出最後一句話的時候，美禰子的身體因憤怒和憎惡而顫抖。金田一耕助頗爲同情，不過他裝作沒看到，繼續緩慢踱步。

「這麼說，美禰子小姐，今晚大家聽到這張唱片，或許隱藏著什麼重大的意義。惡魔前來吹笛……到底是誰，又爲什麼要吹響笛子呢？」

美禰子微微顫抖著說：「金田一先生，請不要說那樣的話……我好怕，怕得快受不了了。」

金田一耕助在發抖的美禰子面前站定，溫柔地看著她說：「美禰子小姐，如果妳害怕，我們就談不下去了。妳是這個家的支柱，不振作一點不行。對了，關於放唱片的人，妳可有什麼頭緒？」

美禰子專注地看著腳下的地毯，輕輕搖頭：「我不知道。不過，有機會下手的人，應該只有阿種而已。因爲那個時候其他人都在占卜，或者，有人從外面偷偷溜進來？」

「阿種像是會開這種玩笑的人嗎？」

「很難說……我不太確定。原本她就站在父親那邊。根據我的觀察，全家唯一同情父親的只有她，父親也很照顧她，不過，那純粹是雇主對員工的照顧。可是，爲什麼她要做那樣的事？」

金田一耕助溫柔地注視著美禰子的眼睛，「美禰子小姐，這妳可想錯了。搞不好放唱片的眞是阿種，但有機會下手的人，應該不只有她。剛剛參加占卜的人，絕大多數都有這個機會。」

美禰子似乎嚇了一跳，看向耕助。「金田一先生，這、這怎麼說呢？」

「因爲這是電動留聲機。放唱片的人知道今晚八點半到九點之間會停電，反過來說，九點一到，就會恢復供電。所以，等八點半停電，那個人馬上跑來這裡，把唱片擺好，放上唱針，按下電源開關。就算開關是開著的，在沒電的情況下，唱片也不會出聲。搞定一切後，那個人若無其事地回到占卜的房間。占卜進行到一半，剛好九點，這時電力公司恢復供電，於是電流通過留聲機的音箱。由於開關已打開，眞空管發熱，轉盤開始旋轉，唱片自然發出聲音。」

美禰子屛息聽著金田一耕助的話，不久她全身劇烈顫抖，問道：「爲什麼那個人要這樣做？」

「這就有好幾種可能了。爲了嚇唬大家，或是想製造唱片播放時的不在場證明，還有……」

「還有……？」

**註**—莫易茲（Marcel Moyse，1889~1984），法國長笛演奏家，被譽爲二十世紀最偉大的長笛演奏家，對後世的長笛演奏有巨大的影響力。

「這是我的想法，那個人說不定有必要轉移大家的注意力。」

「何以見得？」

「我也不是很清楚。倒是我有件事想請教妳，剛剛占卜時出現的奇怪圖案到底是什麼？為什麼大家會如此驚訝？」

美禰子突然露出惶恐的神色，「我也不知道。其他人會那麼驚訝，我也覺得莫名其妙。不過，我之前看過一模一樣的圖案。」

美禰子啞聲低語，呼吸隨之急促起來。

「什麼時候？在哪裡看到的？」

「父親的遺體在霧之峰被找到的時候，我前往認屍，這件事昨天也說過了。當時父親的西裝口袋裡，放著一冊小日記本。說不定能找到類似遺書的東西，所以我仔細翻看了一遍。結果某一頁上，畫著一模一樣的圖案，而且在那上面……」

美禰子深吸一口氣，全身抖個不停。

「而且在那上面……？」

「還寫著『惡魔的徽章』五個字。是的，那確實是父親的筆跡。」

「惡魔的徽章……？」金田一耕助不由得倒抽一口氣。

「是的，不過當時我並沒有追究下去。我心想，父親選擇那麼悲慘的死法，腦袋多少會有點不正常。之後我就忘了這件事。然而，今晚沙上竟出現那個圖案……」

「那件事……令尊的日記本裡畫有奇怪圖案的事，其他人都知道嗎？」

「我不是很清楚。我拿給一起去認屍的一彥表哥看過……後來，那本日記被當成父親的遺物帶回家裡，所以或許大家都看過。現在應該在母親手上……」

金田一耕助回想剛剛目賀博士、玉蟲前伯爵、新宮利彥和老太婆信乃的吃驚表情，確實不尋常。這些人肯定知道，那宛如火焰太鼓的奇怪圖案的內情。

只是，那是什麼？「惡魔的徽章」到底是什麼意思？

「美禰子小姐，」金田一耕助俯視坐在椅子上的美禰子，「剛剛突然停電的時候，妳在哪裡？」

起初美禰子似乎不懂這個問題的含意，呆呆地抬頭看著耕助。半晌後，她雙頰泛紅，聲音因憤怒而顫抖：「金田一先生，難不成你懷疑是我把唱片……」

「美禰子小姐，別這麼激動，我只是問問而已。」

耕助環顧室內，說道：「電一停，馬上有人跑來放這張唱片的事，絕對不是我的空想。因爲停電不久，令堂曾聽到有人從這個房間走出去的聲響。」

「母親她……？」

「是的，當時我在客廳跟她交談，菊江來接我們，正要一同前往占卜房，卻突然斷電。於是，我們佇立在黑暗中一會，就在那時候，令堂忽然說『房子裡有別人，不知是誰在我丈夫的書房走動』……」

「什麼！」

「令堂非常害怕，不過我們——我和菊江小姐什麼也沒聽到，這時阿種拿著手電筒過來，所以大家沒再追究。現在回想起來，令堂說的沒錯，當時確實有人來這裡放唱片。」

美禰子的身體微微顫抖著，「母親……母親的耳朵非常靈敏，聽力好到令人吃驚，這是她們那種人的特徵之一。」

接著，美禰子溫柔地看著耕助說：「金田一先生，抱歉，對你發了脾氣。遇上這種情況，不管是誰都得拿出證據，證明自己的清白，不能因我一人而有例外。」

「美禰子小姐，我不是這個意思……」

「那個時候，我躲在自己的房間裡偷哭。由於是趴著哭，連停電都不曉得。金田一先生，以自己的母親爲恥，是件不可原諒的事吧？我已盡量克制自己，但只要有陌生人在場，我仍會覺得羞恥。我眞是個不孝女啊！」

美禰子縮著肩膀，悲傷地垂下眼。

正如前面提過的，美禰子並不美麗。或許顧慮到母親是那副德性，再加上刻意武裝自己，她的表情益發僵硬呆板。不過，此刻她失魂落魄垂著肩的樣子，還是透著幾分少女的楚楚可憐。

金田一耕助想說些什麼安慰她，卻找不到適當的詞彙。正當他搜索枯腸之際，美禰子突然抬起頭說：「金田一先生，我們下樓向大家問個清楚吧。剛停電的時候，他們在哪裡、做些什麼……」

「這個嘛……算了，這恐怕是白費力氣。反正漆黑一片，就算有人說謊，也無法查證。不過，我們還是先下樓吧。」

美禰子的目光一閃，看著耕助。她並未開口，只是咬著唇。

兩人相偕來到樓下，菊江坐在客廳的沙發上看書。一彥站在一旁，望著壁爐上的油畫發呆。

「美禰子小姐，聽說那是唱片的聲音？」

「是的……」美禰子應付地回答，沒看向菊江。她似乎刻意忽略此人的存在。然而，菊江完全不以爲意，又問：「那麼，查出放唱片的是誰了嗎？」

「還沒查出來。」

「是嗎？反正不是我。」

菊江向耕助露出燦爛的笑容，「金田一先生，你會幫我作證吧？雖然我不知道是誰去放唱片，但肯定是在停電不久後發生的。你還記得嗎？秌子夫人不是曾說二樓有人，害怕得不得了？八成就是那時候的事。也就是說，那時我在這裡，跟你和夫人待在一起。」

美禰子有點吃驚地看著菊江，接著又把視線移向耕助。

金田一耕助嘻皮笑臉地回答：「哈哈，菊江小姐，妳眞是聰明。唱片是什麼時候放上去的，妳似乎很清楚？」

「好說，這種小事還難不倒我。唱片發出聲音的時候，家裡的人，除了阿種之外，全待在占卜的房間。阿種不可能開這種玩笑，有人從外面潛入的機率又很小……因此，結論是我們當中的某人做的，只是，到底是什麼時候放唱片的呢？……照這樣推理下去，任誰都想得到。換句話說，這是利用停電的惡作劇。」

「可是，菊江小姐，爲什麼開那種玩笑的人，一定是參加占卜的人？」

菊江的眼珠滴溜溜地轉，露出淘氣的神情，往美禰子和一彥那邊看去，說道：「只要你在屋裡待久一點就會知道了。住在這裡的人可妙了，他們似乎互相猜忌、憎恨、詛咒，提防著彼此。爲什麼會這樣？我也不是很清楚。不過，大家似乎隨時都準備著，想把其他人一拳擊倒。否則，就會變成自己被其他人擊倒……哎呀，對不起，美禰子小姐，我竟把這種事講了出來……」

美禰子的臉頰因生氣而脹紅，卻一句話也無法反駁，看來菊江說的是事實。

金田一耕助饒有興味地看著這個名叫菊江的女人。

正如先前所說，菊江很瘦，身材苗條。她的美與肉體美相反，可稱爲骨感美。即使如此，她渾身上下仍散發著非常強烈的性感魅力。應該是與她擅用肢體語言有關吧？跟總是板著臉、不苟言笑的美禰子相反，菊江總是嘴角上揚，露出親切討喜的微笑。

她有著大大的眼睛，微高的顴骨，豔紅的嘴唇。所謂的戰後派（註）就是指這類型的人吧？金田一耕助心想。

美禰子兀自氣得發抖，瞪了菊江半晌，接著突然轉身，面向一彥問道：「一彥，大家都還好吧？」

一彥還來不及回答，菊江便接過話：「占卜取消了。因爲妳母親又歇斯底里發作，就由一彥的母親和信乃陪她先回房間。目賀醫生替她打一針後，總算安靜下來。目賀醫生今晚一定會住下，守護妳的母親。」

就算菊江沒有惡意，旁人也聽得出話中隱含譏諷。

美禰子羞愧得臉都紅了。

菊江笑嘻嘻地繼續說：「一彥的父親也氣沖沖地回自己的房間。至於我家大老爺，不愧是大老爺，竟然吵著要喝酒……他患有高血壓，醫生不准他喝酒，不過我懶得管，也就隨他去了。總之，我左思右想，就是不明白爲什麼大家會嚇成那副德性。美禰子小姐，妳怎麼想？」

沒錯，到底是什麼原因，讓這些人如此不安？

美禰子瞪著菊江，眼神中充滿憤怒。不久，她肩膀一聳，打算離開。不過，她似乎突然想到什麼，在門口停下腳步，回頭向金田一耕助說：「金田一先生，對不起，我必須看護母親。不好意思，今晚請先回去吧。」

**註**—戰後派（原文爲法文après-guerre），指的是二次大戰後，思想虛無、生活頹廢的年輕人。

「啊，這樣也好。」耕助輕鬆地回答，心裡卻有點失望。他想多留一會，仔細觀察這個有趣的家庭。

然而，正當他要打道回府之際，發生一件怪事。

金田一耕助的雙眼轉啊轉的，梭巡著客廳的每個角落。

菊江開玩笑地問：「金田一先生，您是不是遺失什麼重要的東西？」

「帽子……我、我的帽子，不知跑去哪裡……」

「喔，帽子啊……我記得你放在占卜房的外面。我去幫你拿來？」

「不用、不用，我自己去拿。」

於是，四人相偕來到占卜房的前面，帽子果然在那裡。

剛剛一片漆黑中，耕助將帽子隨手一放，並未多想，但帽子落在很妙的地方。

占卜房的門邊，左側有塊塗成黑色的堅固平台，上面擺著青銅花瓶。妙的是，花瓶恰恰與耕助的眼睛同高，他隨手一扔，帽子竟罩住瓶口。

「哎呀，眞是的。呵呵，居然掉在這麼奇怪的地方。」菊江一邊笑，一邊伸手想直接拿下帽子，不料花瓶整個倒向她。

「危險！」一彥和美禰子急忙從左右兩旁扶住花瓶。

聽到這個聲響，屋內的三島衝出來問：「發生什麼事？」

「沒什麼事。金田一先生的帽子剛好罩住瓶口，拿不出來。三島先生，你幫個忙吧。」

「我看看。」

這次由東太郎嘗試，還是拿不出來。花瓶的口徑似乎跟帽子的尺寸相同，再加上表面有浮雕，不知是龍還是什麼勾住帽子的內裡。東太郎硬扯的結果，換來的是縫線綻開的聲音。

「糟糕，金田一先生的寶貝帽子……」

「哈哈，菊江小姐，妳是在取笑我嗎？」

金田一耕助打著哈哈，屋內突然傳出暴怒的叱喝。

「誰？是誰在那裡鬼吼鬼叫！」

金田一耕助嚇了一跳，其他人倒是十分鎮定，於是他偷偷往屋內一瞧，原來是玉蟲前伯爵。

玉蟲前伯爵一屁股坐在剛剛目賀博士的座椅上，旁邊放著威士忌的酒瓶，看來他已喝醉，炯炯雙眼布滿血絲。

圓桌上的沙缽還放著塗上朱漆的扶乩，不過，金田一耕助注意到的是另一樣新奇的東西。

那是一尊高一尺二、三寸，底座直徑約三寸寬的佛像，就擺在房間左邊的黑色窗簾正前方的高腳茶几上。

（奇怪，剛剛有這樣東西嗎？……）

金田一耕助微偏著頭，馬上發現佛像所在的位置，是方才家用照明燈照不到的地方。

（啊，我竟然沒有留意到……）

金田一耕助兀自呆呆地想著，沒想到玉蟲老頭的脾氣又爆發了。

「誰？誰在外面探頭探腦！」

突然飛來一把沙子落在腳下，耕助嚇得趕緊閃開，「哇！」

菊江側頭一笑，「因爲我不理他，他在鬧彆扭。那麼，金田一先生，後會有期了，先失陪。」

菊江撩起晚禮服的裙襬，往屋內走去。接著，東太郎總算取出耕助的帽子。

「金田一先生，內裡有點破損……」

「啊，沒關係、沒關係。」

「一彥，麻煩你送金田一先生到門口，我得去看護母親了……」

美禰子再也待不下去了吧？她一轉身，晃著肩，往反方向走。耕助目送著她的背影，就在此時，開著門的房間內傳出菊江嬌媚甜膩的鼻音。

「不要再喝了，你何必喝那麼多？要是被醫生罵，我可不管。咦，什麼？欸，眞討厭。你是在吃醋吧？什麼嘛，你竟然吃那個鄉巴佬的醋……」

她說的鄉巴佬，應該是指金田一耕助吧？耕助突然覺得背脊發癢，無地自容。一彥送他到門口後，他就倉皇地奪門而出。

當晚，金田一耕助回到大森的住處，已超過十二點。

然後，他馬上打了通電話給警視廳的等等力警部。電話一直不通，就算接通，警部應該也不在。

金田一耕助悵然若失。

他從昨天起就一直打電話給警部，不知打了幾通。著手調查椿子爵的案子之前，他想跟警部見個面，探問一下「天銀堂事件」和子爵的關係。

金田一耕助懷著焦躁的情緒回到房間，一頭鑽進被窩裡，卻遲遲無法入睡。腦海中，無數的臉包圍著那宛若狂花亂開的椿夫人，不停旋轉……接著是長笛的聲音和跟火焰太鼓相似的詭異圖案。

耕助輾轉反側了一夜，天將破曉之際，總算迷迷糊糊地快睡著時，卻被「松月」的女侍叫醒。

「金田一先生，有您的電話。」

「電話……？誰打來的……？」耕助掙扎著從床上坐起，望向枕邊的手表，六點半。

「她說姓椿……是女人的聲音。」

耕助驚得從床上躍起，睡衣也沒換，直接衝向主屋，心臟怦怦跳。

他衝進電話室，一把抓起聽筒。

「喂喂，我是金田一。是，沒錯，金田一耕助。哪位？美禰子小姐？」

電話另一頭的聲音細若蚊吶，幾乎聽不到。

「我是美禰子，椿美禰子。金田一先生，請趕快過來。終於發生了，昨晚……終於……終於……」

「發生什麼事？……喂喂、喂喂，美禰子小姐，發生什麼事……」

「金田一先生，請趕快過來。有人被殺了，就在我們家裡……金田一先生，我好怕、好怕、好怕。你快來……」

這時，其他的聲音和電話的雜音嗡嗡響個不停，使得金田一耕助聽不見美禰子的聲音。他掛斷電話，衝出電話室。

惡魔終於前來吹笛，椿家的第一齣悲劇就在一片混亂中落幕了。

# 7 CHAPTER — 第七章

# 血與沙

昭和二十二年九月三十日。

在麻布六本木的前子爵椿英輔的宅邸，發現第一樁血腥慘劇的早晨，是夏秋交替時節經常出現的陰天，鉛色的天空灰濛濛的，空氣顯得特別凝重。

上午八點半。

坐上擁擠電車的金田一耕助在六本木下車，此刻正往椿家正門走去。或許正值上班時間，他覺得這一帶非常擁擠。

如同之前所說，這附近的建築因戰禍全燒毀了，唯一倖存下來的椿家像被剝光衣服，毫無遮掩地矗立在荒涼的瓦礫堆中。以椿家爲中心，看熱鬧的人潮如同螞蟻嗅到甜食，成群湧來。這些人露出無法克制的興奮表情，卻又像今早的天氣一樣，顯得有點凝重，四處飄散著浮躁不安的空氣。

雖說椿家得以倖存，但也並非完全沒有受到戰火波及。宅邸內仍有遭火舌舔舐的建築物，庭院的樹木大多被燒夷彈燻得焦黑。尤其是外牆的部分，因爲周圍的火勢太過猛烈，損傷特別慘重。以椿家戰後的經濟狀況，無力重新翻修，只好釘上夾板或木頭，勉強湊合一下。

不時有圍觀民眾或新聞記者穿過搖搖欲墜的外牆想偷跑進去，遭看守的員警轟出來。

事實上，今天早上警察也很興奮。他們看到人就斥罵驅趕，甚至和記者起了衝突，認眞的態度彷彿在鎭暴。一班班駛過的電車裡，擠得像沙丁魚似的人們全睜大好奇的眼睛看著這一幕。

於是，發生在椿家的命案還沒上報，已如燎原之火在東京都內延燒開來，使得人心惶惶。

現在回想起來，椿家的命案會那麼轟動，有幾個主要原因。

首先，此案發生在當時眾所矚目的斜陽一族身上。其二，眾人很自然地聯想到可能和椿子爵的失蹤案有關。其三，再往前推，該不會和史無前例的「天銀堂事件」也沾上邊吧？這正是令調查陣營極度緊張的原因。

但換個角度來看，撇開這些理由不談，發生在椿家的這起命案本身就足以令調查陣營激動萬分，因為其中狀況十分怪異。

話說，應美禰子召喚而趕來的金田一耕助順利進到宅院內，不過在接觸案件之前，他通過了好幾個麻煩的關卡。

倒也難怪，任誰都想不到這個身穿皺巴巴和服，戴著破爛、變形的帽子，頂著雞窩頭、看似流浪漢的男子，會擁有那麼特殊的才能。如果這個案子的負責人不是等等力警部，就算有美禰子背書，耕助恐怕也會像新聞記者或是圍觀民眾一樣，遭情緒激動的警官轟出門外。

「啊哈哈，這裡真是一團亂。警部，大家怎會那麼興奮？」

因為有等等力警部的吩咐，金田一耕助才得以跨過玄關，進到屋裡。他一邊抹著額頭上的汗水，一邊涎著臉傻笑。然而，警部不但沒笑，還愁眉苦臉。

「金田一先生，現在可不是笑的時候，這是個讓人頭疼的案子，頭疼到讓人都不知道該說什麼了。」

警部的聲音異常沙啞，耕助忍不住端詳起他來。

金田一耕助和等等力警部已是老交情了。昭和十二、三年左右，警部為了一件棘手的案子傷透腦筋，卻讓半路出現的耕助成功解決。自此，警部暗暗佩服起這個成天頂著雞窩頭的小個子，不僅不討厭他對案件發表意見，反倒很歡迎。至於金田一耕助，也相當敬重性格豪爽的警部，兩人是合作多年的拍檔。話說回來，認識警部這麼久，金田一耕助頭一次見到他這麼激動。

「警部，到底是怎麼回事？聽說發生了命案，是誰被殺？」

警部目光銳利，看了耕助一眼，反問：「金田一先生，你還不知道嗎？」

「我不知道。剛剛美禰子打電話來，說到一半就出現雜訊……」

「那麼，請跟我來，我們的人員正在拍照存證。」

不管是客廳也好，長長的走廊也罷，到處都是警視廳或轄區警署的人。他們來來去去，個個神色緊張，如臨大敵。其中幾人認得金田一耕助，但也只朝他點了個頭就錯身而過，倒是住在這裡的人一個也沒看到。

金田一耕助在警部的帶領下，終於來到昨晚進行詭異占卜的房間。門口有兩名刑警看守，見到這陣仗，金田一耕助驚訝地問：「警部，命案發生的現場就是……」

警部露出嚴肅的表情，「是的。金田一先生，聽說你昨晚來過這裡？」

金田一耕助不發一語地跟著警部進到房間裡，只見攝影小組不斷按下快門。趁著閃光燈不閃的空檔，耕助快速掃視房內。首先映入眼簾的，是縮站在角落的目賀博士和三島東太郎。他們認出和警部一起進來的是金田一耕助時，都驚訝地睜大了眼睛。

這兩人爲什麼會在這裡？金田一耕助感到十分納悶，不過下一瞬間，他的目光馬上被房內慘不忍睹的景象吸引。

房間的三面仍和昨晚一樣，掛著黑色布簾，正中間也仍擺著圓桌，周圍隨意放著十張左右的椅子。不過，一進門右手邊的兩、三張椅子是翻倒的，玉蟲前伯爵面部朝上，倒臥其中。

「這、這麼說來，被殺的是玉蟲前伯爵？」

「是的，不然你以爲是誰？」

其實，金田一心裡也沒底。剛接到美禰子電話的時候，他腦海最先閃過的是秌子夫人的身影。

攝影小組圍著屍體不斷按下快門。避免妨礙他們工作，金田一耕助待在角落，觀察屍體。

只見玉蟲前伯爵的後腦勺有道裂開的傷口，宛如棉絮的蒼蒼白髮被染成鮮紅色。從腦部流出的血漫開來，滲入地毯。離屍體約一公尺遠的地方，倒著一尊佛像，也沾有紅黑色的血漬。

看來，玉蟲前伯爵是被人以這尊佛像打死的……不、不，還不能完全確定。不能完全確定的原因是，纏住玉蟲前伯爵脖子的領巾。那是一條黑色絲巾，此刻像嵌進肉裡，緊緊圈住伯爵的細頸，並打了個死結。怎麼看，玉蟲老頭都是被這條領巾勒死的。

金田一耕助望向玉蟲前伯爵朝天仰躺的面容，一股無法形容的寒意從背脊竄了上來，他忍不住打了個冷顫。玉蟲老頭臨死前，到底看到什麼？那瞠目怒視的雙眼、扭曲半張的嘴巴，在在說明死前感受到無法言喻的恐懼。是什麼讓這名昔日執研究會牛耳、貴族院首領的狡猾政客，感受到那麼深刻的恐懼？

接著，金田一耕助把焦點擺在屍體的狀態上。玉蟲前伯爵被殺之前，似乎曾激烈反抗。他的腰帶鬆了，前襟完全敞開，和服的下襬上捲，針織襯褲以下，右大腿的部分裸露出來。失去衣物遮掩的胸到腹部一帶血跡斑斑，穿著白色夏季襪套，兩隻拖鞋卻落得老遠。

「警部，怎麼樣？看完了嗎？」

「啊，看完了、看完了。接下來，請把桌上和屋內的情況仔細拍攝下來。」

「知道了。」

眼看屍體的攝影結束，金田一耕助悄悄湊上前，發現屍體四周全是散落的沙子。而且，沙子上面以及附近也濺著斑斑血跡。

金田一耕助仔細端詳死者的臉。

「警部，被害者最先遭擊中的是臉吧？」

「好像是這樣。所以，和服與胸腹之間才會沾到血。那應該是鼻血吧。」

屍體的鼻梁上有瘀血。

「可是，臉上卻沒沾到血，豈不是太奇怪了嗎？」

「被擦掉了吧？你看，那裡有一條手帕。」

金田一順著警部的手指望去，在翻倒的椅子下方確實有一條捲成一團、染得通紅的手帕。

金田一耕助轉動眼珠，「會是誰擦掉的……」

「這個嘛，我不知道。如果是犯人，我不懂他爲什麼要這麼做。不管怎樣，確實有人想擦掉血跡。你瞧，和服上沾到的血，也有被擦過的痕跡。」

仔細一看，眞如警部所說。

金田一耕助驚訝地張大眼睛，「可是，警部，犯人把血擦掉，到底有何目的？都做出這麼殘忍的事了……」

「所以我才說不知道啊。對了，說到不知道，這個案子可是疑點重重！」等等力警部皺著眉頭，不耐煩地應道。

金田一耕助的視線從屍體上移開，改爲觀察攝影小組拍攝的桌上情況。

圓桌上，像昨天一樣擺著沙缽。不過，架在沙缽上方，由五根放射竹兜著的扶乩，已不是昨天的樣子。竹子被折斷，整個傾倒，沙缽裡的沙被攪得亂七八糟。不管是扶乩的小碟子也好，沙缽裡的沙也罷，全被飛濺的血染成鮮紅色。

金田一耕助屏住氣息，凝視鮮豔的血跡，突然間，他瞪大雙眼。直徑少說有一．五公尺的大沙缽裡，一部分的沙是平整的，上面像是用印章蓋上去的、以紅黑色血液畫出的圖案，不就是那不祥的火焰太鼓、惡魔的徽章嗎？

金田一耕助驚訝地看向目賀博士。目賀博士肯定也發現這一點，兩人眼神交會時，他不自然地乾咳幾聲，皺著眉頭。三島東太郎則是不可置信地輪流望著惡魔的徽章和兩人。

金田一耕助走到圓桌旁邊，湊近惡魔的徽章。

那是一個長二寸五、六分，寬不足二寸的圖案，不管是大小或形狀，都和昨天在沙上看到的一模一樣。遺憾的是，沙缽上的沙被攪亂，昨晚畫出的那個圖案已消失無蹤，無法比對。

金田一耕助回頭看向警部。

「警部，這個也要拍下來，請不要忘了。這個惡魔的徽章……」

「惡魔的徽章？」

「是的，沒錯。你瞧，上面不是有用血畫的、像是玉佩的圖案嗎？請別忘了拍下來。」

屋內的景物終於全拍完了，於是，等等力警部一聲令下，兩名守在走廊的刑警馬上走進來，掩上對開的門扇。這時，金田一耕助才注意到，其中一片門扇上有一道很長的裂痕，像被斧頭劈過。

刑警將門掩上，扣上門鉤，推緊門閂，然後，把拉上去的那片簾幕放了下來。咦，那布簾上濺滿鮮血。看樣子，不知是誰在血還沒乾的時候，就一把拉開布簾，使得上面的痕跡全花了。不過，血顯然是在布簾放下時濺上去的。

「目賀醫生，這樣應該……」等等力警部看向目賀博士。

「不，還有那扇氣窗……」目賀博士轉頭向三島東太郎問道：「對吧？三島，我記得那也是關上的。」

「是的，沒錯。那是我從外面打開的。」

「是嗎？那麼，也把那扇窗關起來吧。」

警部指令一下，其中一名刑警馬上拿來椅子放在門的內側，站上去關起門上方的狹長氣窗。等刑警把能關的門窗都關上後，等等力警部再次環視屋內，然後目光炯炯地看著目賀博士和三島東太郎。

「目賀博士，」警部開口，聲音裡有種奇怪的回音：「今天凌晨三點左右，你們發現命案的時候，屋內的狀態就是眼前這樣，沒錯吧？」

「沒錯、沒錯。」目賀博士不安地皺著像蟾蜍的臉。

「三島，是這樣沒錯吧？」

「呃，這個嘛……當時門上沒有那道裂縫，那是我用柴刀劈出來的……然後，我再從縫裡伸手進去拿掉門鉤，推開門閂。」

三島東太郎似乎也很不安，慌張地環視屋內，右手依舊戴著廉價的軍用手套。

警部以快要燃燒起來的灼熱視線，輪流看著他們。「可是，當你們進來的時候，房裡除了被害人以外，沒有其他人。而且，布簾後面的窗子全從裡面鎖上了，沒錯吧？」

從剛剛就一直不太理解刑警和警部行動的金田一耕助，突然咯吱咯吱地用力抓搔起他的雞窩頭。「那、那麼，警部，這、這不就是密室殺人了嗎？」

「密室殺人？」等等力警部看向金田一耕助，咬牙切齒地說：「是嗎？我都不知道該怎麼說了，真的會有這種事情嗎？這裡留有明顯的打鬥痕跡。被害人似乎是遭人以佛像殺害，除了臉部有兩、三處傷口外，後腦有一處很大的撕裂傷。不僅如此，他的脖子還被那條領巾圈住……直接死因是後腦的傷或勒斃，要等解剖報告出來才知道，但很明顯絕不是自殺。偏偏透過那扇氣窗看到屋內慘狀的人——除了在場的這兩位之外，包括美禰子小姐、女傭阿種，及被害人的小妾菊江，全信誓旦旦地說：她們破門而入的時候，並未發現被害人以外的人。而且，所有的窗都從裡面上了鎖。你說，真的可能發生這種事情嗎？」

等等力警部的聲量越來越大，激動得滿臉通紅。

金田一耕助卻似乎越抓越過癮，把頭上頂的雞窩全抓遍了。

8 CHAPTER —— 第八章

# 風神雷神

攝影小組撤出、屍體亦由救護車送往解剖之後的案發現場，彷彿被狂風掃過，非常混亂。鑑識人員爲了收集指紋而撒下的白色粉末，沾附在所有家具上，和現場四處飛濺的血跡形成奇異的對比。

金田一耕助和警部一同掀開三面布簾，窺視布簾後方。布簾後，有兩扇窗戶面對庭院。爲了隔音，這些窗戶全部做成雙層，並裝上具有防盜功能的細格子鐵窗。

金田一耕助試著搖動每扇鐵窗，說道：「原來如此，就算沒上鎖，這邊的窗戶也打不開。」

金田一耕助再度掩上對開的門扇、扣緊門閂、拉下黑色布簾，重新檢視屋內的一切。然後，他轉向目賀博士和東太郎，問道：「也就是說，你們趕來的時候，這個房間是完全密閉的，就像現在這樣。而且，你們劈開門、衝進屋內後，除了被害人之外，這裡沒有其他人，是吧？」

目賀博士和三島東太郎露出陰鬱的眼神，點點頭。東太郎更是一臉狐疑，不停偷瞄耕助和警部的表情。

「換句話說，凶手殺人後，像煙一樣消失了……不，按照常理，不可能發生這種情況，所以他是用了某種伎倆，使得屋子維持密閉的狀態。警部，門上的氣窗，你們檢查過了嗎？」

警部做了個手勢，刑警馬上爬上椅子，嘗試從氣窗鑽出去。然而，他馬上知道根本就不可能。雖說氣窗夠寬，但高度僅容手臂伸出去，個頭再小的男子也絕對不可能從那裡鑽出去。

「哎呀，多謝。看樣子，犯人行凶後，從那窗子逃出去的可能性是微乎其微。而且，其實……」金田一耕助嘻皮笑臉地接著道：「如果要出去，不用那麼費事。既然有門，就沒必要去鑽那麼小的窗子。話說回來，既然氣窗不成問題，最後只剩這道門了。也就是說，我們必須查明犯人是用什麼方法，從外面扣上門鉤、推緊門閂、放下布簾。」

「不，等一下……」目賀博士輕咳了幾聲，「抱歉打斷你，不過布簾應該一開始就是放下的吧？從上面濺到的血跡便可判斷出來……」

「沒錯、沒錯。」金田一耕助點點頭，「換句話說，犯人是悄悄掀開布簾離開。這麼一來，犯人只要做兩件事，一是掛上門鉤，二是門緊門閂……只是，可能發生這種事嗎？」

金田一耕助抬頭望向氣窗，「倘若完全沒縫隙就算了，偏偏正好有那麼一扇氣窗，雖說是窄了點……」

「什、什麼意思……？」等等力警部疑惑地看向耕助。

「假設犯人離開前，先在門鉤和門閂上繫好繩子，接著把繩子的一頭從窗戶扔到外面，等他走出去再把門一掩，爬上走廊的高台，像釣魚一樣高明地操作繩子，把門鉤一扣、門閂一推。然後，巧妙地把原先綁在門鉤和門閂上的繩子解開。也就是說，打一開始犯人就沒把繩子綁死。順利解開繩子，犯人想必很得意……最後，將繩子捆在手上，關好窗戶。就這樣，犯人完成密室殺人案……」

耕助得意洋洋地解說著如何辦到密室殺人，突然間，一聲怒喝打斷他。

「笨、笨蛋，哪、哪有這麼蠢的事！」

耕助嚇得回頭，原來是目賀博士。他活像隻盛怒的蟾蜍，凶惡的眼睛炯炯發光。

「凶手何必那麼大費周章？不論這個房間是不是從內側上鎖，有人遇害是不變的事實。什麼操作繩子，將門鉤一扣、門閂一推？你以爲我們是三歲小孩，這麼好騙？沒錯，我才不管你多會胡扯，有本事你做給我看看？看是不是眞像你說的那麼簡單……聽好，金田一先生，犯人一定巴不得早點逃離現場，畢竟說不準什麼時候會有人來。你竟然說繩子順利解開，犯人想必很得意……開玩笑也要有個限度！」

看來，目賀博士已忍無可忍。他張開那別具特色的O型腿，在屋內搖搖擺擺地踱步，一邊口沫橫飛地訓斥耕助。耕助依然笑瞇瞇的。

目賀博士再度露出凶惡的眼神，「幹麼？有什麼好笑的？你是笑我說的話，還是笑我的O型腿？」

耕助終於忍不住，噗哧一笑：「啊哈哈，醫生，失禮了。我絕對贊成您說的話。」

「什麼！」

「哎呀，我很贊成您說的話。只是，這位警官一直說『不可思議』，我才忍不住賣弄了一下，證明有可能發生這種情況。也就是說，問題出在可能性上。不過，就算有可能性好了，如同博士所說，機率非常低。」

「你在說什麼？又是可能性、又是機率的，別想用詭辯來耍弄人。」

「我的意思是，就算有可能發生這種事，也不代表在這件案子中一定會發生，會不會發生還是個問號。」

「那是當然的，還用你說？」

耕助假裝沒聽到目賀博士的嘮叨，「以這件案子而言，根本沒必要封閉現場。爲了讓警方無法判斷他殺或自殺，有時會封閉現場，造成被害人是自殺的假象。但這件案子一看就知道是他殺，犯人根本沒必要冒著骨折的危險，爬那麼高去封鎖現場。」

「可是，金田一先生，」警部忍不住插嘴：「討論歸討論，這件案子的現場確實是密閉的。要是這群人……抱歉，這幾位先生撒謊……」

「你說我撒謊……」

蟾蜍大仙胸中的火山終於爆發。好似蟾蜍的有毒氣泡，不斷從他嘴裡冒出來。

「我幹麼撒謊？何以見得我非撒謊不可？我剛才說過，不管這個房間是不是密閉的，有人被殺害是不爭的事實。既然如此，還有什麼必要撒謊？」目賀博士氣憤地對著警部吼叫，響徹整個房間。

金田一耕助拍著他的背，說道：「醫生，別這樣，警部的口氣是重了點，不過他只是在強調某種可能性罷了，並未懷疑您說的話。對了，三島先生。」

「啊？」從剛才就一臉呆滯，不知如何是好的三島東太郎連忙回過頭，似乎嚇了一跳。

「我還沒問，當初到底是誰發現這起命案的？」

「是菊江小姐。」

「菊江小姐？爲什麼？……算了，我等一下再問她本人。這麼說來，是菊江小姐發現命案，然後通知你們？」

「是的。菊江小姐透過氣窗，查看屋內的情況。她嚇了一跳，跑來叫我起床……您也知道，這個家裡，只有我一個男人，新宮先生一家住在別苑。所以……聽她說完我也嚇了一跳，馬上起床，跟她來到這個房間的前面。可是，因爲門上鎖，我也學她爬到台子上，透過氣窗往裡面看。」

「也就是說，那個時候房裡的燈開著？」

「是的，不然菊江小姐怎麼能夠看到裡面的情景？」

「也對。話說回來，你馬上就想到這是命案嗎？」

「沒那回事。待會您透過氣窗往裡面看就知道了。那空隙窄到連頭都伸不進去，所以只看到房間的一小部分。當時我只能看到的玉蟲老爺的一雙腳，根本看不到他的頭。在菊江的提醒下，我望向沙缽那邊，發現上面有看似血跡的痕跡……」

「當時你曾注意到這奇怪的記號嗎？」

「這個嘛……」東太郎想了一下，「我沒注意到。從氣窗也只能看到沙缽的一部分……

再加上我們那時非常慌張……」

「當時，菊江小姐說了什麼？」

「她說伯爵八成是酒喝多了，引發腦溢血。我也這麼想，於是我叫阿種起來，要她請目賀醫生過來。」

「目賀醫生在哪個房間休息？」

金田一耕助這樣問沒有什麼特殊的用意，可是，聽到的瞬間，東太郎的表情卻十分精采。他的臉倏地脹紅，手足無措，讓人看了都替他感到難受。

怎會把這個年輕人問倒了？金田一耕助心裡嘀咕著，就在此時，背後突然爆出一連串陰險刺耳的笑聲，是目賀博士。

「三島、三島，」博士露出不懷好意的眼神，「不用避諱，就說目賀博士和夫人在同一個房間休息。這有什麼不好說的？嘿、嘿、嘿！」

金田一耕助和等等力警部吃驚地望向目賀博士。博士露出曖昧、猥褻的笑容。看著那色瞇瞇的一雙賊眼，油膩膩的光亮皮膚，金田一耕助覺得像被蟾蜍的毒氣噴到，體內一陣冷、一陣熱。

「啊，是嘛。」金田一耕助用力乾咳了幾聲，「原來如此、原來如此。博士是夫人的主治醫生，理應這樣安排。畢竟難保夫人什麼時候會發作。」

「唔，就是這麼回事。怎麼說我都是主治醫生嘛！嘿、嘿、嘿！」目賀博士毫不在乎地發出蟾蜍般的笑聲。

金田一耕助心想，如果美禰子在場，不知會是何種表情？想到這裡，他心中對這厚顏無恥的蟾蜍大仙的怒火更加熾盛。

「所以博士就被叫起來了，是吧？那麼，秌子夫人不就……」

「這個……不，夫人她……」改口改得眞快，臉皮比城牆還厚的蟾蜍大仙似乎也覺得不好意思，摩挲著臉。

「哎呀，當然是交給信乃照顧了。幸虧阿種還算機靈，沒把事情全說出來，所以夫人什麼都不知道。聽見騷動的美禰子也醒了，於是大家一起趕到這個房間的門口……」

「你是透過氣窗，看到屋內的情況？」

「不然要怎麼看……」

「當時，你可曾注意到這個標記？」

「我沒注意，從那裡根本看不到。」

「原來如此，然後呢？」

「菊江小姐和三島說，該不會是腦溢血吧？可是，狀況有些古怪。雖然我只看到屍體的腳部，不過就噴灑在沙上的血量和血液濺出的情形看來，似乎不僅僅是鼻血而已。我心想，好歹得先把新宮先生找來，就叫阿種去請他……」

「叫阿種去……？」

金田一耕助順口複述，三島東太郎欲言又止地說：「現在回想起來，我應該自己去的。這樣的話，那件事也會比較清楚……」

「你說的『那件事』是指……？」

「阿種說，她去找新宮先生的途中，看到椿子爵。她八成是自己嚇自己，一時眼花。」

金田一耕助心頭一驚，和等等力警部四目對望。一種不祥的預感宛如烏賊的深濃墨汁，在體內擴散開來。看來，這個案子越來越不尋常了。

「你……你是說椿子爵？」金田一耕助低聲問道。

目賀博士毫不忌諱地回答：「那是夢境，是幻覺，是海市蜃樓。阿種思念子爵，說不定一直暗戀著他。」

「可是……可是……阿種說她真的看到了。」三島東太郎生氣地瞪著蟾蜍大仙的側臉，反駁道：「而且，不光是阿種，連夫人和信乃都……雖然醫生您這麼說，我還是相信阿種。」

「你是說，秌子夫人和信乃也都看到椿子爵，或是像椿子爵的人物？」

金田一耕助感到心跳愈來愈快，警部則是一臉懊惱，輪流望著目賀博士和東太郎。

東太郎的目光一沉，點點頭。「然後夫人又發作了……所以昨晚才會一團亂。」

目賀博士不再開口。

金田一耕助克制內心的激動，說道：「原來如此、原來如此。這件事我等一下再問阿種和信乃。之後，新宮先生就趕來了，是吧？」

「是的，我說情況不太對勁，建議馬上報警，新宮先生卻怎樣也不肯。他說，又不確定真的死了，搞不好還有一口氣，應該馬上送醫才對……沒想到那種人還會說句人話。況且，站在這家人的立場，能不跟警方打交道最好。所以，我同意他們破門而入。於是，三島跑去倉庫，拿柴刀過來。」

「接著你們就把門劈開了？對了，當時把手伸進去，移開門鉤和門閂的人是……」

「最先把手伸進去的是我。不過，那個縫隙太小，根本搆不到門閂。一旁的美禰子看得心急，說換她試試，也把手伸了進去，可是，連她都沒辦法打開門。於是，三島再次拿柴刀把縫劈大一點，重新把手伸進去，這才打開門。三島，我說的沒錯吧？」東太郎默默點頭。

「你們衝進去後，椅子和屋內的一切都……」

「金田一先生，那是不可能的。我也知道要完整保留犯罪現場，盡量不要破壞。可是，怎麼說呢？那個時候大家都太激動了……總之，拉開簾幕後，第一個衝進去的是我，但我馬上就被椅子絆倒，翻了個大跟頭。在那樣的情況下，誰碰到什麼東西，恐怕連碰到東西的那個人自己都不記得了。」

「到底有哪些人進到這個房間？」

「大家。」

「大家是指……？」

「我、三島、菊江小姐、美禰子小姐、新宮家的三個人、女傭阿種……夫人和信乃以外的所有人。不過，一發現情況不對，我們馬上把女眷趕了出去……」

「對了，你們是什麼時候發現那個標記的？」

「這個嘛……啊，我想起來了。新宮先生和三島起了爭執，不曉得發生什麼事，湊到旁邊一看，我才注意到……」

金田一耕助轉向東太郎，「他說你和新宮先生起爭執，是指……？」

「那個……是這樣的。」東太郎緊張地解釋：「新宮先生等一下可能會否認，不過我覺得他想把那個標記……該怎麼說呢？他似乎想抹掉那個標記，我才出手阻止他。」

「新宮先生想抹掉這個標記……這麼說來，當時你就發現這個標記了？」

「不……不是的。因爲新宮先生的舉止有點奇怪……他頻頻撫弄沙缽中的沙，還裝得若無其事……我心想，這樣下去，等會警察要來調查的時候，就不好查了，才出手阻止他。沒想到，他竟然抓起沙，一副要朝我扔過來的樣子。於是我往旁邊一躲，抓住他的手，就在那時，我發現那個標記。」

「原來如此。想必新宮先生編出很多藉口解釋自己的行爲吧？他怎麼說？」

「不，那個時候傳來夫人的尖叫聲……換句話說，夫人看到像是椿子爵的人影，又發病了。目賀博士和新宮先生連忙趕過去那邊。」

「大家都趕過去了嗎？」

「不……我、菊江小姐、一彥少爺和阿種留在這裡。過了一會，美禰子小姐終於來了，要我馬上打電話報警……也就是說，菊江小姐是三點左右叫醒我，可是等我通知警察的時候已過四點。」

金田一耕助暗暗琢磨著是不是還有問題沒問，卻想不起來。於是，他拾起一直很在意的，掉落在地板上的佛像。那是一尊木雕佛像，沾滿鮮血，但一拿到手上，他馬上發現其實是一尊雷神。

「這一尊一直擺在這裡嗎？昨晚占卜的時候我沒注意到。但回去之前，我往屋裡瞧，發現擺在那邊的茶几上……」

「是，一直擺在這裡。」東太郎答道。

「可是，這是雷神吧？應該有個風神，配成一對。這裡只有一尊嗎？」

「這個嘛……就我所知，只有這一尊。醫生，您知道嗎？」

「唔……我也只知道這一尊。原本是一對嗎？」

「是啊，就叫風神和雷神。」

金田一耕助試著握住雷神的脖子。正如前面提過的，這佛像高一尺二、三寸，底座的直徑約有三寸，不管大小或重量，都是非常合手的凶器。

金田一耕住放下雷神像，拿出手帕擦手，一邊說道：「警部，這邊差不多了，我們到客廳去問其他人吧？這裡不適合讓女眷進來。」

離開房間後，金田一耕助步向走廊的台子，試著站上去。說起那座台子，就是昨晚和帽子難分難捨的那只花瓶擺放的地方。原來如此，透過氣窗，確實只能看到房間的一部分，不過嘗試變換各種角度後，卻能清楚看到印在沙缽裡的惡魔徽章。

9 CHAPTER — 第九章

# 黃金長笛

「嚇了我一大跳，沒想到你是那麼了不起的偵探，我一點都不知道，昨晚眞是失禮了……對不起啊，金田一先生。」

這是最先被喚到客廳，在警部和金田一耕助面前坐下的菊江的開場白。

爲了今早剛過世的玉蟲前伯爵，她中規中矩地穿起黑色和服，盡量不施脂粉。只是，不管神情也好，舉止也罷，一絲悲傷的影子都沒有，還拚命賣弄風情。

金田一耕助刻意板起臉孔，「菊江小姐，請注意，現在不是開這種玩笑的時候。請老老實實地回答警部的問題。」

聽到耕助告誡淘氣孩童般的話語，菊江俏皮地將脖子一縮，舌頭一吐。

即使如此，面對警部的問題，比如姓名、年齡之類的，她倒是有問必答。最後，問及和被害者的關係時，她睜大一雙無辜的眼睛，嘴裡叨念著：「眞是無禮。」不過——

「嗯，我是他的小妾。」她還是無所謂地回答了。

反倒是警部自己先臉紅，「啊，原來如此、原來如此。那麼，你們的關係是從什麼時候開始的……」

菊江又責怪對方似地杏眼圓睜，不過，她依然臉不紅、氣不喘地回答：「從我十六歲開始，算一算已有九年。我在新橋以實習藝伎的身分出道，是他把我捧成第一紅牌。」

待在客廳的刑警之間傳出陣陣竊笑聲。她看也不看他們一眼，笑聲馬上就停止了。

警部知道這女人不好惹，暗忖還是別追問那方面的事，先專攻昨晚的命案吧。面對警部的一連串質問，菊江是這麼回答的：

「那個嘛，昨晚金田一先生回去後，我費了好大的工夫，跟爺……不，跟老爺磨了好久，說我們回家裡去睡。可是……爺，不，老爺不知在鬧什麼彆扭，怎樣都不肯回去。不但不聽勸，他還嫌我煩，要我自己先回去睡。我當然是巴不得……不，我當然是恭敬不如從命，於是我就回到別苑，自己先睡了。」

「那是什麼時候的事？」金田一耕助插嘴問道。

「早就過了十一點，不過我沒特別注意……」

「當時，三島和阿種……」

「我叫他們先睡，因爲我不想讓人看笑話。」

「這麼說，妳離開的時候，這屋裡只剩老先生一個人？」

「是呀。啊，我是說確實如此。」菊江又吐出了舌頭。

「當時，老先生的情況如何？」

「就像我剛才講的，他脾氣壞得很，一直喃喃自語，不知在碎念什麼……」

「他從昨晚就是那樣嗎？」

「不，晚上倒還好，是占卜後才變成這樣。八成是那個莫名其妙的圖案惹的禍。沒錯，火焰太鼓，您不是這麼說過嗎？然後，長笛的笛聲……不過，在我看來，火焰太鼓對他的刺激比較大。因爲他一直看著那個圖案沉思，還嚇得發抖……」

「嚇得發抖……？」

「嗯，是啊。爺……不，老爺很少這樣，他幾乎不曾害怕過。」

「唔……那麼，十一點過後，妳回到別苑做了什麼？」

「我馬上就躺下了。我以爲老爺會馬上回來，一直在等他。可是，不管怎麼等，就是不見他的人影，所以我就開著燈，迷迷糊糊地睡著了……」

「然後，凌晨三點左右，妳就醒了？」

「是的，我睜開眼的時候嚇了一跳，因爲燈一直開著，老爺的床鋪卻是空的，我看了一下時鐘，快三點了。我心想就算再怎麼鬧彆扭，這也太過分了，於是我跑去那個房間查看。發現房裡的燈亮著，我透過氣窗窺探，就看到那幕景象……」

「妳第一時間想到了什麼？」

「當然是想到腦溢血，因爲睡覺前我再三提醒過他。」

「不過，妳應該也看到沙缽吧？妳沒注意到沙上的印記嗎？」

「我沒注意到。咦，從氣窗不是看不到嗎？」

「看得到，十分清楚。」

「哦，是嗎？那應該是我沒注意到吧。」

「妳知道那個印記代表什麼意義嗎？」

「我不知道。爲什麼那東西會讓我家的爺……哎呀，抱歉，我又不小心叫錯……讓我家老爺如此驚慌，我也十分納悶。不過，應該有其他人知道印記的意義吧？」

菊江的表情總算有幾分認眞，她皺起眉頭。

金田一耕助想了一下，開口：「好，我知道了。然後，妳就去找三島，對吧？接下來發生的事，透過三島和目賀博士，我們已大致瞭解，妳有沒有要補充的部分？」

菊江思索片刻，「對了，那件事……阿種和烁子夫人看到已故子爵的事，您聽說了嗎？」

「是的，我聽說了。關於那件事，妳有什麼看法？」

「我這個人哪，天生不信邪，如果不是有之前東京劇場的那個經驗，我一定會認爲阿種或是烁子夫人的腦袋有問題。不過，眞的很不可思議，我在東京劇場看到的那個人，跟子爵長得一模一樣。當時我彷彿被人從頭頂澆了一盆冷水，要不是我覺得太恐怖，早就衝過去，把對方的眞面目看個清楚。」

「妳認爲那男人昨晚來到這裡了嗎？」

「難道不是嗎？那麼相像的人如果到處都有還得了？一個就夠了。」

「妳怎麼看？那男人是子爵本人，還是很像子爵的人？」

菊江睜大一雙杏眼，盯著耕助，突然全身微微顫抖。「我不知道……我只能說不知道。金田一先生，饒了我吧！我全身都起雞皮疙瘩了。雖然我一向不是那麼膽小……」

「眞是失禮了。那麼，請妳出去後，順便叫阿種過來。」

阿種隔了很久才來。在她來之前，警部和刑警們針對菊江的態度展開討論，他們一致認爲，這女人的心思很難捉摸。

「總之，這女人對丈夫的死一點都不悲傷。不，不悲傷也就算了，她還一副悠閒自得的樣子。更誇張的是，她連掩飾都不掩飾。」某人下了這樣的結論。

不久，阿種來了。

在菊江之後看到阿種，簡直讓人覺得剛剛還豔陽高照的晴空，突然烏雲密布。阿種瑟縮地拱著肩，像被捧在掌心的小鳥，窣窣發抖。

因此，和阿種之間的問答，完全不像和菊江的問答那般流暢。即使如此，有關姓名、年齡、在這裡服務幾年的問題，她算是答得比較順（她說住在這宅院已七年）。不過，一提到關鍵人物椿子爵，或是看到像椿子爵的人一事，她就全身僵硬，語無倫次，所以在此只節選幾個重點記錄。

按目賀博士的命令去找新宮利彥，阿種急忙從後門跑出去。因爲太過匆忙，她連手電筒都忘了帶。

雖然昨晚天空的雲很多，仍可看到月亮，庭院沒那麼黑暗。況且，院子雖大，好歹是在家裡，於是阿種沒多想，直接穿過庭院。

正如前面提過的，宅院裡的檜木和柏樹長得十分茂盛。受到戰火摧殘，有些樹被燒得焦黑，只剩一截挺立的枯幹，不過大部分的樹都倖存下來。走在樹蔭底下，只見周圍漆黑一片。

阿種在樹林裡穿梭，突然間，她嚇得停下腳步。阿種聽到某個聲音。那聲音非常低沉，似有若無，雖然一下就停止，但她知道是什麼聲音。那是長笛的聲音。

阿種以爲是自己聽錯了，然而，她的膝蓋仍不由自主哆嗦起來。

不久，她又聽到了。那聲音沒有旋律，也不成調，只是很短的單音。這次她確定自己沒聽錯，那是長年聽慣的長笛聲。

像被潑了盆冷水，阿種非常震驚，然而她還是鼓起勇氣，顫抖著問：「誰……？是誰在那裡？」

於是，相隔四、五間（註）的草叢裡，有一個人緩緩站起。阿種嚇得心臟快停了，她想叫喊，舌頭卻打結，發不出聲。即使如此，她仍專注地看著眼前。不，由於全身僵硬，她連移開視線都沒辦法。

黑暗中，看得不是很清楚，不過她確定對方是個身材中等、穿西裝的男人。那男人始終背對著阿種，將手上的樂器對著口，吹出輕而短的單音。

啊，絕對沒錯。那明顯是長笛的聲音。就在此時，雲正好散了，月光照在那男人的身上……

**註**—間，尺貫法中表示距離的單位，一間爲一．八二公尺。

「那、那麼，阿、阿種，妳、妳有沒有看到那男人的臉？有沒有清、清楚看到……」著急的金田一耕助頻頻結巴。

等等力警部則是咬著鉛筆頭，一副快要抓狂的樣子。

實際上，此時客廳裡的緊張氣氛眞是筆墨難以形容。眾人不約而同瞪大眼睛，定定看著阿種。如果視線可以殺人，在灼熱視線的包圍下，阿種想必已燒成灰燼。

「不、不，」阿種的臉頰抽搐，重重地喘著氣，說道：「月光剛好照在那個人的背上，所以看不清楚他的臉。不過……不過……」

阿種又深吸一口氣，邊喘邊說，語尾有些顫抖。

「不過……怎麼樣？」

「在月光的映照下，他放在嘴邊的長笛閃了一下。那是……那是……黃金打造的長笛，是老爺生前最喜歡的黃金長笛……老爺失蹤以後，那支長笛跟著不見了……」

阿種忽然雙手掩面，號啕大哭。隨著每次的聳肩、哭泣，宛如珍珠的淚水不斷從她的指縫滑落。

瞬間，屋內寂靜無聲，空氣彷彿凍結。總覺得一股陰森冰涼的鬼氣欺近身來，任誰都忍不住想回頭看看自己背後是否有東西。

「阿種，」過了一會，金田一耕助清清喉嚨，提高音量說：「妳認爲那個人眞的是椿子爵嗎？還是，有人故意模仿子爵，想要嚇妳？」

「不、不，我不知道。」阿種的頭搖得像波浪鼓，「可是，那的確是老爺的長笛。而且……而且……雖然我看得不是很清楚，但那落寞的神態、瘦削的側臉，實在頗像老爺。再加上，之後夫人和信乃也……」

「等一下我會親自問她們。話說回來，看到那個人，妳有何反應？」

阿種以袖子擦臉，哽咽地說：「我是個傻瓜。如果確定是老爺，我一定會馬上撲過去。因爲老爺是個大好人，一直很照顧我。可是……我卻、我卻……」

阿種生氣得晃著身子，「當時我只知道害怕，拚命往新宮先生的屋子跑去。」

「妳在新宮先生那邊，跟他說了這件事吧？說妳看到像椿子爵的人。」

「嗯，當然，不過沒人相信我……何況玉蟲大人出了那樣的事，大家的心思全被拉過去了……不過，結伴回主屋的途中，正好經過剛剛那個人出現的地方，一彥少爺聽到我這麼說，在附近搜索了一下，但已看不到那個人的身影……」

聽阿種的口氣，她似乎非常相信那男人就是椿子爵。於是，這件案子益發離奇。眾人互相交換緊張的眼神。

「最後，阿種，還有一個問題要請教妳。」金田一耕助壓抑內心翻騰的情緒，盡可能若無其事地問：「有關玉蟲老爺遇害的那個房間，妳可曾透過氣窗，看到裡頭的景象？」

阿種搖搖頭，「不，我太害怕了，那種事……」

「那麼，妳知道哪些人看過嗎？目前爲止，我們已知目賀博士、三島和菊江看過。」

「美彌子小姐和一彥少爺應該也看過。」

「那新宮先生呢?他曾爬上去看嗎?」

「那個人……那個人十分膽小……比我還膽小，所以……」

看來，對於新宮前子爵的評價，阿種和美彌子倒是有志一同。說到那個人的時候，她僵硬的臉頰因嫌惡而劇烈抽搐。

「眞是太感謝妳了。這樣就可以了……」

「是。」阿種雙眼無神地看向耕助，虛弱地站起來。「請問，我應該找誰過來?」

「不用了，我們要先討論一下，如果有需要會派人去找。」

「是。」

阿種恭敬地行完禮，走到客廳的門口，突然像被什麼釘住似地停下。當時，慌慌張張跑進來的刑警拿著某樣東西，把阿種的注意力全吸引過去。她跟在刑警後面，彷彿有人拉著她，三步併作兩步，跌跌撞撞地又回到客廳。

「報告警部，在後院的防空洞裡找到這樣東西，不知是否跟這次的案子有關……」

那是一個長過一尺、寬約二寸五分的陳舊皮盒。警部拿過來，打開一看，裡面空空如也。

「金田一先生，這是裝什麼的盒子?」

「這個嘛……」金田一耕助正打算伸手去拿，這時——

「請問，可、可以讓我看一下嗎？」

阿種大大喘著氣，硬擠過來，顫抖著撫摸皮盒，說道：「這是……這是……裝長笛的盒子。那個、那個……讓美彌子小姐和一彥少爺看過，會更加確定。這是……這是……如果我沒認錯，是裝老爺那支黃金長笛的皮盒……」

「妳說是裝長笛的盒子？可是，長笛應該更細長……」

「不，那支長笛可以拆成三節，用這種大小的盒子就足夠……」

「妳確定這是椿子爵的長笛盒子？」

等等力警部搶奪般用力把阿種手中的盒子拿了過來，再次打開盒蓋，往裡面摸索。他突然睜大眼睛，青筋浮起，臉頰的肌肉劇烈痙攣，以宛若化石的表情瞪著盒子裡的物品半晌，啪地一聲，猛然闔上盒蓋，深吸一口氣。調勻氣息後，他轉頭向阿種說：「阿種，謝謝。妳、妳可以離開了。」

「請問，要找美彌子小姐或是一彥少爺過來嗎？」

「不，不急。反正早晚會請他們過來，總之，妳先出去吧。」

等阿種的身影消失在走廊另一頭，金田一耕助馬上靠近警部，按住他的手。

「喂，警部，裡、裡面有什麼？盒、盒子裡……」

警部再次深呼吸，用力點頭後，打開盒子。

「我在盒蓋的夾層裡……發現這樣的東西。」

警部掏出的是鑲有鑽石的單隻金耳環，金田一耕助不由得睜大眼睛。雖然還不清楚這隻耳環代表的意義，不過下一瞬間，聽到警部對發現盒子的刑警發出的指示時，他震驚得好似燒紅的鐵條插入腦門，全身發抖。

「澤村，馬上拿著這隻耳環，去銀座的『天銀堂』一趟，看看是不是一月十五日被盜走的物品之一。先別說在哪裡找到的。」

# 10 CHAPTER — 第十章

# 打字機

「喂，警部！」

金田一耕助目光呆滯地看著澤村刑警抓著耳環離去的背影，一直到看不見人了，才突然回神，望向警部。

「你認爲那隻耳環就是天銀堂搶案時遭竊的物品之一嗎？」

他的膝蓋興奮得直發抖，連舌頭都打結了。面對耕助的逼視，等等力警部的眸中燃起熊熊火焰。

「不，」警部用力乾咳幾聲，「事實如何要等澤村回報才知道。不過天銀堂一案的失竊物品名單中，確實有鑲著鑽石的耳環。犯人似乎太過匆忙，只拿走其中一隻。」

「這麼說來，另一隻現在還在『天銀堂』？」

「是的，我交代他們要嚴加保管。所以，如果剛剛那隻耳環眞是被盜的物品之一，馬上就能比對出來。」

「是。」

耕助的背脊竄過一陣劇烈的戰慄，「警部……」

「昨晚我打了好幾通電話給你，你應該知道吧？」

「眞是對不起，我本來也想跟你聯絡，只是太忙了。」

「無所謂，倒是把我介紹給美彌子小姐的人，是你吧？」

「是的，我以爲她在捕風捉影。早知道會發生今天這種事，我就耐著性子聽她講了。」

「不，我仔細詢問過了。美彌子小姐說，椿子爵被懷疑是天銀堂搶案的犯人？」

警部沉默地點點頭。

「而且，告密者是同住在這座宅邸的人，這是眞的嗎？」

「也不能這樣說，應該說是很接近子爵的人吧。如果不是子爵身邊的人，不可能寫得那麼清楚。」

「檢舉信上到底寫了什麼？」

警部略偏著頭，「我不太記得詳細的內容，大致是說子爵跟合成照片上的凶手長得一模一樣。天銀堂搶案發生的前後，子爵曾出門旅行，他騙家人要去蘆之湯，然而根本沒去。從目的地不明的旅行回來後，他馬上和住在一起的、名叫三島東三郎的人祕密商量怎麼賣掉寶石……我記得的大概就是這些……」

金田一耕助在房裡踱步，一邊低頭沉思。終於，他停下腳步——

「對了，警部，你們調查過告密者嗎？」

「我們哪管得了那麼多。對警方而言，告密者是誰都無所謂，只要能抓到犯人就好。話說回來，一開始子爵的態度十分曖昧，所以我們也就一心往這方面去調查。沒想到，子爵竟然在最後關頭提出不在場證明，我們只好轉爲調查不在場證明，才發現確實是眞的。於是，子爵涉案的嫌疑一下就煙消雲散了。既然如此，誰是告密者根本不重要，那方面的事我們自然就漏掉了……」

金田一耕助又在屋裡兜起圈子，「子爵到底去了哪裡？」

「好像是去關西旅行。不管怎樣，關鍵的十五日，即天銀堂搶案發生當天，他前晚就投宿在須磨的旅館。這是絕對沒有問題的，不，我以爲沒有問題，只是……可惡！如果那隻耳環眞是『天銀堂』的贓物……」

警部不停咂舌，接著拿出手帕，不耐煩地擦抹粗大的脖子。

警部會這麼激動不是沒有道理的。如果那耳環眞是「天銀堂」失竊的贓物，一切不就被推翻了？難不成警視廳遭椿子爵精心僞造的不在場證明蒙騙？如果眞是這樣，最有問題的就是椿子爵的自殺。莫非那也是椿子爵設下的大騙局？椿子爵巧妙地讓自己消失在人前，其實好端端地活在別處？

金田一耕助背脊發涼。啊，若眞是那麼回事，一般人所有的常識和判斷全都錯了，反倒是像妖花亂開的秌子夫人的奇想和直覺才是正確的？

「可是，椿子爵……」耕助停頓片刻，看向警部。

「爲什麼他拖了那麼久才提出不在場證明？不管發生什麼事，都不會比被當作天銀堂搶案的嫌犯來得嚴重，不是嗎？」

「是啊，所以我們也覺得很奇怪。不過，聽子爵的語氣，好像是牽扯到複雜的家庭問題。去關西的事，尤其是去須磨的事，他要我們務必保密。不，他是以此爲交換條件，才答應坦承去關西旅行的事。」

「無論有多複雜的家庭問題也……」

「是啊，現在回想起來，我也覺得奇怪。可惡！難道這只是他的手段？」

警部又煩躁地拿起手帕，擦拭額頭滲出的汗水。

金田一耕助沒有回答，繼續在房裡兜圈子，一邊說：「對了，警部，那封檢舉信應該還留在警視廳吧？」

「當然，收得好好的。」

「如果告密者眞是這個家的人，能否藉由檢舉信的筆跡之類的線索，追查出是誰？」

「不，這有困難。因爲信不是手寫，而是用打字機打的。」

「打字機……」金田一耕助不由得瞪大眼睛，「不可能是英文吧？」

「不是英文，是羅馬拼音。」

「警部，請務必讓我看看那封信……」

「沒問題。來警視廳，我隨時都能拿給你看。」

就在此時，傳來慌亂的腳步聲，於是兩人趕緊閉嘴，往門口望去。

衝進來的是美禰子，看來她已從阿種那邊聽到消息。宛如白蠟的臉孔，毫無血色，一雙眼睛卻目光銳利，神經質地四處探看。

「金田一先生！」美禰子的牙齒格格作響，她啞聲喊道：「聽說發現了我父親的長笛盒子？」

然後，美禰子看到桌上的東西，問：「就是這個吧？」

不等人通報，她一個箭步衝進房裡，一把抓起桌上的笛盒，雙手抖個不停，來回撫摸著，終於——

「啊……」她發出彷彿絞盡全身力氣喊出的呻吟，癱坐在椅子上，雙手摀住臉。

「美禰子小姐，」金田一耕助溫柔地把手搭在她的肩上，「這是令尊的長笛盒子嗎？」

美禰子繼續摀著臉，無力地點頭。半晌，她挪開手，痛苦萬分地看著盒子，說道：「金田一先生、警部，這到底是怎麼回事？難道母親的直覺才是正確的？昨晚父親眞的回來過？」

無論是金田一耕助也好，警部也罷，沒人能回答她的問題。

美禰子以快要撕裂般的聲音說道：「誰的話我都不相信。不管阿種怎麼說她看到父親，不管母親和信乃說那個人和父親有多像，我都不相信。因爲、因爲如果父親眞的回來，應該會先出現在我的面前，與我見一面才對。可是這個盒子……啊，這個盒子……告訴我，金田一先生，父親昨晚眞的回來了嗎？」

美禰子又掩住臉。

「美禰子小姐，」耕助輕拍她的肩，一邊說：「這個盒子是在後院的防空洞裡找到的。說不定，之前就一直掉落在那裡。」

美禰子用力搖頭：「不，不可能有那種事。兩、三天前，我才進去過。每當我想一個人靜一靜，好好思考事情的時候，就會進去防空洞，然後，在裡面發上一、兩個小時的呆。」

生長於三個家族住在一起的奇怪環境裡，母親疏遠她，親戚又當她不存在，對這外貌不怎麼漂亮的女孩而言，就算是冰冷的防空洞，也像是夢幻的天堂吧？聽到這女孩道出內心的寂寞，金田一耕助心裡一陣抽痛。

「美禰子啊，」金田一耕助拍著她的肩，「別哭了，現在不是哭泣的時候，我還有很多問題想問妳。」

美禰子點點頭，把眼淚擦乾。她仰起蒼白如紙的臉蛋，勇敢地挺直背脊，應道：「抱歉，我也是這麼想。只是父親實在太可憐……他都死了，那幫惡徒還要利用他。不過，我不會再哭了，請儘管問。」

「那麼，先從昨晚的事談起。關於這一點，我們已問過其他人，但還是想聽聽妳的說法。」

美禰子點點頭，開始描述昨晚的事。

金田一耕助回去不久，烁子的情緒也比較平復了，於是美禰子回到自己的房間。因爲太激動，她遲遲無法入睡。這時，她作夢都想不到，玉蟲前伯爵仍一個人留在占卜房。輾轉反側之間，她總算睡著了。凌晨三點左右，被阿種叫目賀博士起來的聲音吵醒，於是她一起前往占卜房……美禰子條理分明地按順序講下去，不過並未出現任何新的事證。

「當時，妳可曾透過氣窗看到裡面的情況？」

「有。」

「第一時間妳想到什麼？」

「沒等目賀博士開口，我就猜到是命案。雖然菊江小姐和三島先生說是腦溢血什麼的……」

「為何妳會那麼想？」

「我有預感，金田一先生，這一點你應該也很清楚。而且，沙缽上濺滿血跡……」

「對了，說到沙缽，不是有著詭異的血印嗎？妳從氣窗看過去，有沒有發現那個印記？」

「不，我沒注意到。」

金田一耕助搔著頭問：「那妳是什麼時候注意到的……？」

「舅舅和三島先生在沙缽旁不知為了什麼起爭執的時候，我們被趕到外面的走廊，後來我進去才發現那個印記。」

「根據三島的說法，新宮先生不斷撫弄沙子，似乎想抹除印記？」

「是的，在我看來也是如此。」美禰子斬釘截鐵地說道。

金田一耕助和等等力警部四目相望，仍是耕助先開口：「那尊被當作凶器的雷神像，一直擺在那個房間嗎？」

「是的，一直擺在那裡。」

「不過，那是雷神像吧？照理，應該有風神像配成一對，可是詢問目賀博士和三島，他們都說不知道。難道沒有風神像嗎？」

美禰子稍稍抬眼，看向耕助，彷彿在問「這有什麼問題嗎？」，不過她依然清楚回答：「他們應該不知道。」

接著，她想了一下，又說：「那是去年夏天發生的事吧，當時三島先生還沒搬進來。某天晚上，小偷闖入那個房間，把裡面的時鐘什麼的，連同風神、雷神像一起偷走了。但兩、三天後，在庭院角落發現被丟棄的雷神像，所以現在只剩下雷神像。」

金田一耕助皺著眉頭問：「可是，為什麼只有雷神像被丟掉？」

「大概是太重，或是不怎麼值錢吧？」

「這就奇怪了。如果雷神像不值錢，跟它一對的風神像會比較值錢嗎？就算是小偷，也應該有這方面的常識吧？」

「金田一先生，我怎會知道小偷心裡在想什麼！」美禰子好像生氣了，丟下這句話。

金田一耕助惶恐地抓著頭，「真是失敬、失敬。這個問題就先擱下吧，我們繼續。美禰子小姐，令尊是不是很信任三島？」

「信任……你的意思是……？」

「這是我的假設，比方要賣珠寶的時候，不找別人商量，只跟三島兩人祕密協商……」

美禰子用力點頭，「如果你指的是這種信任，確實如此。不過，父親一件珠寶都沒有，倒是母親手邊有一大堆。」

金田一耕助驚訝地看向等等力警部。可是檢舉信上明明寫著，椿子爵和三島東太郎為了出售珠寶的事，展開密商。而且，是在「天銀堂事件」之後……

「美禰子，令尊有可能在令堂的允許下，幫她出售珠寶嗎？」

「不，絕對不可能有這種事。」美禰子突然恢復以往的急切語調：「要母親把珠寶拿出來賣，比叫駱駝穿過針孔還難。就算可以捨棄這個家，母親也捨棄不下她的珠寶。那種人就是這樣，她是個珠寶狂熱分子。」

金田一耕助再度和等等力警部對望。如果檢舉信所言屬實，椿子爵到底要賣誰的珠寶？金田一耕助的心情越來越沉重。他有氣無力地搔著頭，說道：「算了，這個問題就先這樣吧。我還有一件事想請教，這個家裡可有打字機？」

美禰子似乎嚇了一跳，望向耕助。她好像在猜測耕助這樣問的用意，目不轉睛地盯著他。不久，她清楚回答：「是，有的。」

耕助驚愕地看向等等力警部，然後，他有些上氣不接下氣地問：「妳說有打字機嗎？在這個家裡……那麼，是誰在使用？」

「是我在用的。金田一先生，為什麼要那樣看我？難道我不能打字嗎？戰爭結束後，是父親鼓勵我學的。我求了母親好久，才透過特殊管道得到一台打字機。我在補習班學了五個月，今年春天，我一拿到證書就到某家公司的國外部去上班。可是，因為發生那種事，母親怕傳出去不好聽，就不准我去上班了。如果沒有這些事，我到現在都還想出去工作……」

說著說著，美禰子的眼眶又濕了，不過此刻金田一耕助無暇同情她。

「那麼，打字機在哪裡？可以讓我看一下嗎？」

看到耕助打算要站起來，美禰子阻止他，說道：「不，我去拿過來，那東西很輕。」

美彌子將眼淚一擦，走出客廳。

「警部，你還記得檢舉信上的字跡嗎？」

「這個嘛……我無法確定……不過，既然這個家裡有打字機，應該就是用那機器打的。」

不久，美禰子提著東西來了。那是台小機器，似乎能輕易放進包包裡。

「好可愛呀，有名字嗎？」

「它叫火箭（rocket），是瑞典艾馬仕公司的產品，尚未正式進口日本。需要示範給你們看嗎？」

「求之不得……」

美禰子把打字機放在桌上，掀開蓋子，調整零件，放入紙張。她看著旁邊現成的英文書，啪噠啪噠地敲起鍵盤。不一會，紙上已是滿滿的字，她的技巧十分熟練。

「這樣應該可以了吧？」

金田一耕助拿起紙張，看了一下，又遞給警部。警部拚命睜大眼睛，盯著上面的文字半晌，朝耕助輕輕地點頭。

金田一耕助深吸一口氣後，問道：「美禰子小姐，除了妳以外，這個家還有誰會打字？」

「一彥和菊江都會打字。尤其是菊江，閉上眼睛都能打，光靠手指就能搞定……」

「妳說菊江小姐會打、打字……她那麼厲害……？」

「是的，就是她教我打字的。那個人手巧又熱心……雖然我不喜歡她，不過在這方面，我也不得不佩服她。」

就在此時，阿種前來詢問：午餐準備好了，是否要端過來？不知不覺間，竟然中午了。

# 11 CHAPTER 第十一章

# 皮膚上的印記

昭和二十二年，東京的糧荒還很嚴重，所以午餐吃得簡陋，不過至少塡飽了飢腸轆轆的肚子。吃完飯後——

「警部，我們接著往下問吧？還剩下秌子夫人、信乃，以及新宮一家人……只是，對秌子夫人大概問不出個所以然吧？」

警部瞄了一眼手表，「澤村差不多要回來了……金田一先生，在我們問下一個人之前，先到防空洞走走，你看怎麼樣？」

「啊，那也不錯。」

說老實話，剛才精神一直緊繃著，金田一耕助也累壞了。於是，兩人走到庭院，跟著刑警去看防空洞。

防空洞位在離建築物很遠的院子角落，上頭有茂林遮蔽，入口處砌著水泥蓋，裡面約四張半榻榻米大，雖然簡陋，但桌子、椅子都有。與其說是防空洞，不如叫地下室，頗爲壯觀。唯一的缺點是太過陰暗，沒有燈火等照明設備。

警部站在有點陰暗的防空洞裡，左右張望。「也就是說，昨晚椿子爵，或是像椿子爵的人，就是躲在這裡？」

金田一耕助沒有回答，低著頭不知在想什麼，不久，他喃喃低語：「原來如此，這裡倒是挺適合，既有椅子，又有桌子……」

等等力警部聽不懂他話裡的意思，問道：「你說什麼？你是指這裡很適合美禰子那姑娘冥想嗎?」

「不是,警部,我在想那台打字機的事。你說檢舉信上的字體,跟剛剛打出來的字體很像?」

「應該是吧,不過還是要仔細比對才知道……」

「請務必這麼做。話說回來,先假設檢舉信是用那台打字機打的好了。如果打字的人不是美禰子小姐會是誰,又是如何使用那台機器呢?……這是我在思考的事。美禰子小姐的房間是和室,不能上鎖,誰都進得去。如果在房裡打字,未免太過危險,所以要偷偷拿出去,打完字再神不知鬼不覺地送回來。如此一來,美禰子就不會發現了。問題是,要在哪裡操作那台機器?如你所知,只要一動,打字機就會發出像機關槍的聲音,不可能在家裡使用,必須帶出去才行,可是時間久了,恐怕會被人發現……於是,這個防空洞就成了最理想的場所。既有椅子,又有桌子。」

等等力警部環顧四周,「可是,這裡這麼暗,根本看不到鍵盤上的字啊。」

「警部,你忘了美禰子剛剛講的話。美禰子不是說了嗎?菊江小姐就算閉著眼睛也能打字,光靠手指就能搞定……」

警部驚訝得瞪大眼睛,「金田一先生,難、難道你認爲是菊江……」

「不,不是那麼回事。我想說的是,只要夠熟練,閉著眼睛都能打字。換句話說,在黑暗中也能打字。對了,我們可以出去了吧?看來沒什麼收穫。」

防空洞的兩邊各有一個入口，他們從和剛剛相反的另一邊入口爬出去。在陰暗的洞穴裡待久了，出來後眼睛竟有點睜不開，雖然外面是灰濛濛的鉛色天空。

「對了，警部。」金田一耕助環顧四下，低聲說：「請你命令部下，幫忙找一樣東西。」

「找什麼東西？」

「跟那尊雷神像配成一對的風神像。」

警部似乎有點吃驚，回頭看向耕助。「可是，去年夏天風神就被偷走了……」

「不，警部，我覺得這件事很奇怪。小偷爲什麼丟下雷神像，獨獨拿走風神像？不對、不對，既然把雷神像丟了，就沒有獨留風神像的道理。總之，我認爲一直到最近，不，應該是到昨夜，風神像都還在這個家裡。」

警部不發一語地看著耕助的側臉，他卻不願多作解釋，一逕沉默著。於是，警部聳聳肩說：「好吧，就找找看！」

「麻煩了。不過，請不要讓這家人發現我們在找什麼……」

然而，那尊風神像始終沒找到，等找到的時候，已是很久以後的事。

返回客廳的路上，他們注意到一間玻璃溫室。這溫室有一半建在地底下，因此露出地面的部分就不是那麼高，不過裡面滿大的，約一．五間寬，少說也有四、五間長，就像是捕鰻的竹簍，是口窄腹深的建築物。他們透過玻璃往裡面瞧，只見與地面等高的棚架上擺滿小碟子，天花板上也吊著一整排沒上釉的紅色小碟子。在這些碟子的後方，隱約可見穿工作服的人影。

對方一看到兩人，馬上打開旁邊的小門，探出上半身問：「有什麼事嗎？」

是三島東太郎。看來，他正在照顧植物，手裡拿著修剪樹木的剪子。

「我們恰巧經過……裡面好像有不少珍貴的植物。」

耕助彎下身子，越過東太郎的肩膀，往裡面張望。突然有一股植物的腥臭味，伴隨著熱氣撲鼻而來。

「是的，有蘭花和高山植物。大部分是食蟲蘭，不過也有珍稀的品種。要進來看看嗎？」

「不了，今天沒空，改天再來拜訪。這是哪位的嗜好啊？」

「是已故的椿子爵蒐集的，現在由一彥少爺接手照顧，我偶爾會過來幫忙。我剛剛餵了蘭花蜘蛛，所以氣味有點難聞。」

金田一耕助看著東太郎說：「對了，三島，我有幾個問題想問你。」

「是嗎？請等一下。」

東太郎拿起放在入口處的水瓶，把手洗乾淨，然後替右手戴上軍用手套，身手矯捷地翻出地面。

「請問是什麼事？」

「今年春天，大概是一月左右，椿子爵不是去旅行嗎？他回來後，馬上就找你商量出售珠寶的事，這是真的嗎？」

東太郎的臉色一暗，「關於這件事，當時警視廳就找我去問過了，確實有那麼一回事。不過，子爵終究沒有賣成，他說夫人不答應。」

金田一耕助和等等力警部交換了個眼神。

「這麼說，子爵要賣的是夫人的珠寶？」

「應該是吧。雖然當初找我談，他沒那麼說，但放棄的時候，我記得他提過類似的話。」

三人繼續往主屋走去，耕助過了很久才又開口：「三島，聽說你父親是椿子爵學生時代的朋友？」

「是的，是中學時的……」

「這麼說，你也是在東京出生？」

「不，我是在中國地方（註）出生，不知是在吳還是尾道，總之就在那一帶。」

「哈哈，怎麼連你自己的出生地都不知道？」

「因爲我老爸是中學老師，經常被調來調去的，我只記得自己是在岡山長大。」

「原來如此，怪不得你講話有關西腔，你也住過京阪神吧？」

「這就不知道了，我有印象的只有岡山縣和廣島縣而已，反正老爸一向居無定所。」

「你來這個家的是……」

「這個問題就有趣了。退伍之後，我媽死了，老爸早就過世。在舉目無親的情況下，半是自我放逐地來到東京，在各種黑市交易中充當掮客，並從事二手貨的買賣。當時，我突然想起椿子爵。我從老爸那裡聽過他的名字，也知道他們經常通信。反正都這麼落魄了，我也不怕丟人現眼。去年秋天，我藉口詢問是否有舊貨要賣，順道去拜訪他。之後我經常上子爵家，他跟我說，乾脆搬來一起住……這似乎是夫人的主意，不是子爵的。所以，子爵雖然不在了，我還是繼續叨擾。不過說句老實話，這個家要是沒有我，可能一天都維持不下去。」

就在這個時候，三人來到乾涸的古池邊。金田一耕助繞過池子繼續走——

「啊，我們走這座橋過去吧？放心，沒事！」

三島東太郎往前一步，率先走上那座橋。金田一耕助以奇怪的眼神看著他的背影，跟在他的後面。

過了橋後，兩人與東太郎告別，回到客廳。客廳裡只有澤村刑警一人，他焦躁不安地等著。從刑警興奮不已的表情，金田一耕助馬上猜到去「天銀堂」求證的結果，胸口一陣窒悶。

「報告警部！」澤村刑警衝上前來，張嘴就要說話，警部連忙舉手制止，小心翼翼地把

**註**—指日本岡山、廣島、山口、島根、鳥取五縣。

門關上後，才走到他旁邊。「怎麼樣？結果如何……？」

澤村刑警不發一語，從口袋裡拿出兩只信封。信封上印有「天銀堂」的店名，正面用鋼筆潦草地寫著一些文字。刑警看著那些文字，說道：「這是剛才在長笛盒子中找到的耳環，這邊的是留在『天銀堂』的耳環，請您比對一下。」

比較過從兩只信封倒出來的耳環後，金田一耕助暫時閉上眼睛。面對即將壓垮這個家的悲慘命運，他的心情如鉛般沉重。

「唉！」等等力警部大大嘆了一口氣，「這下就沒錯了。不管昨晚的男子是不是椿子爵本人，我們可以確定昨晚的命案和天銀堂搶案的犯人有關。」

「可是，警部……」耕助彷彿要甩開感傷似地用力搖頭，睜開眼睛，看向警部。

「同樣的耳環也可能有好幾副吧？」

「不可能，這是某位貴夫人拿來賣的。因爲是特別訂作的首飾，絕對不可能有重複的。澤村！」

警部對著澤村刑警耳語一番後，刑警馬上把耳環分別放回兩個信封，往口袋一塞，像風一樣地衝出房間。他是要去回報本廳（註）吧？可以想見本廳方面會有多振奮。金田一耕助用力嚥了一口口水，又閉上眼睛。

「可是……」警部焦躁地走來走去，「接下來該怎麼辦？」

「先找信乃過來好了，她昨晚也看到像椿子爵的人物。」

「好！」警部馬上交代下屬把信乃帶來。

這中間歷經了一些曲折，好不容易信乃跟著刑警來了。信乃站在門口，迅速瞄了一眼警部和金田一耕助，不發一語地進到客廳，找到椅子坐下，又再度審視起兩人的神情。

「不知道你們找我有什麼事，不過請儘早結束，我還要去照顧烁子小姐。」

正如先前所述，世上沒有像她這麼醜的女人，但也沒有人像她一樣，那麼有威嚴。高聳的額頭、突出的眼睛、扁塌的鼻子、寬闊的大口，再加上那滿臉的皺紋，簡直跟破抹布沒有兩樣。然而，不管是向後整齊梳攏、挽成小髻的鬈曲頭髮，還是穿著樸素和服，雙手疊放膝蓋，用灼灼眼神睥睨兩人的氣概，都不輸給叱吒風雲的大將軍。

「不會耽誤妳太多時間，我們想請教一下關於昨天的事。」

警部傾身向前，「聽說妳昨晚看到長得很像椿子爵的人物？可否請妳描述一下當時的情況……」

信乃依然目光炯炯地看著兩人，「那我就說明一下。」

她不怎麼乾脆地開口：「大家都往占卜房那邊移動以後，烁子小姐要我陪她去上廁所。不，就算她再怎麼黏人，平常也不會這樣，只是昨晚發生奇怪的事，她非常害怕……不，那個時候，她還不知道有人被殺……總之，她不敢一個人去上廁所。於是，我陪她到門口，

**註**—即警視廳。

自己在外面等。接著，裡面突然傳出烁子小姐的尖叫聲。雖說有失體統，我還是馬上衝進去……烁子小姐指著窗外說老爺站在那裡……變得很不對勁。我也往窗外看，結果就在離窗子約兩、三間遠的地方……」

「是椿子爵，或是像椿子爵的人物站在那裡嗎？」

「是的，拿著黃金長笛。」

「妳清楚地看到他的臉嗎？」

「看得很清楚，因爲月光從正面照在他的臉上。」

「妳認爲那是椿子爵嗎？」

信乃又用那好似禿鷹的眼睛，炯炯有神地瞪著警部，回答：「我怎麼知道？我只看到一眼而已。不過，眞的很像。」

「然後呢？發生什麼事？」

「那還用說，我們當然是馬上逃離。目賀博士和利彥少爺……不，該稱爲新宮先生，聽到尖叫聲也趕過來，我就告訴他們了。」

「那麼，他們就去找那男人了嗎？」

「沒有，目賀博士年紀大了，至於新宮先生，他壓根沒那個膽。」

信乃忿忿拋下這句話，聲音裡充滿像墨魚汁一樣陰森的惡意。

金田一耕助和等等力警部面面相覷。看來，新宮利彥在這個家裡四處受人排擠，恐怕不僅僅是好吃懶做和剛愎自用的緣故吧。

「所以……？」

「不，我只知道這些。然後，我們就馬上打電話報警了。我和眾人一樣，等待你們過來調查。好了，就這樣……烼子夫人還在等我。」

信乃打算站起來，金田一耕助趕緊阻止：「等等，我還有一個問題。」

「哦，是什麼問題？」

「昨晚占卜的時候出現的奇怪印記，那個像火焰太鼓的圖案……是否代表著什麼意義？」

「我不知道。」信乃不加思索地回答。

「可是，那個時候妳似乎非常吃驚？」

「突然看到那麼奇怪、像是用印章蓋出來的圖案，誰都會感到吃驚吧？不好意思，我先告退了。」

信乃從椅子上站起，大搖大擺地走出去。那充滿威嚴的態度，讓人根本不敢越雷池一步。

然而，當信乃的身影正要消失在門口之際，走廊另一頭突然傳來粗啞的聲音，和咚咚咚的腳步聲。那粗啞聲音的主人應該是新宮利彥，信乃猛然停下腳步，望向來人，最後仍快步往反方向離去。

之後闖進來的正是新宮利彥。利彥似乎喝得爛醉，頭髮蓬亂，眼睛閃閃發光。更驚人的是，他身上沒穿外套也沒穿襯衫，就一件薄汗衫搭配長褲。

利彥泛著油光的雙眼瞪著警部和金田一耕助半晌，露出猥褻的笑容，當著兩人的面脫起汗衫。

「老公、老公，你不用做這種事，只要用嘴巴說就好……」

從後面追上來的妻子華子想制止，卻遭利彥無情地推開。

「囉唆，妳閉嘴！反正老太婆一定打過小報告了。」

說完，他將汗衫一脫，東搖西晃地走到兩人的面前。「喂，你們聽信乃說過了吧？來，看個仔細，這就是惡魔的徽章。」

利彥轉過身，背對嚇得目瞪口呆的兩人。那瘦骨如柴的左肩上，有一塊清楚浮現的淡紅色胎記。那形狀不正是火焰太鼓嗎？

# 12 CHAPTER — 第十二章

# Y和Z

火焰太鼓。

昨晚連續兩次、充滿啓示性地出現在眾人面前，那不祥的惡魔徽章的本尊就是這個嗎？原來就這麼簡單？耕助頓時感到有點失落，不過他馬上調整心態，專注研究起利彥的左肩。只見那紫黑色的惡魔毒血彷彿即將噴出，不尋常的戰慄從他腹底不斷湧出。

少得可憐的肌肉，毛髮濃密、暗沉無光的皮膚，彷彿訴說著這個人的現實生活有多糜爛，而就在那皮膚上，鮮明地印著淡紅色的火焰太鼓，讓人覺得好似看到極不正常的異象。

瞬間，緊繃的沉默在凝結的空氣中擴散，在場每個人的手心都不斷冒汗。

「啊，」等等力警部努力乾咳幾聲，卻過了好久才開口：「可以了，請穿上汗衫吧。」

新宮利彥還是一副凶神惡煞的樣子，在妻子華子的幫忙下穿上汗衫。經過警部一番敦請，他總算坐到椅子上。

「原來如此，好奇怪的胎記。從您生下來的時候就有了嗎？」

剛剛應該是一時衝動吧？新宮利彥露出頹喪的神情，無精打采地點點頭。「眞是很奇怪的胎記，平常幾乎看不到，純粹是一塊淺白的印子在皮膚上，不仔細看，還看不出來。可是，只要一喝酒或是一洗澡，也就是皮膚充血之後，就會清楚浮現。」

「啊，所以……」金田一耕助看向利彥，「您才會先喝酒？」

「也對啦……不過，不光是這樣。發生那麼恐怖的事，不喝酒我根本靜不下心。唉，算了，不管怎樣，我都希望一切能趕快結束。」

新宮利彥把自己灌醉，應該有其他理由。金田一耕助想起昨晚美禰子提過：「舅舅只敢對家裡的人發威。老大不小了，他看到不認識的人還是非常怕生。」

利彥不喝酒，恐怕無法應付這樣的場面吧？

「夫人，您知道丈夫身上有胎記嗎？」

金田一耕助突然點名，華子非常驚慌：「啊，那個……」

「她當然知道，畢竟我們是夫妻。話說回來，不愧是我的老婆，她拚命想幫我隱瞞。什麼嘛，眞是多此一舉。」

見華子呑呑吐吐，利彥幫她全說了，語氣充滿諷刺。

「原來如此，除了夫人以外，有其他人知道胎記的事嗎？」

「家裡的人大概都知道吧，因爲從我生下來就有了。不過，年輕一輩知不知道，我就不清楚了……」

「信乃女士也……？」

「當然，她也知道。她是怎麼跟你們說的……？」這麼問的同時，利彥的神色突然緊張起來，不斷窺探警部和耕助的神色。

「難道那個老太婆沒跟你們提到這件事？」

「是的，她沒說。不，她不只沒說，我們問她關於那個火焰太鼓圖案，她是否想到什麼，她完全否認，表示什麼都不知道。」

利彥似乎有點吃驚，和華子面面相覷，原本蠟黃無光的臉龐竟逐漸發青。

「喂，警部、金田一先生，」利彥焦躁地折著手指關節。「眞是受不了，大家爲什麼要隱瞞？雖然不是什麼值得驕傲的事，但也不是什麼不可告人的祕密啊。雖然不會故意給別人看，不過我也沒特別在意，只是，爲什麼這些人……金田一先生，」利彥將充滿怨恨、憤怒的目光轉向耕助，「你還記得昨晚占卜時發生的事吧？沙缽上出現跟這胎記相同的圖案，大家都十分震驚……當然，我也很震驚。華子應該一樣震驚吧？怎麼說呢？畢竟是跟自己胎記相同的圖案，冷不防冒出來。只是，你想必也注意到其他人的震驚，和這種震驚不一樣吧？或許他們也是因奇怪的圖形出現在沙上而震驚。可是，大家明明都知道我身上有這個胎記，爲什麼沒人講出來？他們大可天眞、老實地說：『哎呀，跟利彥肩膀上的胎記一模一樣！』爲什麼就不能這麼說呢？」

金田一耕助不發一語地點點頭，他也想著同樣的問題。

利彥朦朧的醉眼，惶惶不安地輪流看著警部和耕助。「說老實話，當時我也非常震驚啊。我暗暗期待著，待會就會有誰把那件事講出來。只要有人開口，我會向大家坦白。可是，沒人把那件事講出來，大家只是害怕、慌張地閉上嘴巴，彷彿那件事有多恐怖，是提都不能提的禁忌……爲什麼他們會這麼害怕我的胎記，非隱瞞不可？這就是我不懂的地方。只要是血親，沒人不知道我有這個胎記。」

金田一耕助試探地看進對方的眼底，說道：「你自己不也悶不作聲？」

「我可沒刻意隱瞞，根本也沒有隱瞞的必要。」

利彥幾近病態的漆黑眼眸燃起焦躁之色。平日粗啞的嗓音瞬間提高八度，聽來格外刺耳。

「不過，憑良心講，我眞的嚇到了。不，不光是因爲那個圖案出現在沙上，而是看到那群人如此震驚的樣子。與其說是嚇到，不如說是嚇傻了。然後，就在我告白的時候，突然響起笛聲……」

金田一耕助點點頭，「發生命案後，你撥弄沙子，想抹掉沙缽上的圖案，也是這個原因嗎？」

「沒錯。說老實話，那時我已神智不清。命案現場竟然有用血畫的圖案，還跟我的胎記一模一樣……我不知道爲什麼會發生那種事，不，我到現在仍不明白。只要一想起那晚發生的事，我就覺得恐怖的災難即將降臨在自己身上，才想抹掉圖案……現在回想起來，我承認那樣做很愚蠢。」

金田一耕助沉默地站起，雙手放在褲腰兩側，來回踱步，一邊說：「對了……在失蹤的椿子爵的遺體……不，在被認爲是失蹤的椿子爵遺體上，找到一本小冊子，裡面畫著跟你的胎記相同的圖案，旁邊註記『惡魔的徽章』，你知道這件事吧？」

利彥因憎恨和憤怒而發光的眼睛看向耕助，不甘不願地點了下頭。

「關於這件事，你有什麼想法？」

「什麼想法？我……我……根本沒有想法。」

利彥彷彿要把喉嚨的痰清乾淨似地猛咳起來。

「我只能說那傢伙……英輔那小子八成是瘋了。還是，在那小子的眼裡，我眞的跟惡魔一樣？」

利彥的喉嚨深處發出自暴自棄的笑聲。那笑聲漸漸變成像是哭聲。

耕助迅速朝等等力警部使了個眼色。

「你有什麼頭緒嗎？椿子爵為何對你懷著這麼深的敵意？」

利彥的臉上再度燃起紫黑色的憤怒之火。

「你們應該都知道了吧？只要問問家裡的人，就會知道我和英輔之間是怎麼回事。那傢伙跟我八字不合，我討厭他，而他……」

「是怎樣的理由……」

「討厭就討厭，哪有什麼理由？自從那傢伙和炑子結婚後，我就很討厭他。我們從來不曾以兄弟相稱，總之，我不喜歡蟲子。」

利彥刺耳的聲音裡，有著孩童般的無理取鬧和咬牙切齒的憤恨，透著一種詭異的歇斯底里。

「老公、老公……」

華子在後面擔心地提醒，利彥卻不領情，將手一揮：「有什麼關係？反正我不講，其他人也會講。不過，就算是這樣，那傢伙也沒有理由叫我『惡魔』。那傢伙自己才是魔鬼，硬是搶走我的財產。」

「椿子爵搶走你的財產……？」

「難道不是嗎？炑子繼承原本屬於我的大部分財產。那傢伙和炑子結婚，不就像是從我手中搶走財產嗎？」

「老公、老公，這麼不堪的事……」

「不堪……？哪裡不堪？難道我說的不是實話？……可惜，英輔那傢伙到底是個孬種，那些財產他還不是看得到、摸不到，啊哈哈！」

聽著利彥充滿諷刺的笑聲，金田一耕助心想「喔，原來是這麼回事」，重新打量起對方。說到底，利彥之所以厭惡椿英輔，就是爲了財產。如果眞是這樣，那八字、性格什麼的根本不相干。只要是和炑子結婚的男人，不管是不是椿英輔，利彥都會恨得牙癢癢，極盡所能欺壓對方。

「原來如此。不過，話說回來，椿子爵因爲這樣就叫你『惡魔』似乎有點超乎常理。」

「沒錯，我也這麼想。所以，就像我剛才講的，那傢伙八成是瘋了。」

「是他瘋了，還是他畫的那個像火焰太鼓的圖案，並不是指你的胎記，而是有別的意義……」

利彥和華子驚懼地看著耕助，等等力警部也一臉莫名其妙地盯著他。

金田一耕助悠哉地踱步，一邊說：「如果不這麼想，就無法解釋為什麼昨天占卜的時候，玉蟲伯爵和其他人會那麼驚訝。新宮先生肩上有奇怪的胎記，相同的圖案竟毫無預警地出現在沙上。光是這樣，那些人何必那麼驚訝？不、不，他們不單是驚訝，就像剛剛新宮先生講的，他們非常害怕。他們到底在怕什麼？其中肯定有理由，可是，連擁有胎記的新宮先生本人都不知道，只能推測跟其他事情有關。反推回來，椿子爵的日記裡留下的圖案，恐怕也不是指新宮先生的胎記，而是另有所指，只是新宮先生不知道。」

眾人陷入沉默。金田一耕助繼續插著腰，不發一語地走來走去。新宮利彥露出不安、怯懦的神色，窺視著耕助的行動。

「那個……」華子突然發出一聲悶響。她皺著因不安而蒼白的臉孔，「關於那件事，我今早跟丈夫討論過。」

「是……」

「說不定那個圖案是有人為了嫁禍給我丈夫，故意用血畫上去的。目的是想讓人以為他對舅舅做了什麼，才會在旁邊留下印記……」

「沒錯，我也這麼想過。若真是這樣，印在沙上的火焰太鼓就沒有其他的含意，純粹是指妳丈夫的胎記，事情反而簡單多了。我無法理解的是，昨晚占卜的時候大家驚慌的樣子。命案根本還沒發生，大家看到那印記就有那麼大的反應，我認為一定另有隱情，還是……」

耕助露出溫和的笑容，「新宮先生有你們夫妻都不知道，卻會嚇壞其他人的怪癖？」

「什麼？您是指……」

「比方，」金田一耕助露出惡作劇般的笑容，說道：「新宮先生有夢遊的習慣，大家都在想他哪一天會在睡夢中糊裡糊塗地把人殺了……」

「哪、哪有這種事！」華子蒼白的臉歪曲，立即堅決否認。

「哈哈哈，也對、也對。如此一來，那個火焰太鼓想必另有所指，而且是新宮先生和夫人您不知道的。」

「是嗎？這樣倒還好……如果是爲了嫁禍給我丈夫而故布疑陣，我可以出面作證。昨晚我丈夫一直待在別苑，跟我在一起。」

華子說了這麼多，恐怕這句才是重點吧？

「謝謝。那個胎記非常具有參考價値，感謝讓我們拜見，你們可以先離開了。對了，如果一彥先生在，能否請他過來一下？什麼？別擔心，只是有個簡單的問題要問他。」

要問一彥的問題十分簡單。昨晚發現有人被殺的時候，一彥也曾透過氣窗看到命案現場的狀況。

「當時，你可曾注意到沙缽上有用血畫的印記？」

面對金田一耕助的問題，一彥簡潔回答「沒有」。

「是嗎？謝謝。這樣就可以了……對了，等一下。」

「是。」

「聽說你向椿子爵學過長笛，是他的弟子。想必你也吹得很好吧？」

「呃，我稱不上吹得很好，只是略懂皮毛而已……」

「那麼，你能夠吹奏子爵的遺作〈惡魔前來吹笛〉嗎？」

「嗯，只要有譜，應該可以。」

「是嗎？改天請務必吹給我們欣賞。眞是謝謝你，你可以離開了……」

事後金田一耕助回想起來，當時若索性讓一彥吹一次那首詭異的曲子，說不定犯人早抓到了……

暫且把此事放到一旁。話說，後來金田一耕助直接隨等等力警部回到警視廳，去看那封所謂的檢舉信。

正如警部所述，內容是用打字機打出來的。就算是門外漢，也能清楚分辨出那是用美禰子的機器打出來的。

「看來眞是如此。」

「不管怎樣，還是得送到鑑識課進行嚴格比對，不過應該是使用那台機器沒錯。」

「是啊，美禰子小姐說過，這部機器叫rocket，尚未正式輸入日本，所以不可能這裡有一台，那裡也有一台。咦……」

金田一耕助讀著檢舉信，突然眉頭一皺，歪著頭。

「怎麼了？」

「嗯……警部，這篇以羅馬拼音打成的文章，在Y和Z的地方全打顛倒了，是怎麼回事？」

是的，那封檢舉信的內容沒有什麼特別值得一提之處。之前警部提過，重點不外是「天銀堂事件」發生的前後，子爵曾出門旅行。而且，他騙家裡的人說要去蘆之湯，卻根本沒去。從目的地不明的旅行回來之後，他馬上跟三島東太郎祕密協商出售珠寶的事云云……

這些事都條列在信紙上，其中有些字彙，譬如「行く上（行蹤）」、「蘆の湯（蘆之湯）」、「家の者（家裡的人）」的羅馬拼音，在用到Y的時候，全部打成Z，變成Zukue、Ashino-zu、izenomono；相反的，在「前後（前後）」、「残念ながら（遺憾的）」等會用到Z字的地方，則變成了Yengo、Yannennagara，然後告密者再以炭筆修正這些互相打錯的Y和Z字。

13 CHAPTER —— 第十三章

# 金田一耕助向西行

昭和二十二年十月二日。

就在玉蟲前伯爵遇害後的第三天晚上，金田一耕助以快要被擠扁的姿勢，窩坐在開往神戶的準急二等列車上。

難得出遠門一趟，他偏偏不穿西裝，硬要穿綁手綁腳的和服。這下可好，皺巴巴的褲子皺得更加徹底，上衣的縫線破綻百出，穿戴全走了位，足袋還沾滿泥巴。由此可見，他在擠到車廂一角的座位之前，經歷多麼艱苦的奮戰。

說起昭和二十二年的秋天，旅行還是件苦差事，如同修行一樣。光是要把車票拿到手就不是件容易的事，幸虧有警視廳幫忙打點，金田一耕助才得以順利坐上車。不過，在擁擠、喧鬧的車廂裡，放眼望去全是做黑市買賣的乘客，警視廳的招牌似乎也起不了作用。金田一耕助只好像條被揉成一團的破抹布，奄奄一息地窩在擠得像沙丁魚的二等車廂裡。

當然，金田一耕助不是孤身一人。名叫出川的年輕刑警應該也坐上同一班車，只是在擠得要命的車廂裡，不可能找到他。雖說他們是結伴同來，卻沒指望能夠坐在一起，而且就算眞的有位子，他們也會盡量分開坐。

因爲他們要避免讓人看出此次旅行的目的。

說到此行的目的——

自然是爲了重新調查一月十四日至十七日之間，椿子爵到底去了哪裡，即「天銀堂事件」發生時，子爵的不在場證明是否正確。

事實上，拜玉蟲前伯爵的命案所賜，有個長得很像椿子爵（他應該已去世）的傢伙神出鬼沒的事傳開，世人的興奮和緊張實非言語足以形容。相關報導連續好幾天占據報紙的版面，不管哪家報社都派出大半記者追蹤這條新聞。若他們知道這案子跟恐怖的「天銀堂事件」有關，警視廳恐怕會被記者們的興奮和狂熱掀翻。

所以，連這次出川刑警出差，警視廳也是極力隱瞞。如果只是純粹查證椿子爵的信州之行也就算了（當然，這方面自會派別的刑警調查），可是這次警視廳打算更進一步，重新調查「天銀堂事件」發生時子爵的行蹤——要是傳了出去，敏感的記者們肯定會嗅出什麼端倪。

金田一耕助自告奮勇要一起去調查，是因爲他自己也有幾個目的。

究竟曾獲得證實的「天銀堂事件」椿子爵不在場證明是眞的，還是巧妙的騙局？目前爲止都無人知道。如果那是騙局，其中必有前所未聞、巧妙無比的機關。相反的，如果警視廳之前的調查是正確的，椿子爵眞的去關西旅行，那麼旅途中肯定藏有天大的祕密，只要解開這個祕密。發生在子爵家的慘劇應該就有望破案——他是這麼打算的。

金田一耕助會特別重視子爵的這趟旅行，當然有重大的理由，而這就是他的理由。

九月三十日——玉蟲前伯爵遇害當天，隨警部一起回到警視廳的金田一耕助，在那封檢舉信裡發現詭異的打字錯誤。前一章快結束的時候，我已告訴各位讀者這件事情。

在那之後，金田一耕助立刻致電美禰子，不著痕跡地問起這件事，但似乎連美禰子也不知道原因。

「什麼？Y和Z打顛倒了？那是什麼意思？」電話另一頭的美禰子聲音帶著幾分困惑。

「是這樣的，妳在打字的時候，會不會經常把Y和Z打錯？」

「這個嘛，還不熟練的時候會打錯很多字，不只有Y和Z而已……我不太懂你這麼問的意思……」

「我的意思是，其他的字全部打對，只有Y和Z互相打反了……這會是機器的問題嗎？還是打字的人習慣性地打錯？有這種可能嗎？」

「我沒聽過這種情況，只有Y和Z打錯……好奇怪。不過，爲什麼這樣問？難道是我們家的打字機……？」

「沒關係、沒關係，既然妳不知道就算了。」

金田一耕助失望地掛上電話。然而，他無法對這件事死心。如果是一、兩個地方弄錯也就罷了，偏偏全是Y打成Z、Z打成Y，其中肯定有什麼蹊蹺。

隔天，換美禰子打電話給金田一耕助。

「金田一先生，關於昨天你問我的，Y和Z打錯的那件事，我想到一種可能……」

「這麼說，有可能發生那種情況嗎？」

「是的，我很在意打字機的事，跟你通完話後，就打去問我的打字老師，才發現有這種可能性。」

「是怎樣的可能性？」

「不，這不方便在電話中談，我想待會到金田一先生那裡一趟……不瞞你說，除了這件事之外，我還有話必須告訴你。我發現非常不得了的事……我發覺自己犯下嚴重的錯誤。」

美禰子的聲音似乎抖得十分厲害，金田一耕助跟著緊張起來。

「錯誤……？那我等妳過來，待會見。」

一個小時之後，金田一耕助和美禰子在大森山下的料理旅館「松月」的別房見面。

「首先，是有關打字機的問題……」美禰子非常興奮，蒼白的皮膚泛起一層雞皮疙瘩，眼神異常銳利。她努力克制心中的激動，僵硬地開口。

「妳剛剛說想到某種可能性？」

「是的……這是補習班的老師告訴我的，我沒有親身體驗過……金田一先生，你知道打字機的字鍵不是按A、B、C、D的順序排列吧？」

「我知道，昨天在府上也看到了。」

美禰子點點頭，「鍵盤上的羅馬字母，是按使用頻率高低排列。也就是說，最常使用的字會排在手指最容易打到的地方。雖說打字的時候，十根指頭都會用到，不過，哪根指頭要打哪個字已規定好。如果熟練，就算閉上眼睛也能打字，因爲指頭的位置是固定的……」

「請等一下，妳說閉上眼睛都能打字，那在黑暗中也能打字嘍？」

「是的，當然……」

「那麼，Y和Z互相打錯該怎麼解釋？」

「那是……打字機的鍵盤排列方式，不論哪部機器都一樣。即使是習慣用雷明頓牌（Remington）打字機的人，閉上眼睛仍能準確無誤地操作Rocket打字機。但有一個例外，賣給德國的打字機，在鍵盤的排列上往往會有所不同。」

「所謂的不同是指……？」

「也就是說，只有Y和Z兩個字跟其他機器不一樣，剛好互換過來。」

金田一耕助瞬間睜大了眼睛，快速地用五根手指抓搔起雞窩頭。由於抓得太用力了，頭皮屑像鵝毛紛紛散落。

「哎呀！」美禰子急忙拿出手帕掩住嘴，連連後退。她嚇傻似地望著耕助，抱怨：「金田一先生，你眞是的……」

「哈哈哈，對、對、對不起。那、那麼說，賣給德、德、德國的機器，Y和Z的字鍵剛好是相反的？」

耕助口吃得非常厲害，他連忙端起矮桌上的茶，一飲而盡。接著，他用力將氣息灌到丹田，總算停止口吃和不斷搔頭的動作。

美禰子鬆了一口氣似地撫著胸，「是的，應該沒錯。我不是很懂德語，不過，據說在Y、Z兩字的使用頻率上，德語跟英語正好相反。所以，即使是同一廠牌的機器，輸出到德國的機種就會把Y、Z調換過來。」

「原來如此、原來如此。對了，這種機器在日本找得到嗎？」

「嗯，聽說和德國做生意的公司就會使用這種機器。」

「原來是這麼回事。使用賣給德國的機器練習打字，練到閉上眼睛也能打字的某人，在黑暗中操作妳家的那台機器，卻不小心把Y和Z打顛倒了。」

「我家的機器……？金田一先生，是不是我家的打字機有什麼……」

「沒事、沒事，我以後再告訴妳。」

金田一耕助突然想起椿家後院的防空洞。他想像著那個連Y和Z顛倒都沒發現，摸黑在洞裡打字的人，心中一陣騷動。至少那傢伙在這部分犯了一個很大的錯誤。

「眞是太感謝了，這件事非常有參考價値。對了，妳說有其他的事……」

「是的……」

正面迎視金田一耕助，美禰子突然眼泛淚光。

「我犯下一個嚴重的錯誤……不過，發現犯錯以後，我反而更不明白了……」

美禰子從手提包拿出一封信。

美禰子拿出的那封信，是她第一次來這裡的時候，給金田一耕助看過的椿子爵遺書。這封遺書的內容之前已給各位看過，現在不妨再抄錄一遍。

美彌子啊！

請不要責怪父親。爲父再也無法忍受更多的屈辱和不名譽了。這件事情一旦曝光，椿家世代的英名都將陷入泥沼。啊，惡魔前來吹笛了。父親無論如何都活不到那一天了。

美彌子啊，原諒父親。

「這有什麼問題嗎？」

金田一耕助疑惑地看著美禰子，突然緊張地問：「難道，這封信是假的……」

「不、不，不是這樣的，這的確是父親的筆跡。只是，金田一先生，遺書上不是沒有日期嗎？問題就出在這裡。」

「怎、怎麼說……」

「金田一先生，之前跟你提過，我發現這封遺書的時候，距離父親失蹤已過了許久。今年夏天我到書庫去整理書的時候，這封遺書突然從書頁之間掉了出來。」

「是的，妳之前提過這件事。」

「我說的書就是這本……」

美禰子從手提包拿出來的，是戰前由T書店發行的外文書，歌德的《威廉・邁斯特的學習時代》下冊。

「這本書怎麼了？」

「金田一先生，」美禰子字字鏗鏘地說：「這本書今年春天還擺在我的書桌上。雖然是在我不注意的情況下，收進了書庫，但我不認爲父親會特地去書庫，把信夾在裡面。因爲書庫裡有一大堆書，如果他那麼做，我不曉得什麼時候才會看見。所以，父親一定是在《威廉‧邁斯特的學習時代》仍擺在我桌上的時候，就把遺書夾進去。說到這個，這本書是因爲父親的推薦，我才從今年春天開始讀的。」

「原來如此，是這樣嗎？不過，那又……」

「金田一先生，重點在於，這本書是什麼時候收進書庫的。雖然我之前都沒注意到，但昨晚發生那樣的事，我決定重新思考父親失蹤當時的狀況，於是翻開日記……」

美禰子再度從手提包拿出一本書，那是有著紅色封皮的女用日記本。

「金田一先生，請讀一下。」

順著美禰子顫抖的指尖看去，二月二十日這天用漂亮的紫色墨水寫著：

——上午，讀完《威廉‧邁斯特的學習時代》。

——下午，打起精神整理書桌，把讀過的書收進書庫。

「原來如此，這本書是在二月二十日收進書庫，令尊把遺書夾進書本，肯定在這之前。」

「沒錯。可是，金田一先生，父親被當作『天銀堂』的嫌犯抓進警視廳的日子，不就是二月二十日嗎？」

沐浴在美禰子灼熱的視線下，金田一耕助愣了半晌，突然瞪大眼睛，身子不由得探出矮桌。

「妳、妳說什麼?這、這麼一來,令尊在被懷疑涉入『天銀堂事件』之前,就決定要自殺了嗎?」

「金田一先生!」

「也、也、也就是說,令尊決心要自殺的原因,並不是『天銀堂事件』?」

「沒錯。金田一先生,從這封遺書被夾進書裡的時間來推想,可以得到這樣的結論。父親不是為了『天銀堂事件』而自殺,相反的,是『天銀堂事件』讓父親延後十天自殺。」

說著說著,美禰子的眼眶又濡濕,她並不打算伸手去擦。「根據日記,我是在二十日中午以前讀完這本書,因此父親把遺書夾進書本的時間,肯定是在那之後,而且是在下午我把書收進書庫之前。父親原本打算就此出門去自殺吧?不料,來了一堆警察,逮捕父親。因此,他一直拖到三月一日,才踏上自殺之路。不管怎樣,他都不願意背負著犯下『天銀堂事件』的罪名死去。父親一定在等待洗清冤枉的那天。」

金田一耕助的內心波濤洶湧,宛如受到暴風雨襲擊的小船。對美禰子而言,這個發現是一大震撼。同樣的,對金田一耕助而言,也是個震撼彈。

「這麼說來,不是『天銀堂事件』逼得令尊自殺,而是有其他原因。」

「我想應該是的。就算沒有『天銀堂事件』,也有好幾個原因導致他想自殺吧。我不明白的是這封遺書的內容。父親寫著再也無法忍受更多的屈辱和不名譽,一旦這件事情曝光,椿家世代的英名都將毀於一旦。金田一先生，我一直以爲這個屈辱、不名譽，一旦曝光就會毀壞椿家名聲的祕密——指的是父親被當作『天銀堂』嫌犯的事。不過，既然這封遺書是在父親被警察帶走之前寫的，應該跟『天銀堂事件』無關。讓父親如此害怕，這屈辱、不名譽、會破壞椿家名聲的事實……到底是什麼呢？爲此，父親絕望到甚至走上絕路。」

金田一耕助在擠滿乘客的二等車廂裡，想起美禰子宛如巫婆般發黑的歪曲臉孔。包圍著美禰子的身體，那裊裊竄出的陰森鬼氣，彷彿一步步逼向他。

這就是金田一耕助決定出門的理由之一。

一月十四日至十七日之間，椿子爵的謎之旅。

如果，那眞是椿子爵本人——那麼，解開所有謎團的鑰匙就在其中，他是這麼想的。

此刻，火車正穿過幽深的黑夜，不斷向西奔馳。

先前吵鬧不休的黑市商人和買主總算紛紛安靜睡下。混在三教九流的乘客裡，金田一耕助和出川刑警背負著重大的使命，往西而行。然而，耕助作夢也想不到，這起案件的重要關係人之一，也坐上同一班列車。

# 14 CHAPTER — 第十四章

# 須磨明石

搭乘東海道線列車兩個多小時才抵達神戶，然後又坐省線列車前往兵庫，再從兵庫搭乘山陽電鐵來到須磨，等到金田一耕助和出川刑警住進須磨寺池附近的三春園旅館時，已是十月三日下午一點以後的事。由於一開始就決定在三春園下榻，就算沒人帶路，也不至於迷路，不過抵達神戶的時候，不巧下起雨，金田一耕助覺得此行似乎多災多難，心中不禁湧起不好的預感。

在此一情況下，兩人唯一的安慰是，三春園這家旅館並非戰後那種掛著溫泉標誌的詭異建築，而是古樸、典雅，頗有來歷的舒適旅店。

神戶也受到戰火嚴重摧殘，須磨一帶幾乎燒光了，只有以須磨寺為中心的幾座古蹟倖存，在瀟瀟秋雨中，勉強維持著昔日的風華，而三春園就屹立在這古樸的氣氛裡。

不過，這家旅館似乎也很講究規矩，金田一耕助和出川刑警被帶往最裡面的房間之前，經過十分繁複的手續。

此番重新調查，必須盡量避免走漏風聲，並未通知當地的警察，因此出川刑警費了好大的力氣，才讓旅館的人明白他們此行的任務。一旦他們明白之後，金田一耕助馬上注意到，古老的旅館中旋即瀰漫著一股緊張的氣氛。

「出川先生，這次的調查恐怕會很棘手，別給自己太大的壓力比較好。總之，我們先洗個澡，吃頓飯再說吧。」

領他們到房間的女侍明顯露出戒備的神色，目送著她鬼鬼祟祟、倉皇而逃的背影，金田一耕助如此提醒出川刑警。

「好，那就隨機應變吧！」年輕刑警嘴上這麼說，還是非常緊張。

出川刑警的年紀比金田一耕助小兩、三歲，原本就不算老練的他，有著五短卻健壯的體格，怎麼看都像個緊張大師。事實上，由於上次調查椿子爵不在場證明的刑警被派去執行其他任務，加上警方認爲讓一切回歸原點，重新調查比較好，才選中年輕的出川刑警，只是沒想到他會那麼緊張。

經金田一耕助的提醒，出川刑警總算試著悠哉地洗了個澡，也吃了延誤許久的午飯。然後，面對前來收拾碗筷的女侍，他拐彎抹角地想套她們的話，可是她們似乎受到老闆娘的告誡，始終敷衍地回應。

「可惡，她們在提防我們。」

吃完飯後，看著匆忙收走碗筷的女侍落荒而逃，出川刑警露出苦笑。就在此時，約莫四十歲、胖墩墩地像座小山的女子出現，應該就是老闆娘。

「歡迎光臨，一路辛苦了。招待不周，請見諒……」眞不愧是做生意的高手，老闆娘的招呼一點都不馬虎，不過還是看得出她有幾分戒心。

「啊，哪裡……」出川刑警連忙坐正。

老闆娘目光炯炯地看著他，一邊說：「請問有何指教？剛才聽掌櫃說，您還在調查椿先生的事……」

說著，老闆娘明顯露出困惑之色。最近有一種現象，旅館只求能打響名號，才不管來客要問什麼案子，不過這家似乎並非如此。金田一耕助暗想這女人不好對付，出川刑警約莫也注意到了。

「關於那件事，我們三番兩次來問，想必造成了您的困擾……」

「不，沒什麼困擾不困擾的。只是，我以爲那件事應該已告一段落……」

「這個嘛，我們原本也是這麼想，卻又發生不得了的案子。老闆娘應該知道吧？四、五天前發生在東京的命案……」

「那件事我倒是在報紙上看過……好像鬧得很大……」

「就是啊。所以，有必要重新調查一遍。」

「不過，就像我剛才提過的，當時你們應該已查得很清楚，我沒什麼好說的……」

出川始終無法突破老闆娘的心防，金田一耕助只好從旁插嘴。

「抱歉，老闆娘，打岔一下。」

「是。」

「這次我們來出差，絕對沒有調查貴店的意思。」

「怎、怎麼說……？」

「之前刑警來調查的目的是，確認一月十五日前後椿子爵是否待在這裡。正如剛剛老闆娘所說，那件事已確實調查過。因此，當時我們只查到那裡就打住，不過這次不是又發生不得了的大事嗎？於是，有重新調查的必要。這次，不是要查當時住在這裡的是不是椿子爵，而是要查椿子爵住在這裡的時候，到底做了什麼？不，應該說他爲何來到這裡？……就像剛才說的，之前我們沒查下去。不，應該說當時沒必要繼續調查。」

「喔，原來如此，這樣我就懂了。」老闆娘似乎總算瞭解。

「不過，跟我們旅館沒什麼直接的關聯吧？」

「是的。所以，能不麻煩你們，就盡量不麻煩。其實我們大可住到其他旅館，總之，以須磨寺爲中心，方便查明當時椿子爵行蹤的旅館都可以。不過，既然有緣來到這裡，乾脆麻煩你們，一切都會比較方便……」

金田一耕助這個男人其貌不揚，卻有獨特的魅力，講話也頗具說服力。他搔著頭，結結巴巴地解釋，老闆娘聽著聽著就上鉤了。

「您說的是。既然如此，我也不好再說什麼。原本我還在想，是不是我當時說的話讓人信不過……」

「沒、沒這回事。」

「話說回來，那麼一位高貴穩重的人，竟然被懷疑是殺人凶手，而且是『天銀堂事件』那麼恐怖的案子，實在太可憐了，連我都不禁爲他叫屈。」

金田一耕助和出川刑警忍不住互望一眼。

「這麼說，老闆娘知道當時的調查跟『天銀堂事件』有關？」

「我當然知道。雖然警方什麼都沒透露，但印了一大堆合成照片，又三天兩頭地刊登在報紙上……這種事一旦傳出去，那位先生一定會很困擾，所以我再三交代旅館裡的人要管好嘴巴。只是，後來悲劇還是發生了。那件事畢竟是很大的打擊哪，我們旅館裡的人都這麼說。」

隨著關西腔出現的頻率越來越高，證明老闆娘已鬆口，不再有所顧忌。

金田一耕助打蛇隨棍上，接著問：「那麼，老闆娘認爲椿子爵會自殺，是因爲那件事嗎？」

「八成就是這樣吧，兩件事隔得這麼近。雖然報紙還沒登出來，但大家都議論紛紛……」

老闆娘說完這段話，微微偏頭。「他來這裡住的時候，我就覺得不太對勁。最後，他還是被死神盯上了。」

「所謂的不太對勁，是指……？」

「這沒什麼好說的，只是他的氣色不好，心情似乎十分沉重，於是我暗想：他該不會是來自殺的吧？囑咐旅館裡的人多留意他一下。您也知道，這裡自殺是出了名的，做我們這行的，經常會碰到這種客人。」

「老闆娘，妳能不能按照順序，把椿子爵入住的事從頭講一遍？他是拿著介紹信來的嗎？」

「不，不是的。最近有種討厭的風氣，如果不是一男一女來投宿，很多旅館都不招待。當客人只有男士一人的時候，旅館會幫他叫小姐，要是不接受，就不讓他住，眞教人受不了。因此，那位先生幾乎被所有旅館拒絕，在走投無路的情況下，他找上我們。雖然沒硬性規定一定要成對的男女才能住，不過碰上落單的客人，我們仍盡量能推就推。原本想一口回絕，但看他那麼可憐，加上人品似乎還不錯，我一時心軟就讓他住下了。」

「那是一月十……？」

「十四日晚上，絕對沒錯。住宿登記簿上明明白白地記載著。之後大概過了一個月，警方就來調查，所以大家都記得很清楚。一月十四日晚上，也就是『天銀堂事件』發生前的晚上十點左右，我親自領著那位先生來到你們住的這個房間。」

聽到老闆娘的最後一句話，金田一耕助和出川刑警嚇了一大跳，忍不住打量起房內的狀況。原本金田一耕助還在想，這麼好的房間似乎和旅館一開始的不友善互相矛盾，現在他才知道這是老闆娘故意安排的。

他們住的是有兩個房間的客房，分別有八張榻榻米和六張榻榻米大。推開和室拉門，可看到秋雨淅瀝、花草扶梳的庭院，非常典雅舒適。可是，只要一想到那問題人物也曾在關鍵的時間點，住過相同的房間，金田一耕助和出川刑警就莫名神經緊繃。

出川刑警緊張得臉頰僵硬，「那麼，子爵總共住了幾天？」

「十四、十五、十六日，三個晚上都住在我們這邊，十七日一早才離開。」

「這段時間，他一直待在旅館裡嗎？」

「不，當然不可能。十五、十六日兩天，他都出門去了。您該不會以爲十五日九點才出門的他，會在同一天早上的十點左右，出現在銀座的『天銀堂』吧？」

看到老闆娘似乎又有點不高興，金田一耕助連忙打圓場：「老闆娘，這位刑警只是按照事情的順序說下去而已。對了，說到順序，有件事得先請教妳。當時住在這裡的人，眞的是椿子爵嗎？」

「哎呀，怎麼連您……嗯，不好意思，可否請您按一下那邊的鈴。」

刑警按了鈴，不一會，剛剛吃飯時在一旁服侍的其中一名女侍出現。

「阿澄，請掌櫃拿住宿登記簿過來，然後妳也一起過來。」

阿澄暫時退下，不久就跟掌櫃一起過來了。這家的掌櫃是個三十五、六歲，膚色白皙的體面男子，身穿條紋和服的他跪坐垂首的姿勢，跟旅館古典的氣氛十分契合。剛剛就是他在櫃檯和刑警爭得面紅耳赤。

老闆娘打開掌櫃拿來的住宿登記簿，往兩人的面前一擺。「這是那位客人親手寫的字，只要經過筆跡鑑定，就能確定這確實是椿先生寫的。掌櫃的，你說是不是？」掌櫃無言地點點頭。

那是一本符合這家旅館風情的住宿登記簿，和紙裁製的扉頁上，連名字都是用毛筆寫的。那上面不管是麻布六本木的住址或是椿英輔的簽名，都跟金田一耕助看過的遺書上的字跡一模一樣，應該是椿子爵的字跡沒錯。「年、月、日」這三個字是印刷字體，而塡進去的數字正確無誤地寫著一月十四日。

「您該不會以爲，我們會爲了一個非親非故的客人，事先竄改登記簿上的日期吧？此外，在這裡的掌櫃和阿澄，當時都曾以證人的身分到東京去作證。經過指認、和椿先生再會面後，他們都證實他的確是一月十四日到十六日期間投宿我們旅館的客人。是這樣吧？」

阿澄無言地點點頭。掌櫃不安地用手撐地，往前湊近。「老闆娘，這件事還有什麼問題嗎？」

「不，掌櫃的，沒這回事。我們這次來出差，主要是爲了調查別的事，現在只是想按照時間順序，重新釐清一月十四日至十六日期間住在這裡的人，是不是椿子爵而已。出川先生，看樣子在這一點上已沒問題。」

「也是。」出川刑警一臉悻悻然，不怎麼乾脆地回答。原本他以爲椿子爵的不在場證明有著無比巧妙的機關——萬萬沒想到是眞的！他年輕又急於建功，想必野心勃勃地想破解機關，可是剛剛老闆娘的一番話，讓他的野心化成泡影。至少旅館方面會說些什麼不一樣的證詞——這樣的期待也跟著落空。

倒是金田一耕助並沒有特別失望的樣子。

「掌櫃的，剛剛我也跟老闆娘提過，這次我們來是爲了調查別的事。關於這一點，還請你們多多幫忙……」他挑明了剛才跟老闆娘講的事。

掌櫃和老闆娘互望一眼，似乎仍不清楚怎麼回事。

「怎麼說呢？那位先生非常安靜……跟我們也講不到幾句話……對了，十五、十六日他都出門了。至於去了哪裡，我一向不會追問客人行蹤……」

掌櫃用力搔著頭，在一旁的阿澄開口：「十五日那天，他早上出去，中午就回來，吃完午飯又出去了，到傍晚才回來。所以，那天他一定沒去太遠的地方。」

「這樣啊。」老闆娘若有所思地點點頭。

「是的。我曾被詢問過『天銀堂事件』發生期間的事，所以到現在都記得很清楚。倒是十六日那天，他說恐怕會回來得比較晚，要我幫忙準備便當……」

「沒錯、沒錯，這樣就連起來了。那天他是什麼時候回來的？」

「傍晚五點左右吧。由於是冬天，天色早已全暗。不知為何，他看起來非常沮喪，一副了無生趣的樣子。之前，老闆娘就擔心他是來自殺的。在我看來，那天他肯定是自殺沒成功才回來的。」

金田一耕助和出川刑警又互望一眼。

一月十六日的外出——如果椿子爵知道什麼，想必是在那個時候知道的，或許那就是促使他下定決心自殺的原因。

「然後呢？子爵都沒說去了哪裡嗎？」

「是的，他提都沒提……我送晚飯過去的時候，他還是綳著臉……幾乎不太講話，看起來好嚇人。」

「我在想，他該不會是去了明石吧？」

聽到掌櫃的話，出川刑警回過頭，問：「咦，怎麼說？」

「忘了是那天還是前一天，他曾問我：『要去明石搭省線比較好，或者是坐山陽電鐵比較好？』我回答：『要看您想去明石的什麼地方……』然後，他就不再講話了。」

「老闆娘、阿澄，就像掌櫃剛剛提起的事，當時妳們可能聽過就忘，沒多留意。現在能否請妳們再仔細想想，如果想到什麼，請儘管說出來。」

三人只是沉默地你看著我、我看著你。這時，老闆娘忽然移動宛若小山的身軀，「這是什麼話？當時椿先生爲什麼來到這裡，難道你們毫無頭緒嗎？該不會連是不是他本人，你們都無法確定吧？」

看到老闆娘露出鄙夷的眼光，金田一耕助毫不閃躲地回道：「不，關於這一點，我們怎麼可能毫無頭緒？子爵應該是爲了自己家裡的事而來。也就是說，有一件事之前完全不知道，卻在最近聽聞風聲，他就是爲了查明那件事才來到這裡……」

聽到這番話，老闆娘坐立難安，頻頻挪動身軀。她舉起衣袖擦拭額頭的汗水，接著突然轉頭向掌櫃和阿澄說：「你們先下去忙吧，有事我再叫你們……對了，順便泡一壺茶過來……」

金田一耕助和出川刑警又互望一眼。

老闆娘肯定知道些什麼。

# 15 CHAPTER — 第十五章

# 玉蟲伯爵的別墅

「我前幾天看了報紙，嚇一大跳，就是玉蟲老爺被殺的那件事啊……」

老闆娘將阿澄端來的茶注入杯子裡，送到兩人面前。她似乎還在考慮到底該不該說，顯得坐立難安，最後總算鬆口。

出川刑警迅速地拋了個眼神給金田一耕助，一邊往前湊近說道：「既然稱呼他『玉蟲老爺』，老闆娘認識他吧？」

老闆娘緩緩點頭，「是的，不過這件事等一下再說。」

她端起茶杯，垂著眼，雙手摩挲著杯子，繼續道：「要不是看了報紙，我作夢都想不到椿先生會是他的……玉蟲老爺的親戚。不，一開始椿先生來這裡的時候，我根本不知道他是子爵。這種事客人當然不會寫在住宿登記簿上，直到他因『天銀堂事件』被調查，我才知道。可是，他竟然是玉蟲老爺的外甥女婿。說起玉蟲老爺的外甥女，我也認識，雖然是很久以前的事了。」

金田一耕助和出川刑警又互望一眼，出川刑警似乎想說什麼，耕助連忙以眼神制止，既然老闆娘有心要講，別打斷她比較好。

「是烁子小姐吧？前幾天看到報導，我就想起來了……是個很漂亮的人，長得跟瓷娃娃一樣，粉雕玉琢……就是說啊，人家出身高貴，我們這些平民百姓哪能和她相比？那位小姐經常到我們這邊來，也跟我說過話。我們年紀相仿。」

金田一耕助再度使眼色制止出川刑警發言。

老闆娘優雅地喝口茶，放下茶杯，看著兩人說：「不過我現在要講的，並不是這件事。看了報紙，我才知道那位姓椿的先生，就是烌子小姐的丈夫。早知如此，我應該多關照他，這才是我想告訴你們的。對了，我突然想到……椿先生住在我們這裡的時候，我倒是親耳聽到他提起玉蟲老爺一次。」

不管是金田一耕助或出川刑警都緊張起來，出川刑警已不想插嘴。

老闆娘觀察著兩人的表情，慢條斯理地說：「我記得那是十五日早上。就像之前講的，那位先生安靜得有點奇怪，我擔心他是來自殺的。再加上，服侍他用早飯的女侍也說，他的臉色非常不好，於是我去查看他的情況。當時，他跟我聊了十到二十分鐘。我們天南地北閒聊，到底聊些什麼，我已忘了。大概是這一帶有很多氣派的房子、別墅，卻被大火燒光了……就是這方面的事。然後，他忽然提到：『以前玉蟲伯爵的別墅應該也在附近。』」

「玉蟲伯爵的別墅……？」

金田一耕助一直制止出川刑警發言，自己倒插起嘴來。

「這附近真的有玉蟲伯爵的別墅嗎？」

老闆娘斂起多肉的雙下巴，點點頭說：「真的，雖然已燒成一片灰燼，不過早在被火燒掉之前……很久以前，就轉手賣給別人……」

「妳說很久以前，大約在什麼時候？」

「這個嘛，雖然不太記得是什麼時候賣掉的，不過就位在前面月見山那一帶。伯爵別墅還在的時候，我仍是個未出閣的姑娘。」

「那麼，老闆娘就是在那時候認識玉蟲伯爵和夘子小姐？」

「是啊、是啊。那時，只要別墅有客人來，就會到我們這裡吃飯。說起來也沒什麼，這附近沒有比我們做得更好的餐廳。往神戶那邊倒是有不少可口的館子……」

「那是在老闆娘還是小姐的時候吧？這麼說，老闆娘是這個家裡的……」

「獨生女兼繼承人。雖然招了夫婿，但他身子骨弱，幾年前就去世了。」

老闆娘露出曖昧的笑容，隨即又一臉認眞地說：「不過，我丈夫住進來後，我再也沒見過玉蟲伯爵。約莫就是在那個時候，別墅轉手賣給別人。」

「不好意思，請問老闆娘今年貴庚？」

「正好湊足整數。」

「整數的意思，就是四十歲嘍？這麼說，妳和椿子爵的夫人同年。」

「是的，我記得是這樣。」

「那麼，妳是何時招贅的？」

「十九歲。在父母的逼迫之下，女校畢業就嫁了。」

「也就是說，從現在算起的二十年或二十一年前，玉蟲伯爵失去那棟別墅。」

「應該沒錯，最常見到夘子小姐的時候，就是我十六、七歲的時候。」

「夘子小姐也經常去那棟別墅……？」

「這個嘛……我不太記得了，不過每年夏天一到，玉蟲家親戚的少爺和小姐們似乎都會輪流來玩。這次我看報紙才想起，我也見過那位新宮先生，玉蟲老爺曾帶著他和烁子小姐來我們旅館。當時，大家都還那麼年輕……」

老闆娘的眼中忽然充滿感傷之情，似乎追憶起年少的往事，不過出川刑警無暇同情她。

「話說回來，老闆娘，剛剛那件事後來怎麼樣了？椿子爵向妳打聽玉蟲伯爵的別墅，然後呢？」

「啊，那件事……」老闆娘似乎想起來了，「如今回想起來，是我不對。一提到玉蟲老爺的名字，我就說認識玉蟲伯爵什麼的，椿先生想必起了戒心，馬上轉移話題。所以，我們就只談到這些。要不是看了最近的報紙，再加上遇到你們，我還眞忘了跟他這麼談過。」

老闆娘言盡於此，沉默地看著自己的膝蓋。

出川刑警挪膝再往前挨近，「這麼說來，椿子爵會來到這裡，應該跟玉蟲伯爵的舊別墅脫不了關係？」

「這個嘛，該怎麼說呢？總之，他曾提到玉蟲老爺。」

老闆娘靜靜撫著膝蓋。看她的樣子，約莫還知道些什麼，只是她在猶豫到底該不該說。

金田一耕助向出川刑警使了個眼色，挨近老闆娘，開口：「老闆娘，這個人爲了調查之前的刑警沒查到的事，大老遠跑到這裡。如妳所見，他還很年輕，急於立功。不過，得靠像老闆娘這樣有俠義心腸的人才能辦到。因此，關於玉蟲伯爵的事，妳要是想到什麼，請儘管說出來。」

老闆娘繼續撫著膝蓋，「瞧您說的，我哪有什麼俠義心腸……」

「對了，老闆娘，椿子爵的夫人，也就是烁子小姐來這裡的時候，是否發生過什麼事？」

聽到這句話，老闆娘驀地抬頭，目不轉睛地看著耕助。「原來如此，若眞有什麼事，就可以解釋她丈夫，也就是子爵爲什麼會來這裡調查了。他想知道妻子婚前有什麼不檢點……不過就我所知，並沒有這樣的事。就算有，也跟烁子小姐無關。話說回來，我從剛才就一直很猶豫，不知該不該透露……」

金田一耕助再度和出川刑警面面相覷。老闆娘果然知道些什麼，而且是和玉蟲家或是他們親戚有關的醜聞……

「老闆娘，什麼都可以。只要跟那家人有關，不管什麼事都可以，請全部講出來。」

老闆娘又躊躇一會，終於沉重地開口：

「有一點要先聲明，這些話我們在這裡講就好，千萬別傳出去。所以，剛剛我才要掌櫃和阿澄先下去……」

老闆娘幫自己倒茶，似乎想平復心情，接著她望向兩人，說道：「如你們所見，我們的庭園雖然不怎麼樣，不過也算是座庭園，全靠有人定期保養修剪。當時，也就是玉蟲老爺仍住在那棟別墅的時候，有一個負責幫他修剪花木的師傅，名叫植辰，應該是四十二、三歲，不，四十五、六歲吧。手下有四、五名工匠可供差遣，但植辰本人還是經常出入玉蟲老爺的別墅。」

「原來如此，然後呢？」

「植辰有一個獨生女，名叫阿駒，大概長我兩歲，是膚色白皙的美人。雖然玉蟲老爺的別墅平常閒得在養蚊子，不需要什麼人手，可是一到夏天，親戚就會輪流來避暑。就像我剛才說的，阿駒不僅長得美，身爲園藝師傅的女兒，她的言行舉止也很大方得體。因此，每年夏天她都會到別墅幫忙，充當臨時女傭。不過，有一天，阿駒的肚子突然大了起來。」

金田一耕助不由得瞪大眼睛。

「在那棟別墅工作的時候嗎？」

「是啊、是啊。」

「那妳知道對方是誰嗎？」

「這我就不知道了。不，我是說眞的，因爲我很晚才知道這件事。不過……唉，我照著順序說，阿駒肚子大起來後，有人……應該是玉蟲老爺吧……付了筆贍養費，把阿駒送回植辰家裡。植辰肯定是大撈了一票，在那之後，他出手變得十分闊綽。倒是阿駒該怎麼辦呢？總不能讓她一個人把孩子生下吧？於是，植辰把她許配給自己的手下，一個叫阿源的工匠。」

「原來如此、原來如此，然後呢？」

「我後來才知道，阿駒生了一個可愛的女兒，名叫小夜子。就像我剛才描述的，阿駒長得漂亮，行爲舉止也很得宜，個性又溫柔。相反的，阿源不僅大她七歲，還長得其醜無比。照理，阿源再怎麼疼阿駒都是應該的，可是他卻不斷折磨阿駒，又是打又是罵，有時甚至抓住她的頭髮，拖著她到處去，實在匪夷所思。當時我父親還活著，於是我問他，爲什麼阿源要這樣虐待阿駒？父親告訴我：『沒辦法，阿駒是爲小夜子這個拖油瓶才嫁給阿源，他一開始就知道這件事吧。要不是他肯娶阿駒，這件事肯定沒完沒了。』一直到那時候，我才曉得阿駒在玉蟲老爺的別墅懷了孕……不，被搞大了肚子。」

「那麼，令尊也不知道小夜子的親生父親是誰嗎？」

「該怎麼說呢？我父親或許知道，但他只告訴我這些就不再講下去，所以，就算他知道也未必會告訴我。不過，不管小夜子的親生父親是誰，絕對不會是跟阿駒同在別墅幫傭的下人，否則玉蟲老爺根本不用負什麼責任。我猜一定是那些親戚當中的人。」

「新宮先生，也就是烁子小姐的哥哥，老闆娘還記得他的事嗎？」

老闆娘皺起眉頭，「關於他的事，我怎麼都想不起來。烁子小姐確實跟她哥哥一起來過。上次看到報紙，我就一直回想，卻想不起來。照理，在我那個年紀，對男人應該要比對女人……尤其是應該會更加留意擁有子爵身分的少爺。我想那位少爺肯定是個極不起眼的人。」

老闆娘的觀察頗爲準確。姑且不談新宮利彥的內心世界，那個人乍看確實很不起眼。美彌子也說過，舅舅是隻紙老虎，只敢在家裡發威。

「老闆娘，妳認爲把阿駒肚子搞大的人，可能是新宮先生嗎？」

老闆娘想了一下，「是啊，或許有可能。不過，如果是這樣，椿先生根本沒必要偷偷跑來調查啊。這種事就算傳出去，對玉蟲家的名譽也沒什麼影響，畢竟不是頭一次發生。」

「那麼，老闆娘，」出川刑警向前湊近，「妳覺得阿駒的對象是玉蟲老爺嗎？」

老闆娘一句話就推翻這個猜測。

「這個嘛，玉蟲老爺當時才五十出頭，而且聽說他頗好女色，所以不無可能。只是，如果孩子是那位大老爺的，他應該會讓阿駒生下孩子，然後送給別人扶養。結果，他卻像丟小貓似地拋棄她們母女。我猜想，小夜子的親生父親，可能是某個家族的繼承人，爲了避免事情曝光，造成日後的麻煩，才會出此下策。」

「那麼，阿駒和小夜子後來怎麼樣了？」

「這我就不知道了。我知道的事，就到小夜子四、五歲爲止。阿源那傢伙越來越壞，後來連園藝店的工作都辭了，聽說搬到神戶還是大阪，當起模板工人。那也是十幾年前的事了。」

「小夜子如果還活著，現在應該幾歲？」

「等一下……」老闆娘像孩童一樣扳起手指算數，「應該是二十二、三歲，或是二十三、四歲吧。如果她還活著，肯定是個美人。」

「對了，那個叫植辰的後來怎麼樣了？」出川刑警問道。

「這又是另一個故事了。之後植辰仍經常向玉蟲老爺敲詐。他一直很缺錢，連園藝店都頂讓給弟子，自己帶著年輕的小妾四處遊山玩水去了。這個人天生嗜賭，幾乎把賭博當成本業，聽說小妾幫他生了個孩子。不過，他們在這一帶終究待不下去，搬到板宿……或是月見山再過去的地方。我父親健在的時候，他會到我家來，等父親死後就沒有來往……」

若是您想知道植辰的消息，可以向頂他店面的植松打聽——老闆娘告訴他們植松的住址。出川刑警呆呆地望著記事本上的文字，金田一耕助突然站起，步出走廊。

雨勢變小，天空也比較明亮了。剛剛沒注意到的淡路島宛如一幅潑墨山水，浮現在海的另一邊。

金田一耕助愣愣望著遠方的景色，試著將剛剛老闆娘講的話，和椿子爵的遺書連結起來。不過，光握有這些線索，仍無法理解遺書內容的意義。

正如老闆娘所說，不管小夜子的生父是新宮利彥也好，玉蟲伯爵也罷，這種情況在世間並不是頭一次發生。椿子爵遺書中寫的「無法忍受的屈辱和不名譽」，想必另有所指。

玉蟲伯爵的別墅還在月見山的時候，發生了更駭人聽聞的事。椿子爵聽到風聲，並爲此決心自殺。不過，那會是什麼事？

金田一耕助看著煙雨迷濛的庭院，莫名發起抖來。他作夢也想不到，當時看到的淡路島上，正上演著那麼恐怖的劇碼……

16

CHAPTER — 第十六章

# 惡魔在這裡誕生

打聽到頂了植辰店面的植松的住址後，出川刑警就出去查訪，金田一耕助則請女侍鋪好床，睡了下來。

因爲戰爭，金田一耕助最遠曾到過新幾內亞，所以他的身體並不如外表虛弱。不過，畢竟比不上精力充沛的出川刑警，坐夜車旅行讓他十分疲倦。

聽著彷彿在枕畔敲打的規律雨聲，他迷迷糊糊地睡了一個鐘頭之久。四點左右，他醒來時，出川刑警還沒回來。他離開被窩，推開走廊的紙糊拉門，雨已完全停歇，庭院比他入睡之前又更明亮了幾分。

耕助疊好棉被，這時老闆娘恰巧端了茶和點心進來。

「哎呀，放著就好，待會我叫女侍來整理。」

老闆娘把托盤放下，一邊倒茶，一邊說道：「您不再睡一會嗎？」

「我睡飽了。這裡很安靜，非常好……託您的福，疲勞全消。倒是刑警還沒回來嗎？」

「是的，還沒。」

「那個叫植松的住得很遠嗎？」

「不，也沒那麼遠，他可能順便到別的地方去了。」

這麼一提，耕助想起出川刑警說過，如果方便，他會去跟當地的警察碰個面。

「話說回來，植松搞不好不在家。如今園藝師傅工作相當不穩定，聽說他還兼做黑市的生意。」

金田一耕助喀滋喀滋地咬著仙貝，忽然想到似地問：「對了，玉蟲前伯爵的別墅離這裡很遠嗎？」

「不，走路大概十到十五分鐘，您想做什麼？」

「沒什麼，只是一直在這裡枯等也很無聊，所以我想去瞧瞧……」

「您說想去瞧瞧，可是那裡早被戰火燒得亂七八糟，只剩下石燈籠。」

「不，就算那樣也沒關係。幸好雨停了，我想順便散散步。要怎麼走呢？」

「是嗎？等一下我叫阿澄帶您去……她剛好要去那附近。」

老闆娘按下呼叫鈴，身穿外出服的阿澄馬上來到拉門外，雙手按在地板上行禮。

「阿澄，妳不是要去找妳姊姊嗎？麻煩妳順便帶這位客人去他想去的地方。」

「好的，請問要到哪裡？」

「村雨堂的前面，大阪的葛城先生的別墅不是在那邊嗎？這位客人想去瞧瞧。」

阿澄詫異地看著耕助，「咦，葛城先生的別墅不是早被燒光了嗎？」

「沒關係，我只是想出去走走。」

「既然如此，請您在玄關等我一下，我從後門繞過來。」

耕助在玄關等待，這時阿澄從旁邊小跑步出現。

「讓您久等了。請跟我來，往這邊。」

雖說才剛下過雨，但這一帶的地層屬花崗岩材質，就算有些積水，也毫無泥濘，反倒是吸飽水分的泥土，讓穿著木屐的耕助走起來十分輕快。西方的天空顯得越來越紅，似乎預告著明天的天氣。

「天氣好像會更壞呢。」

「是啊，這樣下去怎麼得了？人都變憂鬱了……」

他們一邊閒聊，一邊沿著馬路走到離三春園不遠的斜坡。從這裡到海邊一帶，是一塊可一眼望盡的狹小地帶，耕助現在總算知道當地遭受的戰火有多猛烈。放眼望去，盡是瓦礫和燒焦的廢土，雜草恣意生長，十分茂盛。話說回來，在山陽本線和電鐵的沿線，已蓋起臨時的木板房，不過道路兩側幾乎都維持著戰時殘破的景象。

「眞是慘不忍睹，幾乎全燒光了。」

「是啊。」

然後，兩人聊起當時人們見面必定會聊的話題，像是空襲有多可怕，以及在一片火海當中，除了四處逃竄之外，還得躲避從上方掃射的機關槍等等。

「話說回來，工商業區和鬧區都已重建，雖然有的只是臨時搭建的木板房子。不過，這一帶閒置的空屋太多，遲遲無法重建。總不好全改成木板房吧？還有財產稅什麼的，也讓大家一個頭兩個大。」

於是，阿澄說起擁有豪宅和別墅的屋主們戰後的際遇。大概說了兩、三人後，她突然想到似地問：「對了，您爲什麼想看葛城先生的別墅呢？」

耕助轉頭回答：「我只是想去看看，不過應該不會有什麼大發現。」

「果然跟這次的調查有關吧？」

「說有關也算有關，說無關也算無關。」耕助曖昧地應道。

阿澄偷偷瞄了耕助一眼，「客倌，說到這個，我倒是又想起一件事。剛才你問我有關椿先生的事……」

「哦，是什麼事？」耕助總算注意到阿澄有話要說。「阿澄，我剛才不是也提過？只要是有關椿先生的事，不管多麼細小、多麼無聊，只要妳想到的都要告訴我，不是嗎？」

「人家一時忘了嘛，剛剛老闆娘要我帶您到葛城先生的別墅時，我才想起來。」

「是什麼事？」

「今年一月椿先生來我們這裡的時候，去過那幢別墅的廢墟，我親眼看到的。」

金田一耕助有點吃驚地瞇起眼睛，「妳說椿子爵嗎？那是什麼時候？十五日，還是十六日？」

「這個嘛，我沒記得那麼清楚，不過應該是十五日。因爲十六日那天，剛才我也說過，他帶了便當出去，總不至於在這附近打轉吧。」

「原來如此。那麼，子爵在那裡做什麼？」

「這我就不知道了。我姊姊住的地方就面對葛城先生的別墅，幸好沒受到戰火的波及。那天我向老闆娘請假，去姊姊家玩。我想起來了，那天應該是十五日，因爲一月十五日，我確實去了姊姊那邊。就在我回家的路上，經過葛城家旁邊時，看到有個男人站在那裡。我覺得有點恐怖……太陽就要下山，附近都暗暗的，我加快腳步，想趕緊走開，不料對方突然看向我這邊。於是我問：『您是椿先生嗎？』其實我嚇得要命……還在想要不要過去打招呼的時候，他已別開頭，從廢墟的另一邊走到馬路上，匆匆離開。」

「妳後來曾向椿先生提到這件事嗎？」

「沒有，對方似乎不知道在那裡碰到的人是我。他什麼都沒提，我也覺得說出來不妥……再加上當時天色那麼暗，我無法斷定那個人就是椿先生。我還在想，說不定是自己看錯人……」

金田一耕助不發一語地移動腳步，一邊思考。

阿澄看到的人肯定是椿子爵。畢竟他是爲了調查以前發生在玉蟲伯爵別墅的某事，才特地西下。雖說那別墅已被燒得一乾二淨，不過想去看一看也是人之常情。

椿子爵知道那裡曾發生某事，因此站在那堆廢墟中時，想必感觸更深吧。是哀怨、悲傷，還是氣憤？如果那眞是導致子爵決定自殺的原因，他的心情一定無比激動。

「還有哪，客人。」

金田一耕助默默走著，聽到阿澄的話，頓時停止想像，「咦，什麼？」

「關於十六日那天椿先生去了哪裡，我有一些想法。當然，這是我自己猜的，或許不對。」

金田一耕助默默回頭看向阿澄。阿澄的鼻子塌塌的，五官扁平，膚色白皙，不像是個健談又能幹的女孩。不過，那細小靈活的眼睛洩漏了她的聰慧。再加上，她是做這一行的，觀察力肯定異於常人。

「阿澄，」金田一耕助故意加重語氣：「就算是猜的也沒關係。妳應該聽說過，在快要溺死的人眼中，一根稻草都是救命的繩子。我們就是那快要溺死的人，一點頭緒都沒有。雖然妳說是用猜的，不過妳這麼聰明伶俐，想必不會太離譜。」

「哎呀，人家才沒那麼聰明伶俐。」阿澄馬上否認，不過看得出來她很高興。

「妳太客氣了。聽妳講話，就知道妳的頭腦非常好。再加上妳從事的行業，我想妳一定知道很多事，許多我們沒注意到的事……說吧，妳認爲一月十六日那天，椿先生去了哪裡？」

金田一耕助一誇，阿澄的心有如小鹿亂撞。「您這麼一說，我倒不知道該怎麼辦了。不過，既然您問我，我就把想到的都說出來。如果有錯，請多包涵。」

阿澄吞了口口水，繼續道：「剛才掌櫃不是說，椿先生曾問他明石怎麼去嗎？那時我就想到了。十六日傍晚，椿先生回來後，馬上洗了個澡。之後，我幫他整理脫下的西裝和外套，突然聞到一股很濃的海水味。」

「海水味？」

「嗯，是的。這邊離海頗近，身上會沾到海水味也不稀奇。只是，當時椿先生的外套和西裝上的味道，絕對沒有那麼簡單，感覺像直接浸在海水裡。對了，除了有股腥臭味之外，褲子和外套的下襬黏著兩、三片魚鱗。」

「魚鱗？」金田一耕助略略睜大眼睛，「妳認爲是什麼原因？」

「椿先生肯定在明石搭了漁夫的船……不過應該不是去釣魚，而是爲了前往淡路島。」

「前往淡路島？」金田一耕助忍不住回頭望去。

雖然遭丘陵擋住幾乎看不到，但逐漸籠上夜幕的大海另一端，淡路島山依然透著黛青色的影子。金田一耕助的心中莫名一陣騷動。

「難道沒有比較好的船可以到淡路嗎？比如交通船之類的……」

「不，當然有。豪華客輪一天會往返明石和岩屋之間五、六趟。不過，椿先生一定希望這趟旅行越少人知道越好吧？」

「沒錯。連接受東京警方訊問的時候，他也只說住在三春園，至於爲何而來，他無論如何都不肯說。不，他不只不肯說，還以不得追問爲條件，才把住在三春園的事供出來。」

「那麼，客倌，」阿澄不禁露出得意的神色，「搭漁夫的小船會比坐交通船來得安全。不曉得您知不知道，淡路現在被稱圍『黑市島』，從神戶、大阪來的採辦部隊，全聚集在那裡。爲什麼呢？聽說在岩屋買的蛋，帶到明石去賣，一翻就是三倍的價錢。那些採辦都是搭漁夫的舢板去的，而漁夫釣到魚，也不會自己拿到陸地去賣，他們管這叫海上交易。大家都是在船上就直接把魚賣給從神戶、大阪來的商人，多少都犯了法，不過警方要查也無從追查起。所以，如果椿先生不想讓人知道他要去淡路，肯定會捨棄交通船，改搭漁夫的舢板，這樣比較安全。」

金田一耕助重新打量阿澄。她的思路非常清晰，雖然還很年輕，卻不愧是做這一行的，知道許多事，耕助深感佩服。

「我說妳聰明伶俐，妳還不信。」

「您怎麼又……」阿澄那有點像是文樂人偶的臉微微泛紅。

「那個不是重點。客倌，先不管椿先生是不是去淡路，我想他一定搭了漁夫的船。」

「爲何妳這麼有把握？」

「因爲我父親非常喜歡釣魚，戰時景氣還不錯的時候，他會去明石釣魚。他都是在那裡搭漁夫的船，出海釣魚，那一帶有全日本最肥美的魚鮮。每當父親釣魚回來，身上的味道就像那天我在椿先生的外套和西裝上聞到的一模一樣。說起來，他也在戰火中去世了……」阿澄的聲音變得有點低沉，不過她馬上回過神，看向四周。「哎呀，我是怎麼回事？只顧著說話，差點走過頭。客倌，這裡就是以前葛城先生的別墅。」

聽到阿澄的話，金田一耕助如夢初醒，不禁環顧四周。

他發現腳下是三千坪付之一炬的土地。原本沿著金田一耕助和阿澄現在站著的斜坡，應該砌有一道磚牆，也被燒光了。光禿禿的土地上，不管是建築物也好，庭院的樹木也罷，全被燒得一乾二淨，眞的是「空無一物」。如同三春園的老闆娘說的，只剩下庭園的造景石和石燈籠，但也被燒得灰白，在秋天的夕陽下，真有種說不出的淒涼。

「燒得眞是徹底啊。」金田一耕助不由得感嘆。「對了，椿先生當時站在哪裡？」

「在那裡。瞧，池塘旁邊不是立著石燈籠嗎？他就站在石燈籠的旁邊。一看到我，他就從對面的那個正門一溜煙地走掉了。客倌，我們到那邊看看吧。」

從前似乎有一道門，直接通往斜坡的中間，旁邊砌有石階。

「阿澄，妳可以去辦妳的事了，太晚就不好了。」

「不，沒關係，我姊姊家就在附近。」

阿澄不在意地踩著木屐，走過已燒毀、不怎麼平穩的石階。金田一耕助跟在她的後面。走完石階，放眼望去，盡是成堆的瓦礫和寄生其中的雜草，淋了雨的睫穗蓼（註）如漣漪般緩緩擺動。阿澄和金田一耕助的和服下襬都沾濕了。兩人慢慢走到剛剛阿澄說的石燈籠旁邊。

這裡以前一定是座非常有名的庭園。從池塘和假山的規模、庭園造景石的配置，依稀可見昔日風華，只不過現在已成空蕩蕩的廢墟。

「眞的好可惜。我不曾進來，但站在牆外，還是看得到像是皇宮的屋頂……」

那像皇宮的建築物也已消失無蹤，唯有被雜草掩埋的地基訴說著昔日的繁華。

一隻蜻蜓飛過來，停在石燈籠上。出於少女的童稚之心，阿澄本能地想抓住蜻蜓，一步步往石燈籠靠近。她的手指還沒碰到，蜻蜓就飛走了。

奇怪的是，阿澄站著不動，專心看著燈腹的表面。突然間，她回頭朝金田一耕助喊道：

「客倌！客倌！」

「怎麼了？」

「這裡寫著奇怪的文字。惡魔在這裡……後面是什麼字啊？」

「惡魔？」金田一耕助嚇了一跳，連忙走到阿澄的身後。

「瞧，這裡……燈籠的花崗岩上寫的……」

只見燒白的石燈，燈腹表面被人用藍色粉筆寫了字，經雨一淋，內容反而更清晰。那極像是椿英輔的字跡，寫著——

惡魔在這裡誕生。

**註**——學名Polygonum longisetum，產於各處路旁或荒地，穗狀花序，花爲粉紅色或紅紫色。

# 17 CHAPTER 第十七章

# 妙海尼姑

那晚，出川刑警過了九點才回來。雖說出川刑警屬於精力充沛的類型，但昨晚的旅行加上今天一整天的活動，他還是露出了倦容。

「辛苦了，很累吧？」

金田一耕助不好意思先睡，跟老闆娘不著邊際地聊著，看到刑警一臉憔悴，他連忙出言安慰。

「哪裡，多謝。大概是人生地不熟，精神上比較容易緊張，才會這麼累。」

「就是說啊，兩位的工作也不輕鬆哪。」老闆娘安慰道。

「對了，晚餐怎麼辦？」

「我吃過才回來的。」

「那麼，請先去泡個澡。然後小酌一杯，好好休息一下。」

「是嗎？那我就恭敬不如從命了。」

趁刑警去洗澡的時候，老闆娘吩咐女侍把睡前酒端來。像老闆娘這樣的女人是很樂意讓人依靠的，她現在似乎一心一意地想幫年輕刑警立下大功。

「洗完澡眞是太舒服了，整個人都清爽許多。」出川刑警容光煥發，似乎已恢復精神。

「很好，還有一件事能讓你精神一振，這可是老闆娘費心準備的。」

「眞不敢當，好豐盛的菜肴啊。」

「不，其實也沒什麼。不過，這條鯛魚是拜託明石的漁夫特地幫我們留的。」

一聽到明石的漁夫，金田一耕助突然望向老闆娘。他似乎想說什麼，隨即又改變心意。

「話說回來，出川先生，你似乎費了好大一番工夫，有打聽到什麼嗎？」

「本來以爲就要查到關鍵資訊，後來線索都斷了，不過今天第一天還算成功吧。」

「那……我迴避一下好了。」老闆娘正要抬起碩大的屁股，金田一耕助連忙制止她。

「不，老闆娘，請待在這裡。我們有很多地方需要借重妳的智慧。出川先生，沒關係吧？」

「沒關係。反正我們對這地方不熟……而且如果可以，希望盡量不要勞動當地的警察，所以老闆娘是我們最好的靠山……」

聽他這麼一說，老闆娘喜孜孜的。她將大屁股一沉，「哎呀，雖然我什麼忙都幫不上，不過你們放心，不能說出去的事，我絕對不會說出去……對了，您打聽到植辰先生的下落了嗎？」

「打聽到了，只是……」

金田一耕助不太能喝酒，但出川刑警似乎頗好此道，高興地喝光老闆娘替他斟的酒。

「那個叫植辰的老爹，聽說早就死了。」

「咦，怎麼會？他看起來身子骨很硬朗啊……」

「唉，還不是空襲害的。那地方叫板宿吧？聽說，那一帶遭受空襲當晚，植辰老爹喝醉了，在攻擊最猛烈的時候，他穿著一條兜擋布，赤條條地就跑了出去，還逞威風說：『來吧！來吧！有本事再多丟幾個。』結果炸彈真的掉在他頭上，人就死了。」

「哎呀，有這種事，我完全不知道。那個時候，我正好到鄉下避難去了。不過，這種死法還真像植辰的作風。」

「是啊，植松老爹也笑著這麼說。」

「那麼，出川先生，植辰這條線索就斷了？」

「不，當然沒有。植辰死前跟一個叫阿玉的年輕小妾住在一起……對了，聽植松說，這個叫阿玉的女人，恐怕連老闆娘也不認識。植辰老爹陸續換了好幾個女人，最後跟他住在一起的就是阿玉。她大約三十五、六歲，做過酒家女之類的，這些事情應該是植辰自己說的。」

「有阿駒和小夜子的消息嗎？」

「這個就說來話長了。」

出川刑警把筷子伸向鯛魚生魚片，一邊說道：「植辰去世之後，他的小妾阿玉跑去植松家避難，請他幫忙。植松得知植辰死了很驚訝，無法置之不理，於是領回植辰的屍體。事情既已發生，他也不能怎樣，只好按照習俗幫忙把後事辦了。當時和植辰最親的人，就是他的女兒阿駒和妾生的兒子治雄……不過兒子治雄被軍隊徵召去了。大家商量，至少要通知阿駒……可是植松很久沒跟阿駒聯絡，完全不知道她在哪裡、現下在做什麼。就在這個時候，小妾阿玉說她知道，還親自找來阿駒，連植松也嚇一跳。十多年沒見，阿駒變得非常憔悴，昔日的模樣全不見了，讓人看著都不知道該說什麼才好。」

「哎呀，好可憐。那麼漂亮的阿駒，想必是吃盡苦頭。那麼，阿源和小夜子呢？」

「阿駒那個叫阿源的老公，正如老闆娘所說，在神戶做起模板工，聽說染上怪病，發瘋死了。植松還說，阿駒似乎也染上那種病，臉色看起來很不好。」

「唉，這是什麼因果？眞是太可憐了……小夜子呢？那孩子應該已長得亭亭玉立？」

「聽說小夜子也死了。」

「什麼？小夜子也死了？」

「是的，不過植松覺得很奇怪。他跟阿駒問起小夜子的時候，她只說小夜子也死了，至於是什麼時候、在哪裡、怎麼死的，她怎樣都不肯透露。植松認爲，必定有什麼內情。」

金田一耕助沉默半晌，說道：「對了，那個叫植松的老爹最後一次見到小夜子是在什麼時候？」

「是在她十一、二歲的時候。他說那孩子非常可愛，長大後不知會變成怎樣的美人。」

出川刑警講完，杯子仍拿在手上，意味深長地看著金田一耕助。

金田一耕助知道那是什麼意思。出川刑警正試著從此次案件的關係人當中，找出能與小夜子相符的人物。如果小夜子還活著，應該是二十三、四歲……而且是個大美人……金田一耕助的腦海突然掠過某個人影，不過他馬上揮開，在還沒弄清楚小夜子這個女孩的生死，或是她後來的遭遇之前，絕對不允許這樣推論。

「話說回來，阿駒當時在做什麼？老公死了，女兒也沒了……」

「植松說，她在幫蘆屋還是住吉一帶的有錢人，看管逃難後留下的房子，不過連植松也沒聽過那個有錢人。他問過阿駒，可是阿駒答得不清不楚。站在阿駒的立場，她未婚就懷了小夜子，面對知道她過去的人，她當然希望盡量避免跟他們來往。植松注意到這一點，於是不再追問，葬禮辦完，他們就分道揚鑣，再也沒有聯絡。因此，阿駒後來是繼續幫有錢人看家，或者是那一帶也受到空襲，又搬到別的地方？植松完全不知道。」

「世事無常啊。要不是那場戰爭的關係，我們這些人也不會流離失所，各奔東西。」

確實如此。因爲那場戰爭，辦案的時候，造成很多不便。

「對了，那個叫阿玉的小妾呢？她應該知道阿駒住在哪裡吧？」

「是啊。不過，阿玉在植松家打擾兩、三天後，就說鳥取那邊有親戚，離開了。自那之後，植松再也沒聽過她的消息。」

「那麼，這條線索也斷了？」

「不，我在植松那邊問到的大概就是這些，接著我又去植辰在板宿住過的地方。幸好那一帶已重建，以前的老鄰居都蓋了木板房，搬回來。很多人認識植辰和阿玉，於是我一戶戶去打聽，問他們知不知道阿駒、小夜子，還有被捉去當兵的治雄後來怎麼樣了，我甚至連阿玉的事情都問了。阿玉的事就算了，可是阿駒母女和治雄的下落，也沒幾個人知道。」

金田一耕助皺起眉頭，「這麼說，治雄這孩子沒跟他父親住在一起。」

「是的。這一點植松提過，植辰老爹的女人一個換過一個，治雄在家裡想必待不下去。他小學畢業後就跑去神戶打工，很少回來父親這邊。至於阿駒，家裡有個比自己年輕的後母，見面徒增尷尬，所以她也很少回去。因此，我怎麼都打聽不到阿駒母女和治雄的事。幸好，我找到最近見過阿玉的人……雖說是最近，也是一年前了。」

「那麼，阿玉又從鳥取回來了嗎？」

「是的。那個人……那個見過阿玉的人……他說去年秋天在神戶的新開發地跟阿玉碰過面。當時他們聊了一下。聽阿玉說，她在新開發地附近的色情賓館，也就是最近很流行的、門口貼著溫泉標誌的那種旅館當女侍，而且就住在那裡。於是，我馬上衝去新開發地。」

「哎呀，眞是有效率。那你知道阿玉住在哪裡了嗎？」

「由於那個人也不知道旅館的名字，或許他問過阿玉，卻不記得了。沒辦法，我只好以他碰到阿玉的地點爲中心，針對附近有溫泉標誌的旅館，逐一去查。」

「新開發地那邊，有那麼多這種類型的旅館嗎？」

「金田一先生，您有所不知，那裡的新開發地就像是淺草的六區。更何況，旁邊就是和吉原有得拚的花街，總之是個龍蛇雜處的地方，所以這種類型的旅館可多了。造訪六、七家後，總算讓我問到了，他們說阿玉待過那邊。」

「待過……？意思是，她不在了？」

「是的。聽說到今年三月爲止，她都還在那裡，後來就不知去向。」

「那家旅館的人知道阿玉現在的住址嗎？」

「不知道。倒也難怪，她離開時偷了旅館裡的東西，當然不會笨到把住址告訴對方……」

「啊，運氣眞壞，好不容易追到那裡……」老闆娘大大嘆了口氣。

然而，出川刑警毫不在乎地說：「不，老闆娘，我們的工作大多如此。如果能一直有進展，也就不覺得辛苦。像今天這樣，算是不錯了。」

「眞的嗎？我都不知道你們那麼辛苦。啊，這邊還有一壺熱的。」

「好，太感謝了。」

「話說回來，出川先生，你在那邊可有打聽到什麼？比如阿玉的朋友之類的……」

「我問過了。因爲戰爭，阿玉的親人都去世了，在那裡工作的時候，沒半個人來找她。倒是最近……也就是前天，有一個人去向那家旅館打聽，是不是有一個叫阿玉的人？」

「前天……是怎樣的人？」

「聽說是個尼姑。旅館的人告訴她，阿玉已離開，不知道搬去哪裡。對方非常失望，臨走之前，交代旅館的人要是知道阿玉住在哪裡，務必轉告淡路有個妙海尼姑在找她。」

「淡路……？」金田一耕助似乎受到驚嚇，整個人探向矮桌。

「那、那、那麼，出川先生，那個尼姑是個怎、怎、怎樣的女人？」

金田一耕助的反應實在太過激烈，刑警和老闆娘都不禁傻眼。

刑警放下酒杯，「金田一先生，那尼姑怎麼了嗎？」

「這、這個我待會再告訴你。倒是你知道那尼姑大概幾歲、長什麼樣子嗎？」

「我大略問了一下。不過，我沒想到那個尼姑會是這麼重要的人物……聽說大約五十五、六歲，長得還算端正，但臉色很差……對了，我想起來了，旅館的人說她的右眼角有一顆小小的黑痣……」

「哎呀，說不定那個人就是阿駒。阿駒的右眼角也有一顆小黑痣……可是年齡不太對，她今年應該只有四十二、三歲啊……」

「就是這個。老闆娘，這樣就沒錯了！」

金田一耕助的聲音因激動有點顫抖：「植松老爹跟出川刑警說什麼來著？他不是說阿駒看起來很憔悴，往日的模樣全不見了嗎？約莫是操勞和生病讓她一下老了許多。還有，出川先生……」

「是。」

「一月十六日那天，椿子爵肯定是去淡路拜訪她了。」

出川刑警吃了一驚，雙眼圓睜。「金田一先生，這、這是怎麼回事……」

於是，金田一耕助把阿澄觀察到的事轉述給兩人聽。

「那時我對阿澄敏銳的觀察力深感佩服，但並未完全相信。剛剛聽到出川先生的話，似乎一切又跟淡路扯上關係。看來，無論如何我都得去淡路一趟。」

「哎呀，阿澄眞的說過那樣的話嗎？」

「老闆娘，那孩子可聰明了。光聽她講話，就知道她的頭腦很好。對了，出川先生。」

「是。」

「你說尼姑是前天去找阿玉的？」

「沒錯。」

「前天應該是十月一日，那件事頭一次上報，就是在那天早上。妙海尼姑看了報紙，想到什麼事情，才大老遠從淡路跑來，想找阿玉商量……」

出川刑警驚訝地盯著金田一耕助，略爲顫抖地說：「金田一先生，據旅館的人表示，那尼姑的神色十分慌張。」

剎時，令人窒息的沉默籠罩整個房間。三人的眼裡都帶著一種異樣的光芒，互相對望。

半晌，金田一耕助用力乾咳幾聲，「這麼一來，我們得儘早找到那名尼姑。你可有打聽到她住在淡路哪裡？」

「關於這一點，我也問了，當時她只表示自己是淡路的妙海尼姑。想必阿玉聽到，就知道她是誰了吧。」

金田一耕助笑咪咪地轉向老闆娘，「老闆娘，幸虧您在這裡，眞是太好了。這下，除了借助您的力量，別無他法。」

「哎呀，我能幫上什麼忙？若有我能幫上忙的地方，請不要客氣，直說無妨。」

「老闆娘，您剛才不是也說了？這條鯛魚是特地請明石的漁夫送來的。那麼說，想必您跟那些人很熟吧。」

「是啊，從我父親那一代開始，雙方就一直有生意來往。所以，即使戰時，我們店裡也從沒缺過魚。」

「我想見見那些漁夫。當中一定有人在今年一月十六日載椿子爵去淡路。阿澄說過，這種事只要警察出面，他們多半不會說，可否透過您的關係，幫我們打聽這件事？當然，他們肯定會問，爲什麼要調查這種事……您就回答不方便透露。相對的，警方絕對不會過問他們進行黑市交易的事。」

「我知道了，這樣就好辦了。包在我身上，最晚明天中午以前，一定能把那個人找出來。」

老闆娘如此說道，用那宛如嬰兒的肥胖手掌拍著胸脯保證。

就這樣，金田一耕助和出川刑警的調查焦點，首次指向淡路。

18

CHAPTER

— 第十八章

# 有關亂倫的辯論

那晚，金田一耕助在被窩裡，跟出川刑警聊到很晚才睡著。第二天早上，當他醒來時已超過九點半。雖然木板套窗關著，但隔壁的床鋪已空無一人，出川刑警不知去哪裡了。

他看了看放在枕邊的手表，嚇得趕快爬起。洗衣籃裡有出川刑警脫下的日式棉袍和浴衣，倒是原本掛在橫梁上的西裝不見了。看來刑警已出門，耕助有點焦急地推開木板套窗，天氣似乎在半夜又變了，外面下著傾盆大雨。

「這是……」耕助將其中一扇木窗整個推開，站到走廊上，怔怔地看著雨勢。打在造景石上的雨勢非常強勁，庭院的樹木和遠方一帶全籠上一層薄霧，當然，淡路島連個影子都看不見。

眞是不好的預兆，耕助如此尋思之際，昨晚沒現身的女侍阿澄來了。

「早安，木窗我來開就好……」

「早，天氣好像又變了。」

「嗯，老闆娘說這樣正好。」

「這樣正好……？」

「這麼大的暴風雨，連漁夫都會待在家裡吧……」

「哦，是嗎？」

這是好預兆？金田一耕助再度望向下個不停的雨。

「中午過後雨勢就會變小，也會放晴，收音機廣播是這麼說的……」

「這樣就太好了。對了，去明石那邊的事……」

「派掌櫃去了。」

「眞是辛苦他了，下這麼大的雨還得出門……出川先生跟著一起去了嗎？」

「不，出川先生似乎到別地方去了。客倌，請來洗臉。」

耕助洗完臉，正在吃延誤許久的早飯時，老闆娘進來打招呼。

「老闆娘，抱歉，還讓掌櫃多跑一趟。」

「他一大早就去了。多虧這場暴風雨，漁夫們應該都在家。」

「如果能夠找到那個人就好了。」

「若眞像阿澄說的，椿先生眞的坐了漁夫的船，一定能找出來。看您年紀輕輕，思慮倒很周密。」

「哪裡，實在麻煩您太多了。」

「這點小事，跟我客氣什麼。」

「出川先生呢？」

「那位先生去神戶了。他說要去昨晚那個地方，重新問一遍阿玉的事，順便打聽尼姑住在哪裡……」

「是嗎？我眞是太貪睡了。」

「您肯定累壞了，又聊到那麼晚才睡。吃完飯趁掌櫃和出川先生還沒回來，您再躺一下。」

「謝謝，我睡飽了。」

老闆娘離開後，耕助坐到桌前，寫了兩封信。一封給久保銀造，一封給磯川警部。

如果讀過《本陣殺人事件》和《獄門島》，就會知道這兩位是怎樣的人物。久保銀造在岡山縣的農村種果樹，算是某種形式的金主。磯川警部在岡山縣的警察總部服務，是金田一耕助在《本陣殺人事件》一案中結識的老朋友。

耕助難得來到這裡，當然希望能夠順便去拜會兩人，不過要看這邊的搜查進度如何，說不定到時根本沒空見面。不論如何，先寫信打聲招呼。

他請阿澄去拿信紙，接著就一個人點著煙，呆呆地望著庭院的景色，一邊試著在腦中整理昨天在這裡得到的資訊。

昔日玉蟲伯爵用來炫富的別墅廢墟裡，留有疑似椿子爵筆跡的文字。就這點看來，子爵旅行的目的已非常明顯。他一定是爲了調查跟玉蟲家，或是跟妻子的娘家新宮家有關的某事。

不過，惡魔在這裡誕生——這充滿詛咒意味的句子，到底代表什麼意思？出川刑警說所謂的惡魔指的是小夜子，不過小夜子不是在那裡出生。或許阿駒是在別墅懷上小夜子，但小夜子出生的時候，她已和源助在一起。假設懷孕就等於出生，子爵也沒必要稱小夜子爲惡魔，他認識小夜子嗎？

出川刑警試著從這次案件的關係人當中，找出與小夜子相符的人物。以年齡而言，相符的只有菊江和阿種，就算其中一人是小夜子，子爵也沒必要叫她惡魔。

出川刑警認爲，菊江可能就是小夜子。至於小夜子的父親是誰，他有兩種看法，一個可能是新宮利彥，一個可能是玉蟲伯爵……

「這樣一來……」聽到如此大膽的推論，金田一耕助也忍不住瞪大眼睛：「不就是非常嚴重的亂倫嗎？要不就是跟外甥的女兒，要不就是跟自己的女兒……」

然而，出川刑警一副見怪不怪的表情。「前述那種情況才稱不上什麼亂倫。更何況，那些傢伙的想法跟我們平民百姓不同，自己在家裡搞，總比在外面胡來好。以前的歷史不是經常有這樣的記載嗎？伯父和姪女、阿姨和外甥結成夫婦，還有對媳婦出手的……」

「再怎麼說，跟自己的女兒未免太……沒錯，國外有這樣的例子，跟親生父親私通，還跟哥哥談戀愛，但玉蟲伯爵應該不至於……」

「所以也有可能菊江不是他的妾。說不定，把她當成妾，只是爲了掩人耳目，實際上他是把私生女接來照顧……」

只是，這種解釋也有說不通的地方。金田一耕助不認爲玉蟲伯爵那樣的暴君，會想把女兒接來照顧。況且，如果他眞心疼愛這個女兒，想接她來同住，又怎麼忍心讓她冠上小妾的污名？

「那麼，我們假設伯爵本人不知道這件事吧，他不知道菊江就是他的女兒……」

「你的意思是，只有菊江知道這件事？」

「嗯，沒錯。因爲她知道，所以才接近玉蟲伯爵……也就是說，她是爲了報一出生就被丟棄的仇而來的。」

「這樣一來，菊江不就是在知情的狀況下，委身於自己的父親？」

「就是這樣，所以椿子爵才會叫她惡魔嘛！」

原來如此，若眞讓出川刑警說中，再也沒有比這更恐怖的事了，被稱爲「惡魔」似乎也是理所當然。只是，這種事會像椿子爵遺書中寫的，讓椿家歷代的聲譽毀於一旦嗎？雖然玉蟲家是椿家的親戚，玉蟲家的醜事也可說是椿家的醜事，但就算椿子爵再怎麼怯懦，也不至於爲了玉蟲家的醜事自殺吧。

換成阿種是小夜子，也是同樣的情形。不管阿種是新宮子爵或玉蟲伯爵的私生女，對椿家的聲譽也沒多大影響。聽說阿種同情子爵，子爵也很疼惜阿種，假設兩人之間眞的做出逾越主僕之誼的事——個性嚴謹的椿子爵應該不會犯下這種錯誤——就算有這種關係，阿種的身世曝光，也不至於逼得子爵自殺吧。

如果阿種的父親是新宮子爵，她就是妻子的姪女。如果阿種的父親是玉蟲伯爵，她就是妻子的表妹。在這種關係下，假設子爵眞與她有了姦情，也不至於讓椿家的聲譽陷入泥淖吧。不說別的，阿種雖然長得不醜，卻沒有美到足以讓人稱讚「長大後不知會變成怎樣的美人」。

「可是，金田一先生。」出川刑警又說：「據老闆娘所言，那個叫妙海的尼姑八成就是阿駒，再加上椿子爵去見阿駒似乎眞有其事。這下問題來了，阿駒到底跟子爵說了什麼？阿駒並非長期僱用的婢女，只在夏天到伯爵的別墅幫忙。這樣的她，不論是對玉蟲家也好，新宮家也罷，肯定不會瞭解多深、多透徹，除了小夜子的事之外。因此小夜子肯定還活著，並給子爵帶來莫大的威脅……」

關於這一點，金田一耕助陳述了這樣的意見：「或許眞是如此，不過植松最後見到小夜子，是在她十一、二歲的時候，也就是說，在這之前小夜子一直待在神戶。就算她後來馬上去了東京，想必仍留有關西這邊的口音。可是，不管是菊江或阿種，都沒有這樣的口音。」

「只要在東京住上十年，連鄉音也會改掉吧。對成年人來說，或許不太容易，但一個十一、二歲就搬到東京的女孩，已是百分之百的東京人。」

「也對，不過名詞的重音很難矯正吧。譬如，蜘蛛和雲（註），還有橋、箸、端的重音，關東和關西完全不一樣。話說回來，現在那個家裡說話腔調跟別人不一樣的，只有三島東太郎而已。」

「那是因爲他是岡山人……只要在東京待久了，遲早會改過來。尤其是菊江，她在花柳界待過，經過嚴格訓練，說不定早就把鄉音改掉了。」

**註**—蜘蛛和雲，日文發音皆爲くも（kumo）。橋、箸、端，日文發音皆爲はし（hasi）。

出川刑警認定菊江就是小夜子，但金田一耕助認為，還有一點說不通。

阿駒意外懷孕的時候，她的父親植辰已從玉蟲伯爵那裡得到一大筆錢，因此變得很富有，這是可以理解的。讓阿駒懷孕的人，不管是玉蟲伯爵也好，新宮子爵也罷，總之對方閨女的名節已毀，玉蟲伯爵願意扛起責任，拿出一大筆遮羞費來解決，這是想像得到的。只是，在這之後，植辰仍不斷敲詐玉蟲伯爵，每天吃香的、喝辣的，這就讓人不懂了。

若是為了阿駒的事，應該只要付一次錢就夠了，玉蟲伯爵不是那種會任人予取予求的傻瓜。如果那些錢是當作小夜子的養育費，想必玉蟲伯爵會訂出規則，讓錢能確實交到阿駒的手上，或是從旁監視，看錢是不是真的用來教養小夜子。玉蟲伯爵不會笨到讓植辰私吞金錢。話說回來，如果他非常有責任感，覺得自己應該出孩子的養育費，當初就會更妥善安排阿駒的出路。親自幫她找個可靠的對象之類的，對玉蟲伯爵來說應該並不困難。

「總之，植辰不斷勒索玉蟲伯爵，我覺得這件事情不太合理。伯爵不像那種會任由園丁威脅的人。要勒索他，得握有更大的把柄。」

「原來如此。」這下連出川刑警也沒有異議了。「小夜子的例子在上流社會屢見不鮮，光以這個把柄來訛詐，確實不太尋常。」

「沒錯，何況對手是玉蟲伯爵。反過來說，重點在於，植辰到底有沒有勒索伯爵？老闆娘也是聽來的，就這樣做為根據進行推論，恐怕會有出入。關於這一點，我們明天再好好確認一下，如何？」

「沒問題。那我明天再去拜訪植松，還有板宿的那些鄰居，把事情問個清楚。」

阿澄說的沒錯，接近中午雨就變小了，天空也明朗許多。剛剛還籠著重重煙霧的庭樹，好似掀開面紗，現出身影。小鳥飛到枝頭上，吱吱喳喳地唱起歌。奇怪的是，氣溫反而下降了，光是穿著旅館的浴衣和棉袍不夠暖，於是耕助套上汗衫，換上和服與褲裙。

十一點半左右，出川刑警全身濕淋淋地回來。

「辛苦你了。下這麼大的雨，想必很吃力吧？我眞是太貪睡了……」

「哪裡。聽說掌櫃還沒回來？」

「是的，大概是碰到什麼困難。倒是你那邊查得怎麼樣？」

「金田一先生，有件奇怪的事……」

出川刑警把濕掉的上衣和襪子掛在走廊風乾，盤腿坐在耕助的面前。他的神色十分不安。

「奇怪的事……」耕助的好奇心被挑起，露出詫異的眼神。

「昨晚跟你商量過後，我第一個就去找植松。跟他談完，我又繞去板宿。有關植辰敲詐伯爵的事，應該是千眞萬確。植松和板宿的鄰居都說，他們不曉得植辰有沒有敲詐伯爵，不過植辰確實有棵搖錢樹。植辰常因賭輸錢四處搬家，每當債主找上門，他會耀武揚威地說『囉唆什麼？我在東京有棵搖錢樹』，然後消失四、五天。等他出現時，不知道哪裡弄來的錢，往往一下就還光賭債。板宿的鄰居都很羨慕他有這麼好的靠山，卻沒人知道那搖錢樹是誰。只有植松從以前就隱約覺得，那個人應該是玉蟲伯爵。」

「可是，植松憑什麼認爲就是玉蟲伯爵？」

「他說肯定是爲了小夜子。除此之外，植辰應該沒有理由可以從玉蟲老爺那裡撈到錢。看來，植松知道的也就這麼多了。」

金田一耕助想了一下，「那麼，關於小夜子的父親，植松有沒有說什麼？是新宮子爵，還是玉蟲伯爵……」

「沒有，植松似乎也不知道。他在伯爵的別墅幫忙的時候，就經常發生下女被欺負的事。他曾聽說阿駒因此懷了小夜子，不過植辰或阿駒怎樣都不肯透露對方是誰。連源助扯著阿駒的頭髮，拖著她到處去的時候，她也絕口不提小夜子的父親。說是固執也好，謹愼也罷，阿駒始終堅守這個祕密。」

耕助又默默思索片刻，「那麼，你說的怪事是指……」

「是這樣的。」出川刑警坐著往前湊，「從植松家繞到板宿的途中，因爲順路，我去看了玉蟲伯爵的別墅遺址。我想確認一下你提到的那座石燈籠，可是石燈籠上的文字消失了。」

「消失了……？」耕助不由得瞪大眼睛。

「嗯，好像有人用石頭之類的東西磨掉了。石燈籠的燈腹上，就是昨晚你說的那個地方，被磨得白白的。」

半晌，金田一耕助只能目瞪口呆地盯著對方。

「也就是說，昨天我和阿澄離開後，有人去到那個廢墟，磨掉石燈籠上的字？」

「只能這麼想了，而且我不認為，那是在不知情的狀況下搞出的惡作劇。」

「這、這麼說，跟這次命案有關的人，也來到這裡……」

出川刑警露出憂鬱的神色，點點頭：「那個人當然不可能親自來，應該是指示某人代替他來。此外，還有一件很奇怪的事。」

「還有一件……？」

「我在板宿打聽完消息，馬上前往神戶的新開發地。阿玉待過的那家旅館名叫『港屋』，我去那裡再度打聽妙海尼姑的事。關於這一點，我沒問出新的線索，但早我一小時，有個男人也去打聽阿玉的事。」

金田一耕助不發一語地盯著出川刑警，一種不安的感覺不斷從肚腹深處湧出。

「對方也一直追問阿玉的事，不過問不出個所以然，只好離開。換成其他情況，我可能聽聽就算了，但經過石燈籠一事，我變得比較機警。就在我問起那男人的長相的時候……」

「當你問起那男人的長相的時候……？」

「我越想越不對勁，就把這個拿出來。」

出川刑警站起，從乾了的上衣口袋拿出椿子爵的照片。

「我問旅館的人，對方該不會就是照片裡的這個人吧？」

出川刑警直視耕助的眼睛，啞聲輕輕說道：「結果旅館的人回答：『今早來的那男人戴眼鏡、留著鬍子，不過確實跟照片中的男人長得很像。』」

與出川刑警四目相對，金田一耕助突然覺得一種像墨汁一樣陰暗的波潮，在肚子裡擴散開來，一股難以言喻的驚恐戰慄順著背脊而上，無法抑止。難道椿子爵真的還活著……？

不久，掌櫃找到要找的漁夫，從明石回來了。這時，雨已完全止歇。

# 19 CHAPTER — 第十九章

# 淡路島山

雖說雨停了，雲層還是很厚，灰濛濛的明石港邊，海面的風浪仍很強勁。

明石港的地形就像是個半開的錢包，正對著南方擺。港口裡，有兩座用廢棄船板搭造的碼頭，突出於布滿灰塵的骯髒海面上。開往岩屋的播淡輪船，以及繞巡淡路周邊的丸正輪船，各自使用其中一座碼頭。

碼頭底下擠滿被雨淋濕的舢板，大浪打來，就像不住搖晃的搖籃。港口的出口處，有一座聊勝於無的細瘦燈塔，對面的淡路島如水墨畫般朦朧。

明石市區的東邊躲過戰火的浩劫，留下古老的建築，西邊則完全被燒得精光，到處都是臨時搭建的木板房子。一提起須磨明石就讓人聯想起的那份優雅，已蕩然無存。

兩座碼頭之間，有兩家輪船公司共用的候船室，也是用木板臨時搭造的，還飄散著一股惡臭。候船室裡外的二十名男女，幾乎都是一副快要虛脫的模樣，癡癡等著交通船到來。

金田一耕助沒進去候船室，選擇在碼頭上透氣，沉澱思緒。出川刑警站在候船室的外面，不怎麼專注地看著牆上貼的輪船公司海報，以及發船時刻表。

掌櫃從明石帶回來的漁夫名叫芳村作造，是個五十歲左右，一頭花白頭髮剃得超短的中年男子。

男子不記得確切的日期，不過他曾在一月中旬駕著小船，在明石港西邊的漁村西濱町的海邊，將一名很有紳士風度的男子送到對岸淡路的長濱。那位紳士神色非常凝重，一開始幾乎不太講話，直到後來他問作造釜口村要怎麼去，兩人才聊了起來。

「釜口村……？你確定是釜口村嗎？」金田一耕助不放心，又問了一遍。作造用力點點頭，「沒錯。我會記得這件事，是因爲我姪女就是嫁到釜口村，我也經常去那裡。」耕助和出川刑警對望一眼。

「那麼，作造先生，你怎麼回答他？」

「我只跟他說，從長濱走路到岩屋，再從岩屋搭開往洲本的公車，坐到小井下車，那裡就是釜口村的入口。」

「他沒說要去釜口村的哪裡嗎？」這次換出川刑警問。

「沒有，他沒說。」

「作造先生，問你一個奇怪的問題，釜口村有類似尼姑庵的地方嗎？」

「有的，那裡當然也有尼姑庵，不過壞了大半，很久沒人住了。但去年還是前年，有一位女師父住了進去，法號好像是妙海。」

金田一耕助再度和出川刑警面面相覷，事情越來越清楚了，椿子爵果然是去找妙海尼姑。

「作造先生，除此之外，你還記得那名男子說了些什麼？」

「我告訴他釜口村要怎麼走之後，他就問我去小井大概要多久時間？於是，我說明從長濱走路到岩屋要二十分鐘，在岩屋等公車估計也要二十分鐘，再加上從岩屋坐車到小井的四十分鐘，總共需要一小時又二十分鐘，不過還是算一個半小時比較妥當。那位先生想了一下，跟我說：『不好意思，四點以前我應該就會回到長濱，到時可否請你再來載我。』所以……」

「請等一下，作造先生，你是什麼時候載到那位先生的？」

「十點剛過不久。」

「到達長濱的時間是……？」

「十一點之前吧，那時正好風平浪靜，從我們村子到長濱大概只要三十分鐘。」

椿子爵到達長濱的時間算十一點，從長濱到小井需一個半小時，再從小井走路到尼姑庵算三十分鐘，估計一點左右子爵會見到妙海尼姑。扣除回程所需的兩個小時，他們至少還有一個小時可交談。一個小時，應該能問出許多事。

「那麼，作造先生，你四點鐘左右去接他了嗎？」

「是的。不管怎樣，那位先生給了我很高的酬勞。」

「然後，他來了嗎？」

「是的，我三點半就到長濱去等，他來的比預期中早。然後，我們往明石港開去。我把船停在播淡輪船的碼頭時，大概是四點半左右。」

從港口到山陽電鐵的明石車站約十分鐘，從明石到須磨寺需三十分鐘，然後從須磨寺車站到旅館需再花十分鐘，正好吻合阿澄說的「那位客人在五點左右回來」。

最後，出川刑警拿椿子爵的照片給作造看，作造一口斷定就是這個人。

看來，椿子爵曾去淡路拜訪妙海尼姑，已毋庸置疑。他到底去打聽什麼事？根據作造表示，四點左右回到長濱的子爵，臉色很不好。

作造說：「他的臉色非常難看，我還以為他見到鬼了。」

天氣似乎已放晴，原本低垂的雲漸漸被吹散，甚至露出藍色的天空。隨著雲層散去，陰鬱灰暗的海面也變得比較明亮。

終於，船頭捲起層層白浪的交通船駛入港口，候船室裡的人們全湧向碼頭。

這艘船叫「千鳥丸」，約七十噸大小，先在港口內打了個轉，然後漂亮地停在碼頭邊。從岩屋來的乘客約有三十名，等他們全下船，碼頭上的人隨即湧入。金田一耕助和出川刑警最後才上船。

兩人沒進入船艙，而是來到甲板上，倚著欄杆看海。

眾人都上船後，還有五、六個人匆匆忙忙地朝著碼頭跑來。等這些人也上船，「千鳥丸」就出發了。

靠在甲板的欄杆上望向碼頭的出川刑警，突然用手肘抵了抵耕助的小腹。

「金田一先生，有件事不太對勁。」

「什麼事不太對勁？」

「你看，站在候船室前面的那三個男的，好像是我們的人。」

金田一耕助往陸地看去，身穿西裝的三名男子正攔住從「千鳥丸」下來的客人，不知在問些什麼。那位客人是西裝打扮的中年男子，手裡拎著皮箱。

「哈哈哈，你看得出來？」

「這滿考驗眼力。上船之前，我就看出那些人不是一般乘客。他們肯定在撒網捕魚，只是不知道要捕的是哪一尾魚？」

「會不會是抓黑市交易？」

「不，如果要抓黑市交易，照理說會檢查行李。剛才他們擋下另一名穿西裝的男人，卻沒檢查他的行李。」

仔細一看，此刻被擋下的那名男子，正從口袋掏出某樣東西給他們看，他們沒檢查行李就放他走了。男子慌慌張張地經過海運行的門口，往市區的方向離去。之後，三名刑警進入空無一人的候船室，似乎在等待下一班船的到來。

「原來如此，確實有點奇怪。」

「淡路那邊一定發生了什麼事，才會盤查得這麼嚴格。」

金田一耕助和出川刑警四目相對，沉默好一會。突然間，兩人很有默契地微微發抖。這一定是因爲海風太冷，一定是這樣。

「不會吧……？」

「我想應該不至於……」

出川刑警說完，靜靜凝視著海面，不久，他用力甩了甩頭。爲了改變心情，他看向手表，時針剛好走到兩點的位置。

「金田一先生，今晚我們可能要住在淡路了。」

「會拖到那麼晚嗎？」

「船開到岩屋的時間是兩點半，聽說下了船就有接駁公車，坐到小井要四十分鐘，尋找尼姑庵的時間算三十分鐘，抵達那裡恐怕已是三點四十分或四點。可是，聽說從洲本開出的最後一班公車是六點發車，到小井是六點五十分左右，而從岩屋開往洲本的最後一班公車，會更早通過小井，因此不管怎樣，我們都必須在六點五十分之前回到公車站。如果趕上這班車，七點半就會回到岩屋，可以坐到最後一班交通船。萬一趕不上……」

「原來如此。也就是說，假設我們四點抵達尼姑庵，爲了要趕六點五十分的公車，必須在六點二十分左右離開。期間只有兩小時二十分的空檔。」

「沒錯，那還要妙海尼姑剛好在庵裡。如果她出去化緣，時間會更加緊迫。椿子爵一個小時就把事情解決了，不知道我們會怎樣？」

「這麼說來，倘若我們坐不到六點五十分的公車，只能住在釜口村。那種小村子有讓人借住的地方嗎？」耕助有點擔心。

「釜口村的情況我不知道，不過再往前面一點，有一個叫仮屋的小鎮，離小井不到四公里，就算走路過去，一個小時也綽綽有餘了。去到那邊，應該就能找到旅館。」

「原來如此，今晚我們就當是去見識見識，在那裡住上一宿吧！」

耕助輕聲笑道。此時，船突然劇烈地晃了一下，東倒西歪的兩人連忙抓住鐵欄杆。原來開往別府的輪船正穿過海峽。「千鳥丸」受到餘波的推擠，搖晃得十分厲害，隨即又恢復正常，噠、噠、噠地發出單調的引擎聲，駛過海面。

等他們發現時，「千鳥丸」已駛過海峽的一半以上，淡路島山就在正前方。雲間的縫隙越來越大，清爽的秋日天空藍得耀眼。海平面或許是受到潮流的影響，編織出七彩瑪瑙般的美麗圖案。或許是雨已停，點點船影一一浮現，海鷗成群飛來。

然而，金田一耕助的眼裡看不到這樣的景色。剛剛他和出川刑警都不講破的不安，此刻重地壓在他的心頭。

接連發生兩件讓人意想不到的事，石燈籠上的字被磨掉，有個男人去港屋打聽阿玉的下落。

石燈籠上的字被磨掉，可能是附近孩童的惡作劇。去找阿玉的男人，可能只是她的朋友。而在明石港盤查路人的警察，目的應該跟自己的這趟旅行無關……雖然耕助硬要自己這樣想，仍無法抹去心中的不安。

耕助摘下帽子，拚命抓搔起頭。海風將他的亂髮、和服的袖子、褲裙的下襬，吹得鼓起來。出川刑警倚靠欄杆撐著頭，不停咬著指甲。淡路島已近在眼前。

船速突然變慢，「千鳥丸」駛入岩屋港的防波堤。背後靠著矮丘的岩屋是帶狀的小村落，似乎還是個漁港，狹窄的沙灘上停著許多漁船。

岩屋的港口只有一座碼頭，碼頭上依稀可見五、六個人影。「千鳥丸」會在這裡稍作休息，三十分鐘後再開往明石。

上了碼頭後，往洲本方向的馬路旁，有輛載著四、五人的公車停在那裡。這裡的候船室外面，似乎也有兩名便衣警察守著，他們直盯著金田一耕助。

下船後，大部分旅客都進了公車，金田一耕助和出川刑警也迅速搭上，在後面找到位子。他們坐好後才發現，碼頭的右側有一棟建築物，掛著「兵庫縣國家警察岩屋署」的看板。公車即將出發的鈴聲一響，有三個人從署裡衝出來，一個是巡查部長，一個像是便衣警察，另一人則像是醫生。他們匆匆忙忙地上車，然後公車就出發了。

金田一耕助又和出川刑警互望一眼。

醫生找到空位坐下，至於巡查部長和便衣刑警，則站在駕駛座旁邊，嘀嘀咕咕不知在商量什麼。

公車駛出岩屋的社區，沿著海岸線往南駛去。馬路左邊就是沙灘，再過去是大海。右手邊望去是半農半漁的民房，面對馬路連成一排，背後則抵著隆起的山丘。山丘已闢為梯田，到處都可看到非常茂盛的蕃薯葉。

出川刑警突然站起來。

「金田一先生，我覺得不太對勁。我去問一下就回來。」

出川刑警撥開站著的乘客，往駕駛座走去，跟脫下帽子的巡查部長攀談起來。雖然聽不到他們在講什麼，但出川刑警從口袋拿出可能是證件的物品，巡查部長顯得有點吃驚。

然後，像是便衣警察的人也加入他們，三人熱切地說起話。不過，眼看著出川刑警面向這邊的側臉神色越來越凝重，金田一耕助的一顆心像鉛塊似地直往下墜。

啊，果眞料中了！

聊了一會，出川刑警終於轉向這邊，用力點點頭。如同作造形容過的，那臉色難看得彷彿見到鬼。

等耕助湊上前，出川刑警啞聲顫抖著說：「金田一先生，完蛋了。果然不出所料，我們晚了一步。」

「晚了一步，你是指她被殺了？」耕助也好不到哪裡去，話聲和出川刑警一樣沙啞。

「是的，聽說是被勒死。」

耕助不禁閉上眼睛。一種超現實的恐懼從他的肚腹深處湧來。〈惡魔前來吹笛〉的漸強段落，那宛如幽鬼泣訴的笛聲，突然痛擊著他的耳膜。

經過出川刑警的簡單介紹，巡查部長和便衣警察都一臉不可思議地打量著耕助，不過巡查部長還是有問必答，以下是他的說法。

岩屋署是在中午左右獲知妙海尼姑被殺的消息，這麼晚才被發現，是因爲今天早上的暴風雨。雨勢轉小後，十一點左右，村裡有個姑娘拿蔬菜到尼姑庵。由於妙海尼姑會教村裡的姑娘針黹和編織，所以姑娘們時常去探望她。

尼姑庵的木板套窗全關著，於是她試著推動入口的大門，沒想到門應聲就開。她走進屋內，沒看到尼姑，可是鞋子明明還好端端地擺著。姑娘覺得很奇怪，推開壁櫥的門一看，尼姑的一雙腳從棉被裡露了出來。

「然後就是一場大騷動。據說，昨晚六點左右，有個客人走下從洲本那邊開過來的公車，到公車站旁邊的小雜貨店打聽尼姑庵的事。目前最有可能涉案的就是這個男人，所以我們拉起搜索線，不過恐怕為時已晚。如果他是從本島過來的，早就不知逃到哪去了。」

巡查部長絲毫沒有當地的口音，一口標準的東京腔。

「有什麼原因讓您認為他是從本島來的嗎？」

「他坐的那班公車，是五點從洲本發車。兩點半從神戶開出的船，抵達洲本正好是五點。那班公車就是為了接駁那艘船，所以我才想他應該是搭船過來。」

「關於那個男人的長相……？」

「目前只知道是個四十歲左右、穿西裝的男子，沒有進一步的資料。我們正要去找公車司機和車掌。」

「對了，聽說那個尼姑的法號是妙海，不曉得本名是什麼？」

巡查部長掏出筆記本翻看，「本名叫堀井駒子，四十多歲。目前還不清楚進一步的資料。」

金田一耕助只覺得大勢已去。他閉上眼睛，用力甩了幾下頭。如果不這麼做，他恐怕就要瘋了。

「堀井」就是阿駒嫁人後冠的夫姓。

# 20 CHAPTER 第二十章

# 殺手

公車抵達小井的時間，約莫是下午三點二十分。

一路上，只要透過公車的玻璃窗往外看，不時可見騎著腳踏車的員警來來去去，隱約感受到一股緊張的氣氛。

車子一在公車站停妥，停下腳踏車的員警們立刻圍上來，跟站在駕駛座旁的巡查部長低聲商量。

小井是非常普通的半農半漁的小村落，整條街總共不到十戶人家。海邊的民房前面，垂掛著曬乾的漁網。山邊的民房後面是隆起的斜坡，旁邊則是有些高度的小山。

那座山叫「朝霧山」，發生命案的尼姑庵就坐落在山坳。

這一帶屬於岩屋署管轄區域的最南端。

眾人一走出公車，附近民家的人馬上跑出來，三三兩兩地站在屋簷下。從人群裡走出一名警察，對巡查部長說了幾句悄悄話，領著眾人往旁邊的一戶民宅走去。

那是一戶掛有香菸招牌的民宅，當時菸草尚未開放自由販售，昏暗的泥土地上堆著少許雜貨和五金用品，上面沾滿公車揚起的灰塵。

眾人一走進店裡，紅褐色鬈髮的老闆娘馬上把領口抓攏——她好像正在餵嬰兒吃奶，一臉訝異地走出來。

「就是這位老闆娘。昨晚從公車下來的客人，就是向她打聽尼姑的事……」

老闆娘似乎覺得妙海尼姑的死自己也有責任，顯得惶惶不安，不過她還是把知道的都說出來了。

昨天下午五點五十分左右，路過這裡的公車開走不久，一名穿西裝的男人慌張地走進店裡，打聽妙海尼姑的住處。於是，老闆娘告訴他該怎麼走，但他連句「謝謝」也不說，便慌慌張張地離開，一副非常著急的樣子。

「妳再也沒見到那男人嗎？」巡查部長問道。

「不，一個小時之後，他又走進我們店裡……」

他問老闆娘：從洲本開出的最後一班公車走了嗎？

「我看了一下時鐘，已七點十分。平常從洲本開出的最後一班公車，這時候應該走了，昨晚不知怎麼回事，公車好像誤點了。正當我這麼說的時候，公車來了，對方就坐上公車走了。」

「妳有沒有問那男人，他找到妙海尼姑的住處了嗎？」

「是的，我問了。他說去到尼姑庵的時候，尼姑剛好不在，他打算明天再來拜訪……」

「請問，從這裡到尼姑庵，往返一趟需要多久的時間？」出川刑警插嘴。

「一個小時應該就綽綽有餘了，就算中途繞了一點路……」

這麼說，凶手是五點五十分從這裡出發，七點十分左右回來，期間他去了尼姑庵，殺死尼姑，時間上非常充裕。

「對了，老闆娘，那男人的口音，聽起來像是關西那邊的人嗎？」

面對出川刑警的詢問，老闆娘毫不猶豫地回答：「不，他應該是關東那邊的人。雖然他的聲音很低沉，不過咬字非常清楚。」

「原來如此。還有一件事，老闆娘，那男人該不會跟這個人長得很像吧？」

看到出川刑警拿出照片，以巡查部長爲首的當地警察全都挑起眉毛。

老闆娘盯著照片半晌，「昨天那個人戴著帽子、眼鏡，還留著鬍子，所以我不是很確定，不過確實滿像的。」

出川刑警和金田一耕助不由得互望一眼。戴眼鏡、留著鬍子，而且很像照片上的人……那不就是今早出現在神戶港屋的那名男子嗎？

金田一耕助突然覺得背脊發涼。

出川刑警困惑地轉頭，向不停看著照片和他的當地警員說：「關於這一點，容我稍後再解釋。總之，我們先到現場去吧。」

離開大馬路後，接著就是蜿蜒的山坡路。這條路四通八達。在野地耕作的村民看到這一群人，馬上停下手邊的工作，只顧看著他們，甚至有人跟在他們的後面。在都市不怎麼稀奇的命案，到了這平靜的農村就成爲驚天動地的大事。恐慌襲擊了這座小小村落。

步行約二十五分鐘後，一行人終於來到尼姑庵旁。它就位在靜僻的半山腰上，兩邊則是沿著斜坡排排站的白色墓碑。尼姑庵裡有一個利用山谷而建的小蓄水池，枯萎的蓮葉在池面投下蕭瑟的陰影。

雖說是尼姑庵，也不過就是九尺一、二間寬的木造小平房而已，既沒有圍牆也沒有籬笆，孤零零、毫無遮掩地正對著墓地。原來如此，難怪不管是一屋難求的戰時或是戰後，這裡都一直沒人居住。

此時，尼姑庵旁圍著大批的民眾。

走在最前面的當地巡警一邊把圍觀民眾趕開，一邊拉動闔不緊的矮拉門。一進去就是玄關的泥土地，屋內約四張半榻榻米大。所謂的尼姑庵只有四張半榻榻米大。

屍體就躺在那四張半榻榻米大的空間裡，她的枕頭旁坐著三個男人。其中一人是從岩屋出發，在小井下公車後就直接趕來這裡的醫生。正和這醫生輕聲交談的人，應該是本地的醫生。離兩人有點遠的地方，有個白眉毛的老和尚拘束地坐著。

「醫生，情況怎麼樣？」巡查部長邊脫鞋邊問。

「詳細情形要等解剖完才知道，但死因應該是絞殺沒錯。」

「死亡的時間是……？」

「這也得等解剖報告……不過我剛才跟這位醫生討論過，不可能是今天，應該是昨晚，或者是昨天黃昏時分。總之，現在還無法明確告訴你……」

眾人一起進去後，狹窄的四張半榻榻米大的空間就擠滿了。原本坐在角落的和尚識趣地推開拉門，走到外面的窄廊上。

金田一耕助躲在眾人的後面，小心翼翼地打量屍體的容貌。

圓圓小小的光頭，看起來有點突兀，不過那靜閉著眼睛的臉上，五官就像洋娃娃般端整，想必年輕的時候很漂亮。只是再怎麼看，她都不像只有四十幾歲。

或許體型嬌小的人本來就比較容易老，不幸的命運重擔一壓，更加速了她的老化。這樣的老態，難怪港屋的女服務生說她約莫五十五、六歲。

枕畔點著的線香煙霧，突然鑽進耕助的鼻腔。那線香的味道，以及充斥山谷的秋天氣息，讓金田一耕助的心裡泛起陣陣感傷的漣漪。

這女人要是沒去玉蟲伯爵的別墅幫忙，肯定會有截然不同的人生。那年夏天發生的事就像惡魔的爪子，徹底撕裂了她的一生。

在玉蟲伯爵的別墅裡，她莫名其妙被欺負，懷孕生下小夜子。這件事讓這女人的命運永遠蒙上一層陰影，最後還賠上性命。

不知怎地，一股難耐的焦躁和激憤不斷從金田一耕助的心底湧起。

不過，這女人會喪命，難道眞的只是因爲那件事嗎？不、不，他不這麼認爲。這女人一定和更大的祕密有關。她會喪命，絕對是因爲那個祕密。只是，那究竟是怎樣的祕密……？

金田一耕助看著死者小小的光頭，又陷入焦躁不安、激憤難平的情緒中。

犯人不管冒多大的風險都要封住這女人的嘴，看來，那絕對是個天大的祕密。那小小的頭顱裡，究竟藏著什麼祕密？

「那麼，我要先回去了。屍體怎麼辦？」從岩屋趕來的醫生收拾好東西，站了起來。

「車子應該快來了。我們會送到岩屋，進行解剖。」

「是嗎？那待會見。」

「是否要拍照存證？」出川刑警問道。

「剛剛拍過了。」

「那麼，我可以動那邊的東西嗎？」

「請便。」

當地警察全都睜大眼睛，好奇出川刑警要做什麼。出川刑警注意到的，是放在壁櫥前、整齊堆疊的報紙。看來，妙海尼姑是個愛乾淨的人。她把舊報紙折成四等分，從舊到新，依照日期整齊堆好。出川刑警從上面按照順序一一看下去，他很快地轉頭問當地巡查：「你知道這位師父平常都看哪家的報紙嗎？」

巡查推開拉門，詢問圍在窄廊外的民眾，隨即又關上。「聽說是K報。」

「沒錯，大部分是這家的報紙，只是……金田一先生！」出川刑警看向耕助，「十月一日這天，光是神戶、大阪的報紙就有七種，二日、三日兩天，也各有三種報紙。」

出川刑警和金田一耕助對望許久，然後站了起來。

十月一日，不就是椿家命案第一次登上報紙那天嗎？當天，妙海尼姑爲了找阿玉，大老遠地去了神戶的港屋。

這些報紙想必是妙海尼姑從神戶買回來的。她買了各家的報紙，然後昨天、前天，她覺得光是一份報紙不夠，於是把附近能買的報紙全買回來了。從這舉動可看出，妙海尼姑有多關心十月一日以來的新聞。這全是爲了椿家的命案吧。

金田一耕助再度覺得一顆心沉甸甸，宛若鉛塊。

「對了，剛才不是有一位師父坐在這裡嗎？請問他是什麼身分？」金田一耕助環顧屋內，一邊問道。

「那是鄰村法乘寺的住持大師，法號慈道。他很照顧妙海尼姑，就是他讓妙海尼姑住在這裡的……」

金田一耕助和出川刑警對望一眼，「是嗎？那麼，可否請他進來？」

識趣地坐到外面的慈道大師一聽到叫喚，馬上走進來。由於醫生們先回去了，所以慈道大師、金田一耕助和出川刑警，還可勉強擠在屍體的旁邊。當地警察移坐到前面的泥土地上，好奇地觀察著他們三人。

「住持大師，這次發生了很不幸的事……」金田一耕助咯吱咯吱地搔著頭，「不瞞你說，我們也是爲了拜訪這位……已成仙的女士，才大老遠地從東京跑來。可惜晚了一步，非常遺憾。關於她的事，我有些問題想問您……」

「你們特地從東京跑來……？」慈道大師挑起白色眉毛。

他應該超過六十歲了吧？眉毛都白了，是個微胖、氣色不錯的老和尚。

「這麼說，你們是妙海的熟人嗎？」

「不，不是這麼回事。我們認爲拜訪她之後，說不定能解決現在面對的難題……」

「所謂的難題是……？」

金田一耕助猶豫了一下，「殺人命案。妙海師父或許知道那件案子背後的祕密……」

泥土地那邊起了一陣不小的騷動。慈道大師揚起白色眉毛，「請問……怎麼稱呼？您貴姓……？」

「我是金田一耕助，這一位姓出川，是警視廳派來這邊出差的刑警……」

慈道大師的一雙大眼睛深深地看著耕助，「金田一先生，你認爲呢？說不定，妙海是因爲知道椿家命案的凶手是誰，才會被殺。」

聽到「椿家命案」，泥土地那邊的騷動更大了。眾人用力吞了口口水，輪流看著坐在屍體旁邊的三人的表情。

耕助挨近慈道大師，「您也知道那件事嗎？是的，我也是那麼認爲。否則，不可能有如此湊巧的事。凶手知道我們爲了調查來到這裡，於是搶先一步，可能是親自來，也可能派殺手來，封住妙海師父的嘴。」

泥土地那邊的緊張氣氛愈來愈濃厚了。短暫的沉默後，喘不過氣的呼吸聲和乾咳聲益發刺耳。

金田一耕助更往前坐，「可是，您爲什麼會知道這件事和椿家的命案有關……是妙海師父告訴您的嗎？」

慈道大師點點頭，「沒錯，前天，也就是二日上午，妙海拿著一大堆報紙來找我，說對這個案子有一些想法。她給我看的是椿家命案的相關報導。在這之前，妙海也曾爲了這件事，特地去神戶想找以前的老朋友商量，不過沒能見到那個人，所以才來找我。」

「那麼……那麼，妙海師父說了什麼？她提過凶手是誰嗎？」

「關於這一點，金田一先生，現在想來我也覺得非常遺憾。當時，妙海始終沒有講出最要緊的重點。」

「啊！」耕助的嘴裡溢出呻吟，好不容易燃起的希望再度破滅。

「這件事我也有錯。因爲她的話太離奇了，我也就半信半疑，沒認眞聽。再加上妙海的情緒非常激動，講話顚三倒四。更何況，對於最重要的關鍵，她似乎尚未下定決心講出來。於是，我告訴她，等她心情平復，再來找我談……沒想到事情會變成這樣，眞是非常遺憾，要是那時我問清楚就好了。」

慈道大師嘆了一口氣，突然想到什麼似地說：「不過，當時我從妙海那裡聽到一件令人意外的事。對於釐清妙海和椿家的關係，說不定具有參考價值。」

「是、是什麼事……？」

「我也是第一次聽到這件事，妙海的俗名是阿駒，有一個女兒名叫小夜子。」

「是，這我知道。」

「是嗎？那你知道小夜子的父親是誰嗎？」

「不，正因不知道才感到困擾。那麼，小夜子是誰的……」

「新宮先生，你們應該知道那個人吧？報紙也刊出了他的名字，小夜子就是他和阿駒的孩子。」

耕助和出川刑警面面相覷。這麼說來，強暴阿駒、讓她生下小夜子的，是新宮子爵？

「妙海非常害怕，她說椿家的命案不會就這樣結束，下次被殺的人肯定是新宮先生……」

金田一耕助又忍不住和出川刑警對看一眼。英語中有句話「He has a bee in his head」，形容一個人六神無主、驚慌失措，現在耕助的腦袋裡就像字面上所說，有隻蜜蜂在嗡嗡飛舞。

「可是，就算新宮先生是小夜子的父親，何以見得他一定會被殺呢？」

「這我就不清楚了。如同我剛才所說，妙海的話支離破碎。現在想起來，那也是讓妙海再三猶豫，不敢說出眞相的理由。」

「住持大師認識小夜子嗎？」出川刑警問道。

「認識，我也見過她。」

「什麼時候、在哪裡……？」

「昭和十八、十九年左右，我離開住吉之後……這樣講你們可能聽不懂，要從我和妙海結識的因緣說起……」

於是，慈道大師說出來龍去脈。

慈道大師原本是某大眞言寺的住持，那間寺院位在大阪和神戶之間的住吉。昭和十七年左右，大師交由弟子繼承，一個人回到淡路的故鄉隱居。不過，他還是經常前往住吉，拜訪供養寺院多年的大施主溝口家。溝口家的長輩很敬重慈道大師，只要慈道大師去住吉，一定會在他們家住一、兩個晚上，而阿駒就是在溝口家工作的女傭。

「她總是說自己罪孽深重。我住在那裡時，她常常來和我談話，想藉由佛法求得解脫。她態度認眞，做事又細心，於是我特別提點她。當時阿駒的丈夫已去世，只有一個女兒，聽說在外地打工。我住在那邊的時候，她女兒偶爾會來找她。那是個很漂亮的女孩，當時應該是二十歲。」

「您知道那女孩後來怎麼樣了嗎？」出川刑警的聲音因興奮而顫抖，擱在膝上的拳頭也不斷抽動。

「死了。好可憐，聽說是自殺。」

「自殺……？那、那是什麼時候的事？」

「什麼時候的事？畢竟淡路離住吉很遠，所以我不清楚詳細的情形。我想起來了，這裡有她的牌位。」

慈道大師打開擺在屍體枕頭旁的小神龕，拿出一面塗上黑漆的牌位。

「慈雲妙性大姑……啊，就是這個。俗名堀川小夜子，昭和十九年八月二十七日亡……」

出川刑警搶奪似地將牌位拿了過來，目不轉睛地讀著上頭篆刻的文字。

「這麼說……小夜子死了？」他的聲音中充滿失望。也難怪他會這麼失望，如此一來，出川刑警的菊江即小夜子的假設，等於是徹底粉碎了。

「可是，小夜子爲什麼會自殺？」

「這個嘛……」慈道大師的目光一閃，「這件事我從頭到尾都不清楚。很久之後，我才知道小夜子死了。不過上次，也就是前天，妙海來找我的時候，不小心說溜了嘴。聽她話裡的意思，小夜子的死似乎跟這次發生在椿家的命案有關。當時我還想，不知道她在說什麼……」

「住持大師，小夜子已死的事，是千眞萬確的嗎？」出川刑警拿著牌位，不死心地問道。

慈道大師皺起白色眉毛，「既然都有牌位了，就不會是騙人的。不然你可以到住吉的溝口家去問，或許能打聽到更詳細的事。阿駒下定決心削髮爲尼，女兒的死恐怕就是最大的原因吧……」

出川刑警抄下慈道大師口述的住吉溝口家的地址。

「對了，住持大師，我還有一個問題，妙海師父可曾提過今年春天椿子爵來拜訪她的事？」

「我聽過這件事，也是她上次告訴我的。妙海似乎十分後悔，還說當時眞不該全講出來……」

金田一耕助的腦袋裡，蜜蜂飛舞的動作愈來愈大，不是一隻，而是一大群。

妙海到底對椿子爵說了什麼？她究竟是知道什麼內幕才會被殺？

金田一耕助和出川刑警陸續問了慈道大師許多問題，不過，除了剛剛講過的那些內容，他再也講不出什麼新鮮的話。出川刑警問慈道大師，除了他以外，妙海是否還會跟其他人吐露眞話。慈道大師一口否認，「連對我都無法坦白的事，想必她也不會告訴其他人。」

話雖如此，保險起見，出川刑警還是在村裡四處打聽，卻始終找不到比慈道大師知道更多的人。

就這樣，那天出川刑警和金田一耕助回到岩屋時，已是晚上八點多。當然，前往明石的交通船已收班，就算萬分不願意，也必須在岩屋窩一晚。不過，他們倒是在岩屋探聽到以下的事。

在小井打聽妙海尼姑的男人，果然是從神戶搭乘前往洲本的船來的。他能搭上從洲本開出的最後一班公車，是因爲公車從洲本出發後就故障，延誤了二十分鐘。不過，就算他趕回岩屋，也坐不到最後一班交通船，只好在那裡住一晚。今早六點左右他才離開旅館，搭交通船返回明石。旅館的住宿登記簿上，記載著他在東京的住址和名字，一看就知道是假的，金田一耕助連問都懶得問。

「出川先生，我不明白的是，」金田一耕助頗爲憂鬱地說：「他搭昨天下午兩點半的交通船，從神戶來到洲本。可是輪船時刻表上明明寫著，在這之前的十點也有一班船是從神戶到洲本，坐這班船，在他的計畫中應該是最完美的，這樣他就不用冒險在淡路留宿一晚。奇怪的是，他竟然沒坐十點那班船，你不覺得其中大有問題嗎？」

「所謂的大有問題，是指……？」

「也就是說，早上十點，他還不在神戶，他是之後坐火車來的。這不就意味著，他和我們坐同一班火車，從東京來到神戶嗎？」

出川刑警突然瞪大眼睛，「這麼說，那班火車裡……」

「八成沒錯。他知道我們在這裡查到最後，一定會查出妙海，於是跟我們坐同一班車一同西下。當我們還在須磨寺打轉的時候，他已去到淡路，殺死妙海。今早他逃出淡路，爬上月見山，磨掉石燈籠上的文字，接著再到神戶的港屋，順序應該是這樣吧。」

「你說他去港屋，是爲了……？」

「應該是跟他找妙海的目的相同，叫出阿玉，然後……」

出川刑警的眼睛又瞪得像銅鈴一樣大。「金田一先生！」他呼吸都亂了，「果眞如此，我們就不能在這裡磨蹭，萬一阿玉眞被他……」

「是啊，剛才我也在思索這件事。不過，現在回想起來，阿玉一聲不響地離開港屋，對我們而言，眞是件幸運的事。那傢伙不可能一朝一夕就打聽到阿玉的行蹤，這下就看誰先找到阿玉……這個案子的勝敗關鍵就在此處。」

「好，明天我們就坐最早的交通船趕回明石。」

可是，事情哪會這麼順利，跟岩屋署的人討論花了點時間，等兩人坐上交通船已超過十點。

出川刑警從明石直接趕往神戶，金田一耕助在須磨寺下車，又折回三春園。話說，耕助剛要跨過三春園的門檻，老闆娘就衝出來。

「金田一先生，有您的訪客，等很久了……」

「訪客……？叫什麼名字……？」

「他說是縣警派來的。」

「縣警派來的……？」

金田一耕助連忙進到房間。只見一名四十歲左右的男子坐直後說：「您是金田一先生嗎？請問出川先生在哪裡？」

「出川先生去神戶了……您是……？」

男子拿出印有縣警職銜的名片，是位警部補。

「不瞞你說，今早東京警視廳那邊來了電話，要我們馬上聯絡你們……」

「東京那邊……請、請問，有什麼事嗎？」

警部補左右張望，壓低聲音說：「東京椿子爵家，又有人被殺。」

耕助說不出話，只能睜大眼睛，他覺得喉嚨快要燒起來了。

「那麼，被殺的是……？」

「新宮利彥。因爲這邊的搜查是出川先生負責的……當然我們也會協助……東京那邊請我傳話，希望你們能趕快回去。」

金田一耕助的腦袋裡，又是一陣群蜂亂舞。

新宮利彥被殺了……妙海曾預言這件事。只是，妙海怎麼知道的？

耕助的腦袋裡有幾十隻、幾百隻、幾千隻蜜蜂飛來飛去，嗡嗡齊鳴，感覺就像是嚴重的宿醉。

# 21 CHAPTER ─ 第二十一章

# 風神出現了

十月四日，恰恰是玉蟲前伯爵遇害後的第六天。那天傍晚，麻布六本木的椿宅正好沒什麼人。不過，那天晚上外出的人都是眞的有事，或是自以爲有事。根據事後的查證，可知他們並未說謊，只是中了某人的調虎離山之計。

時間回到那天吃晚飯的時候。新宮利彥來到餐桌前，環顧空蕩蕩的飯廳，以一貫的粗啞嗓音說：「咦，今晚怎會這麼安靜，大家都去哪裡了？」

自從玉蟲伯爵死於非命，秌子時常發作。因此，住在椿家的人，撇開三島東太郎和阿種等下人不談，只要是用餐時間，都會聚在飯廳一同用餐。不過，那天晚上卻不見秌子的乳娘信乃、主治醫生目賀博士，以及玉蟲前伯爵的愛妾菊江三人。

「大家都出去了。」美禰子沒好氣地回答。平日，美彌子聽到舅舅的破鑼嗓音，就會覺得很煩躁，一股無名火不自覺地燃起。

「出去了？一起嗎？」

「才不是！舅舅，您不知道嗎？」

「知道什麼……？」

「菊江去東京劇場看戲了啊。她昨天吃飯的時候，不是說幸好不是明天的票，高興得不得了。」

「好像是這樣，我忘記了。只是，爲什麼明天的票就不行呢？」

利彥用空洞無神的眼睛望著美彌子。他的皮膚白皙，卻沒有光澤。美彌子看著他那肌肉鬆弛、略顯呆滯的嘴臉，不由得氣急攻心。

「舅舅，您怎麼忘了？明天不是玉蟲舅舅的頭七嗎？就算菊江是那種人，也不至於放著舅舅的頭七不管，自己去看戲吧？」

「哦，是嗎？」

聽到新宮利彥慢半拍的回答，美彌子更焦躁了。

「舅舅，您總是這樣，成天只想著玩樂，別的事一概不管。」

「美彌子！」這時，坐在主位、打扮得像女王一樣華麗奪目的烋子開口，還是那教人反胃的甜膩聲音。

「跟舅舅講話，妳怎麼可以這麼沒禮貌呢？華子……」

「是。」

「請您多包涵。我這個女兒也不知像誰，一點都不像女孩子。」

「不，」每天都會上演這樣的戲碼，華子見怪不怪，十分鎮定：「美彌子講的並沒有錯……」

美彌子也覺得不好意思了，「我到底是怎麼了？只要一跟舅舅講話，我就會莫名煩躁。」

「你們個性不合吧？」

華子露出悲傷的表情，利彥卻一點都不在乎。

「烋子，信乃去哪裡了？」

「哥哥，她去了成城。」

烁子叫哥哥的語調帶著小女孩撒嬌的甜膩，每次聽到她這麼叫，美彌子就會不自主地打了個冷顫。光是這件事，美彌子就沒辦法喜歡這個舅舅。

「成城？是去及川家嗎？」

「及川」就是把這座宅邸送給烁子的外公姓氏。

「是的，哥哥。及川舅舅打了封電報要信乃過去，剛剛才收到，所以信乃匆匆忙忙地出門了。」

「及川家來了電報？到底有什麼事？」

「這個嘛，我也不知道。不過，及川舅媽很喜歡信乃，應該是有事拜託她吧？」

「要是她能順便幫我要零用錢就好了，哈哈哈！」利彥揚起粗啞的聲音，下流地笑道。

「那麼，蟾蜍大仙又到哪裡去了？人呢？」

「討厭，哥哥眞是的，怎麼叫人家蟾蜍大仙……」這下連烁子也生氣了，她雙頰飛紅地瞪著兄長。

利彥趕緊改口，「對不起、對不起，目賀博士怎麼了？難道他搬出去了嗎？」

蟾蜍大仙此言似乎刺激不小，烁子生氣不想回答，美彌子只好從旁補充：「目賀博士今晚有聚會，去橫濱了。他說最晚十點以前會回來。」

「聚會……？不是在後天嗎？」

「臨時改成今天了，剛剛有人打電話來通知，於是目賀博士匆匆忙忙地出門。」美彌子的語氣像在背課文。

利彥突然皺起兩道粗眉，「哼，大家都出去了。一彥，聽說今晚你也要跟美彌子一起出去？」

「是。」一彥隨便應了一聲。

「要去哪裡？」

一彥只是低著頭，沒有回答。

「八成又是去看電影吧？你還眞是好命哪。」

這語氣實在太過尖酸，美彌子忍不住脫口而出：「不，舅舅，我們才沒有那麼好命。一彥今晚出門是爲了找工作。」

「找工作……？」

「嗯，是的。一彥從以前就一直在找工作，正好教我打字的老師說有一個不錯的機會，所以今晚我要把一彥介紹給那位老師認識。」美彌子的聲音因生氣而顫抖。

利彥一時反應不過來，輪流看著美彌子和一彥，突然轉向華子。「華子，妳知道這件事嗎？」

「我知道。我覺得這是件好事，也贊成他去做。」華子的表現十分沉著，語尾卻有些顫抖。

「哈哈哈，是嗎？一彥，你要去工作了？對方到底花多少錢請你？你可要把價碼開高一點！」

「老公，別把事情說得這麼難聽……」

「哪裡難聽？妳給我閉嘴。一彥，找到工作後，別忘了也幫我找一個。看有沒有那種不用做事就可以領薪水的工作。」

「老公！」

「什麼老公？妳有資格叫我老公嗎？妳老爸真不上道，女婿這麼落魄，還不知道送點錢來花花。我真不該跟妳這樣的女人結婚，當初上門來求親的不知有多少，我要是娶了別人，也不至於落到今天這種境況。」

華子奮力挺起胸，坐得直挺挺地盯著丈夫。雖然臉色慘白，但因爲坐姿端正，身材高大的她顯得光明磊落。說不清是輕蔑還是憐憫，華子的眼底流露複雜的情感。

一彥仍舊低著頭，肩膀卻不停抖動。他的額頭泛起又黏又濕的汗水，矮桌底下的拳頭握緊又鬆開、握緊又鬆開。

「舅舅！」美禰子喝斥道，聲音充滿憎惡。「是您把舅媽的財產敗光的，這樣講公平嗎？」

「什麼！」在妻子的威嚴逼視下，利彥不知如何是好，聽到這句話，馬上把矛頭指向美禰子：「花用老婆的財產，不是老公的基本權利嗎？倒是美禰子，妳自己就是個小偷。」

「你說什麼！」

「沒錯，妳是小偷。本來該由我繼承的財產，被你母親繼承了去，等妳母親一死，妳就可以接收那些財產。這跟妳親手搶走我的財產有什麼差別？」

「老公、老公，」華子快受不了，硬是打斷他的話：「你眞是太失禮了……美禰子，別跟妳舅舅計較，他最近心情不好。老公，今晚我一定會籌到錢，別這麼心急……」

因爲生氣，美禰子的一雙眼珠瞪得快裂開了，不過她沒心情再跟討人厭的舅舅繼續爭論下去。她朝利彥投下充滿憎惡和輕蔑的一瞥，冷不防從餐桌旁站起。

「一彥，我們該出發了，七點了。」

「喔……」一彥無力地站起，突然想到似地說：「母親，我走了。」他雙手扶著矮桌，鞠了個躬。面對父親，他卻什麼也沒表示，緊追著美禰子的離開。

不過，利彥似乎連剛剛才跟美禰子吵過架都忘了，一副毫不在乎的模樣。「華子，妳是說眞的嗎？今晚妳會去籌錢……」

「我會盡量想辦法。」

「妳籌得到嗎？」

「應該可以吧。」

「不能『應該』，一定要……」

「好的。」

「是嗎？那妳早去早回，以免夜長夢多。」

「可是……」

「可是……？有什麼好可是的？」利彥的聲音又尖銳起來。

「烁子夫人會很寂寞……信乃和目賀博士都出去了，三島先生還沒回來。」

「我一個人看護烁子就夠了。三島去哪裡了？」

「他去張羅明天頭七要用的東西，這年頭很多東西不好買。」

「是嗎？那他應該就要回來了。家裡還有阿種，妳放心，儘管去吧！」

平常只要她出門就會嘮叨不停的老公，今天居然催促她早點出門。華子邊嘆氣，邊站了起來。雖然她早就看破，還是忍不住嘆氣。

七點多，華子出去了，家裡只剩利彥、烁子和女傭阿種三人。

當然，這時警方仍未放鬆警戒，依舊派人暗中監視屋內的動靜，然而那只不過是個形式，他們沒有很積極。

八點半左右，三島東太郎揹著大大的登山背包回來。守在大門口的刑警狐疑地目送他走遠。

三島繞到後門，在廚房洗碗的阿種看到他，馬上說道：「你回來了，很累吧？」

「舟車勞頓，累壞了。」

「眞的，這年頭一旦有事就很麻煩。不過，都備齊了吧？」

「不是很豪華，不過大致準備好了。啊，肚子好餓。」
「你還沒吃嗎？稍等一下，我馬上爲你準備。」
下人們用餐的地方，就在那寬敞飯廳的隔壁。東太郎放下背包，重新盤腿坐好。
「怎麼回事？怎會這麼安靜？大家都睡了嗎？」
「大家都出去了，害我覺得十分不安。」
「爲什麼？」
「因爲剛剛的一個小時內，這寬敞的宅邸裡只有我、夫人和新宮先生。我好害怕、好害怕……」
「哈哈哈，阿種，妳太膽小了。就算家裡只剩三個人，外面也有刑警守著，沒事的。」
「咦，刑警還在嗎？」
「是啊，看到我揹大包包回來，還莫名其妙地直盯著我。那感覺眞教人不舒服。大家都去哪裡了？」
阿種端來晚餐，「來，請用吧！」
接下來，阿種把各人的去處一一說給他聽，之後，還不忘把剛才在餐廳的一番爭執也說了。
「哦？」東太郎扒著茶泡飯，一邊驚訝地問：「這麼說來，新宮先生的手頭眞的很拮据了。」

「就是說啊。他的財產全燒光了，再加上他成天什麼事也不做，說到玩樂卻比別人勤快一倍，沒遭火災之前，不動產早就沒了……他太太帶來的財產應該不少，也被新宮先生敗光，他竟然還有臉說太太娘家的人什麼忙也不幫，只會埋怨別人，眞討厭。所謂懶惰鬼的典範，就是指他這種人吧……」

這時，彷彿要阻止阿種繼續說下去，呼叫鈴的鈴聲大作。阿種看向裝設在牆上的信號燈，「咦，是玄關，有誰回來了嗎？」

回來的人是信乃。阿種一打開玄關的門，就看到信乃一臉驚懼。

「阿種，我不在的這段時間，家裡有沒有發生什麼事？」

信乃的聲音顫抖著，阿種頗爲詫異。

「沒有啊，沒什麼事……」

「㛓子小姐還好吧？沒有哪裡不對勁嗎？」

「是的，夫人的心情似乎還不錯。」

「是嗎？」信乃急急忙忙地上樓，又突然想起什麼似地轉過身，說道：「不好意思，請您在這裡稍等一下，我要先去查看主人的情況，不然我無法安心。」

「我明白。」玄關外傳來回應聲。

「是誰在那裡？」

「大門外正好有刑警，我就請他過來了。阿種，妳也一起來，我一個人有點怕……」

「您是怎麼了？」

平常很少驚慌失措的信乃竟如此害怕，光是這一點就足以讓阿種的膝蓋抖個不停了。

「妳別問，跟我來就是了……」

信乃外套也沒脫，順著長長的走廊一路跑去，阿種緊跟在後。

兩人來到烁子的房門口，裡面傳來一聲：「誰？阿種嗎？」是烁子慣有的甜膩嗓音。

「啊，烁子小姐！」

信乃像洩了氣的皮球，呼出一大口氣，推開和式拉門一看，烁子正坐在書桌前練習寫字。別看烁子這樣，她寫得一手好字，無聊的時候她總會拿起毛筆練習書法。

「原來是信乃啊。妳比我想的還要早回來，及川舅媽找妳有什麼事？」

「烁子小姐，這件事太奇怪了。及川夫人說不曾打電報給我。」

「什麼？」

聽到阿種的聲音，信乃才想起她的存在，連忙轉頭吩咐：「阿種，妳可以下去了。對了，妳去跟刑警說一聲，沒什麼異常。」

「是。」

「等一下，阿種！」烁子一叫，阿種連忙又跪了下來。

「等菊江回來，請她來我這裡一下，我想聽她說戲演得怎麼樣。好可惜，那本來是我的票……」

「我知道了。」

正要關上房門，阿種不小心瞥到裡間地板上鋪的兩套被褥，不由得羞紅了臉。最近，秌子和目賀博士已公然過起夫妻生活。

走出玄關，她打發刑警離開，正要關門的時候，菊江回來了。

「阿種，發生什麼事？剛剛走出去的人好像是刑警？」

「是的，不過沒什麼事……對了，菊江小姐，夫人在等妳，她想聽妳講看戲的事。」

「是嗎？今天的戲不怎麼好看，菊五郎一點精神都沒有。」

這時傳來腳步聲，於是阿種把關上的門又打開。回來的是目賀博士。不知爲何，博士的心情似乎很不好，就算不是那樣，像極蟾蜍大仙的臉也黑得嚇人。

「博士，怎麼了？您看起來很不高興？」

「我快要氣炸了。不知是誰，騙得我團團轉。」

「騙得你團團轉？」

「我去到橫濱，才知道會還是在後天開。我氣得要命，忍不住去友田家理論，誰知那傢伙竟然說不記得打過電話，推得一乾二淨。」

「什麼？」

阿種突然覺得心跳加速。信乃是被假電報叫出去的，現在目賀博士又……

博士突然想起似地問：「阿種，我不在家的時候，有沒有發生什麼事？」

「不，沒什麼事……」

「那就好。不過我還是很生氣，可惡！」

「博士，我們進去吧？看到夫人的臉，您的心情就會變好了。」

菊江挽起博士的手臂，走進屋裡。阿種目送她的背影，嘆了口氣。

阿種不喜歡菊江，說不喜歡算是客氣了，應該說討厭。不過，這女人的魅力讓她不得不佩服。只要有菊江在，家裡的氣氛就會明朗許多。

回到下人們的休息室後，阿種把怪電話的事說給東太郎聽，東太郎訝異得睜大眼睛。

「話說回來，阿種，我不在家的時候，眞的什麼事也沒發生嗎？」

「是啊，所以我才覺得奇怪。三島先生，我好害怕，你能不能幫忙查看門關好了沒？」

「好。」

可是，門戶毫無異常。十點過後，美禰子和一彥回來了。阿種在玄關跟兩人講起這件事，他們也很驚訝。

「話說回來，沒發生什麼事吧？」

「是的。不過，正因如此，才顯得更加詭異……」

美禰子的表情益發嚴肅，想了一下後，她聳聳肩說：「算了，明天再想吧。很晚了，一彥，你先回去。阿種，大家都回來了嗎？關好門窗後，妳也去休息吧。我要去睡了，就不去向母親問安。」

阿種又巡視門窗一遍，回到房間準備躺下的時候，後門傳來敲門聲。

阿種嚇了一跳，有些顫抖地問：「哪位？」

「是我，華子。」

「是夫人啊。有什麼事嗎？」

她綁好衣帶，打開後門，只見華子臉色蒼白地站在門口。

「阿種，我家那口子有沒有過來？」

「沒有，他不在那邊嗎？」

「是的，他在這邊待到什麼時候才回去？」

「吃完飯，先生在夫人房間說了十五分鐘的話，然後就回去了……」

「是嗎？他有沒有交代要去哪裡？」

「這個嘛，我去問問夫人。」

「算了，沒關係，他應該快回來了。打擾了，晚安。」

「晚安。」阿種關上後門，兀自發愁。

看她那樣子，八成是籌不到錢吧？等她丈夫回來，不知又會講出多難聽的話……

雖然頭已沾枕，阿種卻怎樣也睡不著，不斷翻來覆去。突然間，她嚇得從床上跳起。

一陣女人淒厲的叫喊聲傳了過來。接著是男人粗暴的怒罵聲，以及用力摔東西的聲音，期間女人的哭泣聲一直沒斷過。

是從夫人的房間傳來的！

正當阿種急忙在睡衣外面披上和服的時候，有人跑過走廊，衝入烋子的房間，好像是信乃。摔東西的聲音停歇，男人的怒罵聲和女人的哭泣聲仍在繼續。

阿種膽戰心驚地來到烋子的房門口，東太郎也正好趕到。

「怎麼回事？」

「我也不知道。」

於是，兩人豎起耳朵一聽。

「妳這娘們、妳這娘們！」這上氣不接下氣、氣急敗壞的聲音出自目賀博士。

「哎呀，醫生，你怎會這麼粗暴……就算發生什麼事，也不能這樣……」

信乃似乎把什麼撿了起來。正在抽噎著，像孩童般哭泣的人是烋子。

「妳好大的膽子！絕對錯不了，這傢伙、這下賤的女人不知跟誰串通好，把我和妳騙出去，然後趁我不在的時候……」

「醫生，這種話讓下人聽見怎麼得了？其中一定有什麼誤會，你就忍一忍吧。」

這時，突然有人從後面推開阿種和東太郎，嚇得他們趕緊回頭一看。美禰子不知什麼時候來的，一臉蒼白地站在他們後面，雙眼因盛怒而閃爍著光芒。

美禰子看都不看他們一眼，一把拉開和室的拉門。

只有裡間的燈亮著，透過半開的紙門望去，目賀博士揪著烋子的頭髮，把她整個人壓在床上。博士穿著毛巾材質的睡衣，烁子穿著華麗的和式長襯衣，兩人都衣衫不整。烁子臉朝下正在哭泣，長襯衣底下露出豐滿的肩膀。信乃剛好被紙門擋住，看不到她。

「這是怎麼回事？」美禰子站在門口，沒有進去。那聲音冷得快要結冰了。目賀博士聽到聲音，嚇得往門口看，信乃也從紙門後面探出頭來。信乃趕緊跟目賀博士咬耳朵，往門這邊走來，順道關上紙門。

「沒什麼事。美禰子小姐，醫生今晚心情不好，因爲被冒名電話騙了……您先回房間休息吧。等一下我勸勸他們就好了……」

美禰子睜著氣得快冒火的眼睛，瞪了信乃半晌，突然腳跟一轉，一語不發地快步離開。信乃打算關上房門時，才發現阿種和東太郎也在那裡。「哎呀，你們怎麼來了。別瞎緊張，什麼事也沒有，早點下去休息吧！」

「對不起……」

與東太郎分開後，阿種回到房間，這時已接近十二點。

一個小時之後，椿宅每個人又被那不祥的旋律吵醒。

惡魔前來吹笛……那充滿咒怨的笛聲……

當時，美禰子還醒著。

晚餐時和舅舅吵得不可開交，然後幫動不動就鬧彆扭的一彥介紹工作，接著又在剛才目睹母親淫蕩的醜態。

每一件事都讓美禰子沒辦法安心睡下。美禰子因生氣而顫抖著，因絕望而呻吟著，因自憐而哭泣著。

芳齡已屆十九的美禰子也逐漸瞭解女人身體的祕密。最近她總算注意到，母親的肉體隨時都像火一樣熊熊燃燒著。爲了讓那團火熄滅，必須有像目賀博士一樣滿身肥油的男人才行。

以前美禰子一直覺得很不可思議。那傲慢、吹毛求疵、深以貴族血統爲傲的玉蟲伯爵，爲什麼會平心靜氣地放任親外甥女，讓目賀博士那樣的野人糟蹋？爲了母親可以鞠躬盡瘁的信乃，又爲什麼不保護母親，讓她脫離目賀博士的魔爪？

如今，美禰子完全明白了。

全是因爲母親那比一般人更容易燃燒的肉體。而且，她缺乏自我控制的能力，一直需要鎮定劑。如果不給她適當的鎮定劑，不知會鬧出怎樣的亂子——玉蟲伯爵和乳娘信乃如此害怕著。對母親來說，目賀博士正是最有效的鎮定劑，而且對椿家來說，也是最無害的，所以玉蟲伯爵和乳娘信乃才會默許他的行爲。

下流、無恥、卑鄙……

美禰子咬住枕頭，低聲哭泣。幽幽的啜泣聲總是一而再、再而三地迴盪在深沉的午夜。哭著哭著，美禰子突然嚇得從枕頭上抬起臉。

除了她的啜泣聲外，還有一個聲音傳到枕畔。

是笛聲！

啊，沒錯。那不祥的〈惡魔前來吹笛〉的旋律，遠遠地、細微地、瘋狂地傳來……

美禰子停止哭泣。今天信乃和目賀博士被人用假電報和假電話騙出門的事，突然閃過她的腦海。

果然有事發生！

美禰子打開電燈，急忙在睡衣外面套上睡袍，才一衝出走廊，就碰上阿種。

「大小姐、大小姐，妳聽！笛子的聲音……」

「行了，我知道了。不過，是從哪裡傳來的……」

「我也不知道是從哪裡傳來的，聽起來像是從庭院那邊……」

這時，笛聲突然變成惡魔般的淒厲吶喊，阿種全身抖得像片葉子，拚命摀住耳朵。

阿種說的沒錯，笛聲確實是從院子那邊傳來。美禰子想打開木板套窗，阿種急忙抓住她的手。那手冷得像冰。

「不可以。大小姐，不可以打開木窗……」

「沒事的，阿種，放手！」

「可是、可是，惡魔會跑進來……」

僵持不下的兩人，突然聽到某扇木窗被打開的聲響，然後——

「阿種、阿種！」信乃叫喚著。

「阿種，妳到母親那邊，我去查看一下。」

木窗打開後，笛聲變得更響亮，不論是美禰子也好，阿種也罷，好似遭那聲音迎面痛毆，不由得後退兩、三步。

外面黑漆漆的，連顆星星也沒有。美禰子連忙折回屋內，拿手電筒出來。

這時，菊江也來了。

「美禰子，怎、怎麼回事？那笛聲……？」

連菊江也臉色慘白，聲音發抖。她穿著華麗的和式長襯衣，外披著短掛，顯得無比嬌豔。

「我也不知道是怎麼回事。不過一定有事發生，我們去看看吧？」

只有這個時候，美禰子才會忘記對菊江的反感。相反的，菊江散發出的妖嬈氣質，讓她覺得十分安心。

兩人光著腳，直接往庭院走去。這時，洋房那邊傳來開窗的聲響，似乎有人跳進院子。

「誰……？」美禰子嚇了一跳，出聲問道。

「是我。」是東太郎的聲音。不久，三人會合。東太郎穿著毛線外套和長褲，也光著腳。

他們經過烁子的房間前面，看到信乃和阿種把烁子夾在中間，兩人好像快凍僵了。

「目賀醫生呢……？」菊江問道。信乃指著某個方向，卻沒開口。恐怕是發不出聲音吧？

那充滿詛咒的〈惡魔前來吹笛〉，依然瘋狂地叫囂著。

穿過日式風格的庭園，鑽進搖搖欲墜的柴門，眼前即是又深又長的溫室，溫室的前面有手電筒光線在晃動。

走近一看，是華子和一彥。兩人似乎也是才剛從床上爬起，額頭貼著溫室的玻璃窗，查看裡面的情況。

「夫人，有什麼異狀嗎？」

菊江在後面這麼一叫，華子嚇得趕緊回頭，她的臉色比白蠟燭還白。

「我、我也不知道是怎麼回事。不過，笛聲好像是從溫室傳來的……」

不用華子說，大家早就知道，那瘋狂的笛聲確實是從溫室傳出來的。三人湊近查看，發現溫室內有手電筒的光線在晃動。

「誰……？是誰……？」美禰子硬擠出聲音問道。

「是目賀醫生。」一彥簡短答完，就不再說話。

此時，目賀博士扭開電源開關，溫室裡瞬間燈火通明。然後，眾人終於知道笛聲是怎麼來的了。

溫室裡原本吊著兩盞電燈，其中一盞的燈泡被摘下，換成長長的電線。電線的另一頭，連到放在溫室架上的電動留聲機。蓋子打開的留聲機裡，那詭異的唱片正發出瘋狂的聲音，一邊旋轉著。

眾人以快要結冰的眼神，凝視著唱片轉動。此時，唱片發出最後一聲悲痛的吶喊，戛然而止。

惡魔已吹完笛子。

眾人好似被解除魔咒，回過神來，望向目賀博士。只見博士整個人趴在地上，像是找到了什麼東西。他在看的那個東西，正好被一整排食蟲蘭和高山植物擋住，從眾人的角度看不到。

「醫生，你發現什麼？」

聽到玻璃窗外美禰子的叫喚，博士緩緩站起，將酷似蟾蜍的臉轉向這邊，回答：「新宮先生死了，被殺了，他被這個東西擊中眉心。」

蟾蜍大仙用睡袍的袖子捲起某個東西，是去年夏天遭小偷以來就不知去向的那尊風神像。

即使透過玻璃，依然可以清楚看到風神像上沾滿黏稠未乾的血液。突然間，美禰子覺得寒氣從赤裸的腳底直竄上來。

這是在金田一耕助離開期間發生的事。

22 CHAPTER — 第二十二章

# 戒指

「新宮先生是在四日晚上，七點到八點之間遇害的？」

金田一耕助懊惱地看著擺在前方桌上的風神像，整個人無精打采。

六日上午十一點左右，椿宅的客廳。

昨天早上，他在須摩寺的旅館聽到發生命案的消息，立刻把後續事宜交給出川刑警處理，一個人搭當晚的火車從神戶回來，今早一抵達東京車站，就馬不停蹄地直奔椿宅。

由於旅途匆忙，再加上坐夜車睡不著，耕助累得身心猶如棉花，沒有力氣。眼睛又瘦又澀，長滿鬍碴的下巴尖削、憔悴，腦袋彷彿覆著一層薄薄的漿糊。

「沒錯。」等等力警部焦躁地在桌旁踱步，一邊說道：「七點到八點之間……或者，也可說就是七點半左右。」

「你怎會那麼肯定？」

「事情是這樣的，四日晚上，這個家裡只有秌子夫人、女傭阿種，和被害者新宮先生在家，其他人都出門去了。關於這件事，我剛才大致問過，菊江去東京劇場看戲，三島東太郎去準備昨天頭七的祭品，兩人都是早上就出門。信乃和目賀博士是在晚飯前，美禰子和一彥則是在晚飯後外出。最後出去的華子，據說是七點五分左右出門。新宮先生送華子出門後，和秌子夫人回到夫人的房間。兩人聊了約十五、二十分鐘，新宮先生離開秌子夫人的房間，表示要回自己的住處，這個時候大約是七點二十分或二十五分左右。可是，你也知道，新宮家是位在建地角落的那棟建築物，途中會經過溫室。話說，五日凌晨一點過後，眾人在溫室內發現死亡的新宮先生，他身上的服裝，跟他從烋子夫人房間出來時穿的一樣。新宮先生家裡的人表示，不記得新宮先生回來過。也就是說，新宮先生七點半左右從這裡出去，卻在返回住處的途中，遭人拖進溫室，就此遇害。」

「死因是絞殺吧？」

「是的，凶手先用這尊風神像打昏他，再用溫室裡的麻繩勒斃。」說著，警部皺起眉頭。

金田一卻還是毫無感情地說：「可是，這實在太奇怪了。」

「什麼……？」

「七點半應該不算晚，即使家裡沒幾個人，夫人和阿種也應該是醒著的，難道她們都沒聽到什麼聲音嗎？」

「就是說啊。」警部繼續在房裡踱步，「不光是夫人和阿種，門口還有三名刑警看守，但沒人聽到呼救聲。金田一先生……」

警部突然停下腳步，俯視耕助說道：

「玉蟲伯爵的情況不也是這樣嗎？就算屋裡裝有隔音設備，發生那麼激烈的打鬥，伯爵怎麼可能連喊都不喊一聲？奇怪的是，沒有任何人聽到。這意味著……」

「意味著……？」

「這意味著……」警部因生氣而灼亮的眼睛凝視著耕助，連眨也不眨一下。「不管玉蟲伯爵也好，新宮子爵也罷，他們在凶手面前就像被蛇盯上的青蛙，嚇得無法動彈，連叫也叫不出來，只能唯唯諾諾地遵照凶手的指示，莫名其妙地被殺……或許有點可笑，不過這就是我的想法。」

金田一耕助無精打采的雙眼中，首度燃起興奮的火焰……

「那麼，警部認爲那個人是誰？是誰擁有這麼神奇的力量，讓玉蟲伯爵和新宮子爵如此害怕？」

「椿子爵！」警部立刻回答，語氣十分堅定。

「椿子爵……？」金田一耕助像鸚鵡學舌般重複一遍警部的話。

「可是，在玉蟲伯爵和新宮先生的眼中，椿子爵是他們輕蔑的對象啊。」

「沒錯，以前確實是如此。不，正因以前如此，椿子爵仍好好活著的事實，才會讓他們這麼害怕。受盡他們欺凌的子爵，冷不防出現在眼前……不管怎樣，除了椿子爵之外，我想不出誰擁有這種強大的力量。」

「原來如此。」金田一耕助默默思考半晌，也只好同意。然後，他突然想起似地問：

「對了，知道是誰打假電話和假電報，把目賀博士和信乃騙出去的嗎？」

「電話那方面還不知道。一開始是阿種接的，她說對方似乎是用公共電話打的。目賀博士也說，最近的電話嗡嗡嗡的雜音很嚴重，根本聽不出是誰的聲音。唯一可以確定的是，對方是男人。」

「目賀博士的會議是預訂在今晚吧？這件事有誰知道？」

「家裡的人全都知道。最近一次新宮先生也在家，大家一同吃晚飯的時候，應該是三日晚上，目賀博士自己講出來的。」

「電話打來的時候，是在傍晚的幾點左右？」

「聽說是四點半左右。對方通知會議改在橫濱，從六點開始舉行，目賀博士便十萬火急地趕去。再過半小時，約五點左右，給信乃的電報就來了。」

「電報也是阿種接的嗎？」

「不，那時新宮先生正好從外面回來，在門口碰到郵差，所以他接下電報，再交給阿種。」

「原來如此。於是，信乃也匆匆忙忙地出門？」

金田一耕助默默咬著指甲，思索半晌，說道：「眞是怪了。」

「哪裡怪？」

「哪裡？照你說的，犯人知道四日那天菊江要去看戲，三島要出門買東西，兩人都會很晚才回來。此外，他也知道美禰子和一彥吃完飯，就要出去洽談工作。換句話說，會妨礙他辦事的人，只有目賀博士和信乃而已，所以才用假電話和假電報把他們騙出去……沒錯吧？」

「沒錯。這又哪裡怪了？」

「怪的是，他爲什麼要大費周章，非把大家都趕離這棟房子不可？」

警部不解地瞪大眼睛，「這還用說嗎？當然是爲了殺害新宮先生……」

「不，所以我才覺得怪。如果只是要殺新宮先生，不需要那麼費事，應該有很多下手的機會。若眞有必要支開新宮先生身邊的人，第一個被騙出去的理當是華子夫人。可是，照你剛才說的，華子夫人會出門，是新宮先生逼她的，不是嗎？」

警部的眼睛又瞪得更大了，「金田一先生，你在想什麼？新宮先生是被害者，他已被殺害。」

「正是如此。老實說，我並沒有在想什麼，只是感到很不可思議。對了，你說華子夫人出去是爲了籌錢？」

「是的。」

「新宮先生的手頭有那麼緊嗎？」

「絕對錯不了。新宮先生在外面欠了一屁股債……要是再不想辦法把洞塡平，恐怕會因詐欺而被告上法庭。一旦打起官司，他絕對會輸，畢竟他眞的是惡性倒債。若是他再籌不出錢來度過這一關，只有身敗名裂的分。」

聽聞新宮利彥的詐欺行爲，金田一耕助並不特別驚訝。「原來如此，所以他就逼太太去籌錢。那麼，籌到了嗎？」

「不，沒籌到。」警部沒多想就回答，接著他似乎驚覺到什麼似地大口喘氣，「金田一先生，你是說華子夫人籌不到錢，所以……」

「不、不、不！」金田一耕助連忙澄清，「我可沒有那麼想。警部，不管凶手是誰，殺人動機絕對沒有那麼單純。我只是想把不懂的地方弄懂而已。殺害新宮先生的凶手，沒把華子夫人騙出去，卻把信乃支開，爲什麼要這麼做？如果因爲目賀博士是男人，會妨礙他辦事，信乃又礙到他什麼？那女人總是跟在秌子夫人的身邊，若要殺害新宮先生，並不是多大的阻礙。」

等等力警部突然皺起眉頭，「金田一先生，你是在講那件事吧？四日晚上，阿種和三島不小心聽到目賀博士罵人……他對秌子夫人破口大罵，說她跟誰串通好，故意把他和信乃騙出去，趁他們不在的時候做了什麼……」

耕助呆呆地點了點頭，「是的，我也想到那件事，眞是奇怪。目賀博士爲什麼會產生那樣的想法？還有，目賀博士想說秌子夫人趁他不在的時候做了什麼？關於這一點，他後來有何解釋？」

「博士說不記得講過這種話。假設他眞的這麼講過，也是因爲心情不好，一時失去理智，信口胡扯……」

「心情不好是指……」

「被假電話騙出去，他氣得要命。」

「就算這樣，又與秌子夫人何干……」

金田一耕助原本想把這個問題徹底弄個明白，又轉念一想，說道：「不，這件事先到此為止，我們再來討論電報的事。知道電報是從哪裡發出來了嗎？」

「成城的砧郵局，也找到負責處理那封電報的職員了。那男人記得有這麼一回事，可是問他發電報的人長得什麼樣子，他卻說不記得了。不過，若讓他再看到那個人，或許就會想起來。所以，昨天中午過後，我把他帶來這邊，讓他看了椿子爵的照片，還有這家裡的每一個人，結果他說都不是。目前電報的事，可說是一點頭緒都沒有。」

「原來如此。」耕助默默啃著指甲，垂眼思索半晌，才抬起臉。「對了，五日凌晨一點左右傳出的笛聲，也是用唱片放的吧。可否請你說明一下這件事？」

「關於這件事，你要不要親自去現場看看？屍體已在昨天早上送去解剖，之後就沒人動過那個地方。」

金田一耕助無言地點點頭，懶洋洋地站起。此時，門外停著一輛汽車。完成解剖的新宮利彥屍體運回來了，這家人陸續從屋裡走出來，警部和金田一耕助讓出路，來到院子，往溫室走去。

溫室內，一名刑警正逐一檢視擺在棚架上的珍奇植物。

警部和金田一耕助走下階梯，打開門，低下身子，進入溫室。

刑警向兩人敬禮後，稍稍退到一邊，又好奇地盯著從天花板垂吊而下的盆栽。

「被害者的屍體就躺在那裡，脖子被麻繩纏住。」警部指著溫室最裡面的泥土地，然後又指向一進門左手邊的棚架。「你看，那是電動留聲機，這裡有開關。」他指著門旁的柱子。

原來如此，門左邊的棚架上，擺著中古留聲機，接頭插入兩盞電燈的其中一盞，這在前一章已提過。

「也就是說，凶手把唱片放到留聲機上，然後關掉那邊的電燈，打開留聲機，接著打開這柱子上的開關。於是唱片開始轉動，黑暗中笛聲便流瀉出來。」

「這麼說來，笛聲出現的時候，凶手必須跑來這裡？」

「那倒未必。這個電源的總開關在椿宅裡，只要切掉總開關，就算這裡的電源打開，留聲機也不會轉動。若先把一切布置好，再選個適當的時機打開總開關，留聲機就會開始播放。所以，搞不好是椿宅裡的人遙控著一切，否則，就像你剛才說的，必須有人來這裡按下開關才行。」

金田一耕助忽然瞪大眼睛，緩緩搔起頭。

「原來如此、原來如此。那麼，總開關是開著，還是關著，也沒人知道嗎？」

「當然，誰會一一去注意這種事情呢？不過，據說平常都是開著。我們去檢查的時候，也是在開啓的位置。」

「那麼，這台留聲機是從哪裡來的……？」

「沒人知道，他們都說不是家裡的東西，想必是凶手拿進來的。不過，順著這條線索應該也查不到什麼。凶手會大膽地留在這裡，肯定很有把握。怎麼了？」

警部和金田一耕助同時回頭，因爲背後的刑警突然叫喊出聲。

刑警一臉興奮，「警部，有一件很奇怪的事。這裡有一枚戒指……」

「什麼？戒指……？」

刑警指著從天花板垂吊下來的眾多盆栽之一。盆栽的直徑爲十四公分，裡面各種著一棵同類型的植物。這些植物都有很長的藤蔓，每根藤蔓吊著一個袋子。袋子的直徑約兩公分，深約四、五公分，各自有一個蓋子。這些蓋子有些打開，有些關上。

上面掛著的吊牌，讓人知道這是一種叫「豬籠草」的食蟲植物，而刑警正看著其中一株豬籠草的袋子。

警部也湊上去看，眉毛忽然挑得老高，二話不說就伸手進去，從袋子裡挑出鑲有大顆鑽石的金戒指。

金田一耕助看到，似乎嚇了一跳，從旁湊近。「這、這是……」

「金田一先生，你對這個有印象嗎？」

「有，如果我沒記錯，占卜那天晚上，烁子夫人就是戴著這枚戒指。刑警先生，不好意思，可否請美禰子小姐過來一下？」

美禰子馬上就來了。她看了那枚戒指，似乎也嚇一大跳。她肯定地說，戒指確實是母親的，並保證四日吃晚飯的時候，她還曾看到母親戴著。

「那、那、那麼，令堂怎麼說？」金田一耕助興奮過度，把腦袋上的雞窩全抓遍了。

「戒指丟了，她沒大吵大鬧嗎？」

「不，完全沒有……」

「妳不是說令堂是個珠寶狂嗎？她對珠寶愛得不得了，要是戒指不見，肯定會……」

「肯定會鬧得天翻地覆。可是，我從未聽她提起，這到底是怎麼回事？」

美禰子一臉狐疑，這時突然興奮高喊的人換成了金田一耕助。

「警部，請你再把那個人找來，那個受理假電報的砧郵局職員……他昨天想必漏見了這家裡的某一個人。」

警部詫異地問：「是誰？金田一先生，他漏見了誰？」

「新宮利彥。」

# 23 CHAPTER

## 第二十三章

# 手指

假電報的發信人是新宮利彥一事，當天就得到證實。事後立刻被找來的郵局職員，看到新宮利彥，馬上想起發信人的長相，表示就是此人沒錯。據送電報到椿家的郵差所言，當時是下午三點左右，出來拿信的人就是新宮利彥。根據兩人的證詞可以推論，那天早上新宮利彥去成城發了電報，馬上回家，在門口守株待兔。換句話說，他之所以這麼做，是怕電報太早落入信乃的手中。

於是，已知假電報的發信人是新宮利彥，可以想見打假電話的應該也是他。雖然這部分還沒找到確實的證據，不過就時間上來看，並不是不可能。

利彥自己收發給信乃的假電報後就出了門，四點半左右，他打電話給目賀博士，確定博士慌慌張張地出去，五點左右他從外面回來，裝出剛剛才收到的樣子，把電報交給信乃……

可是，新宮利彥爲何要大費周章，把目賀博士和信乃騙出去呢？

「警部，」耕助睡眼惺忪地說：「因爲新宮先生知道那天、那個時候，除了目賀博士、信乃，以及華子夫人外，其他人都不在家。會妨礙他辦事的只有這三個人，華子是他的妻子，隨便編個理由都可以逼她出門。比較麻煩的是目賀博士和信乃，所以他才會用那種方法把兩人騙出去。」

「不過，他何必那樣做……？」

「這個嘛，從剛才警部說的話，就可以想像出來。」

「從我剛才說的話……？」

「是的，新宮先生被錢逼上絕路。無論如何他都要想辦法儘快湊到錢，卻求借無門、四處碰壁。這時，他唯一能指望，只有妹妹烁子……」

警部睜大眼睛，「你的意思是，新宮先生為了求妹妹借錢給他，才把信乃和目賀博士騙出去，好讓他有機會進行勸說？」

「是的，除此之外，實在無法解釋為什麼鑽石會掉進豬龍草裡。如果戒指是烁子夫人不小心弄丟，或是被人偷走，肯定會引起軒然大波，美禰子不也說過了嗎？」

「是嗎？」

「可是，烁子夫人卻沒向任何人提起，直到戒指在溫室被發現為止，甚至連美禰子都不知道。這意味著，烁子夫人是在知情的狀況下，親手拔下戒指。也就是說，她是自願給別人的。至於這個人是誰……？我第一個想到的就是為錢四處奔走，搞得灰頭土臉的新宮先生。雖然新宮先生成功說服妹妹，但烁子身邊也沒有現金，不得已，只好把手上的戒指給他。不，或許是新宮先生說只要有戒指就夠了。就這樣，順利拿到戒指的新宮先生離開這裡，在返回住處的途中，被人一把拖進溫室殺害。不過，凶手是一開始就知道新宮先生手上有戒指，或是殺掉他之後才知道的，這一點我就不清楚了。總之，凶手發現戒指後，二話不說就先藏在豬龍草的袋子裡。除此之外，應該沒有其他理由可以解釋，為什麼戒指會在那種地方出現。」

警部背著手，他從剛才就一直在椿家的客廳裡來回踱步。秋天晝短夜長，客廳的燈已全點亮。接回新宮利彥的屍體後，椿家似乎打算今晚徹夜守靈，人員進進出出，大家都顯得很匆忙。

「可是，金田一先生，」警部突然停下腳步，轉向耕助：「或許事情就像你講的那樣。不，肯定就是那樣。只是，犯不著費那麼大的工夫，把目賀博士和信乃騙出去啊。當然，即使對象是親妹妹，如果讓別人看到、聽到自己死皮賴臉要錢的樣子，還是會覺得不好意思。既然如此，把炑子夫人叫到別的房間，不讓目賀博士和信乃在場，不就好了？根本不需要費那麼大的心力把他們騙出去吧。」

「警部，」金田一耕助露出淺淺的微笑，「那是因爲你對新宮先生這個人，還有信乃和目賀博士對新宮先生這個人有怎樣的觀感不太瞭解。新宮先生這個人，只要一有機會，就會向炑子夫人要錢。炑子夫人又是那種個性，哥哥一求，她也不好意思拒絕吧。拿錢給新宮先生花，就像往竹篩裡倒水一樣，給他再多也沒用，最後全都會漏掉。如此一來，炑子夫人有再多的財產也不夠，所以先不提目賀博士，光是信乃就時時保持警戒，不讓新宮先生接近炑子夫人半步。」

等等力警部點點頭，可是他還是覺得哪裡怪怪的，這樣的理由似乎不夠充分。

金田一耕助似乎也察覺到了。他默默思考許久，終於轉向警部，說道：「先不管他是基於什麼理由發的電報，最重要的是，究竟是誰殺害新宮先生？關於這一點，相關人等的不在場證明……四日晚上外出的每個人，行蹤是不是都釐清了？」

警部嘆了口氣，回答：「總之，大家都去了說要去的地方。菊江去東京劇場看戲，三島東太郎去買東西，目賀博士去橫濱，信乃去成城，華子回娘家籌錢，美禰子和一彥一起拜訪打字老師。可是，我無法保證命案發生的七點半左右，這些人絕對沒回到家裡。或許他們曾經偷偷回來，然後又偷偷出去。」

「那天晚上不是有刑警看守嗎？如果有人進出，應該……」

「畢竟這裡占地這麼大。你也知道，這家的圍牆被戰火燒毀，到處都是臨時修補的破洞，還有一些修補不到的，就這麼放著。如果有人想從破洞偷溜進來，是絕對沒有問題的。」

「那麼，不如就從破洞調查起？看最近是不是有人走過的痕跡或什麼的……」

「問題是，這方法行不通。玉蟲伯爵出事的時候，不就有一堆記者從那裡擠進來嗎？因此，那附近到處都是腳印。光是這樣也就算了，昨天我們發現那些洞的時候，周遭已被上午來的記者踩得亂七八糟。這眞是最大的失策。」警部顯得十分憾恨。

金田一耕助連忙安慰道：「沒關係，不要就此抹殺你們千辛萬苦的調查成果。那麼，依時間來看，所有人都可能在七點半時，出現在這裡嘍？」

「是的。菊江或許沒看完戲，三島東太郎或許提早回來。目賀博士趕在六點之前抵達橫濱會場，不過一知道被騙，他馬上氣沖沖地離開。信乃是在六點剛過的時候抵達成城的及川家，但她也是知道被騙後，便表示擔心家裡狀況，立刻向主人告辭。相反的，華子前往位在中野的娘家是八點以後的事，美禰子和一彥抵達打字老師位在目黑的家，也在八點過後。因此，這三人可能殺害新宮先生才出門。誰教我們國家的交通這麼不方便，只要推說電車遲遲不來，或是人太多擠不上之類，就算有二、三十分鐘的誤差，也無從追究起。」警部誇張地大嘆一口氣。

金田一耕助默默沉思，半晌後，他慵懶地抬起頭。「警部，剛才你說殺死玉蟲伯爵和新宮子爵的人，一定是椿子爵。看來，這起命案的背後，確實有椿子爵，或是長得像椿子爵的人在活動。然而，玉蟲伯爵的案子就不用說了，四日晚上新宮先生被殺，是否也跟此人有關？有沒有人曾看到他？」

警部憂鬱地搖搖頭，神情充滿憤慨。

金田一耕助嘆了口氣，說道：「依我的想法，四日晚上那個人不在東京。為什麼呢？因為四日早上他還在神戶。」

警部吃驚地挑動眉毛，疑惑地俯視耕助。

耕助無言地點點頭，接著說：「四日早上九點半左右，那個人出現在神戶的某個地方，就算他之後立刻坐上火車，按照最近火車誤點的情況，能否在七點半趕回來都還是個未知數。不，在我看來，那個人應該還在神戶打轉，為了尋找一個女人。」

「請說下去，金田一先生。」警部的聲音突然變得熱切起來，「這是你在那邊的調查結果吧？有報告傳來表示那邊也發生命案，而且是和椿子爵，或是像椿子爵的人物有關。」

金田一耕助點點頭，簡明扼要地將從神戶到淡路調查的結果說了一遍。等等力警部越聽越驚奇，心裡的疑惑更深了。

金田一耕助講完，補充道：「出川刑警應該會送來更詳盡的報告，我能說的只有這些。總之，就是新宮先生以前在玉蟲伯爵的別墅，強暴一個名叫阿駒的女子，讓她懷了孕。這件事似乎對此次的命案有重大的影響，不過我認爲不光是這樣。除此之外，那時還出現一個更大的陰影，但我不知道究竟是什麼，如果能知道……」

金田一耕助露出灼熱的目光，突然回過神似地說：「不過，我們暫且先忘了這件事，等出川刑警送來更詳盡的報告再談……我現在想把戒指的事弄得更清楚一點……要不要把炑子夫人找來問問看？」

警部點點頭，叫來部下，命令他去請炑子夫人過來。

刑警離開之後，耕助整個人癱坐在椅子上，癡癡凝視著桌上的物品。那上面擺著在溫室找到的風神像。

那跟玉蟲伯爵被殺時發現的雷神像正好是一對。兩者大小差不多，不過擺在桌上的風神像似乎不太平衡，因爲底座的一部分被切掉了。

金田一耕助從剛才就一直對此很感興趣。

是誰把底座鋸掉一部分？而且，鋸掉的那一部分曾被黏回去。仔細查看風神像的底部，可以發現膠水的痕跡。被鋸掉的部分，應該就是那直徑三寸、厚三或四寸的圓盤。究竟是誰、為什麼要切掉那圓盤？既然切掉，為什麼要黏回去？在溫室裡找到風神像的時候，又為什麼只有這部分被拿掉？

金田一耕助非常感興趣。

就在這時，老太婆信乃代替秌子來了。

「秌子小姐不太舒服，所以我代替她來。」信乃僅拋下這麼一句話，接著就用禿鷹般的目光輪流看著警部和耕助。

等等力警部皺起眉頭，「傷腦筋，信乃女士，我還是希望她本人能來……」

「不，秌子小姐不能來。依她現在的狀況，不適合做這種事……」

信乃非常堅持，不為所動。老實說，要是堅持把秌子叫來，恐怕就要鬧翻天了。警部只好苦笑著放棄。

「那麼，妳知道在溫室發現夫人戒指的事嗎？」

「是，美禰子小姐已告訴我。」

「關於那件事，夫人可有說什麼？她是不小心弄丟，還是送給什麼人？」

信乃毫不猶豫地答道：「秌子小姐說，那是她送給新宮先生的。事實就是如此，絕對不會有錯。」

「那是什麼時候的事？」

信乃目光一轉，以可怕的眼神瞪著從旁插嘴的金田一耕助，一邊說道：「四日晚上，聽說是在大家出去之後……烁子小姐從餐廳回到自己的房間，新宮先生馬上跟進來，千拜託、萬拜託地求了好一陣子……畢竟是親兄妹，烁子小姐很同情新宮先生的處境……於是就把戒指送他了。」

「四日晚上，妳從成城回來的時候，沒發現夫人手上的戒指不見了嗎？」

信乃想了一下，回答：「是的，當時我並未注意到。我是在隔天早上發現的，也就是昨天早上。於是我詢問小姐，才知道她把戒指給了新宮先生……」

「這麼說來，是在新宮先生的屍體被發現之後的事。當時，妳爲什麼沒提到戒指的事？按理，死去的新宮先生身上，應該會有戒指才對……」

「那是……那是因爲……」信乃似乎有點被問倒了，不過她馬上展開反擊，「當然是因爲我太驚慌了。而且，我希望不要再節外生枝，多一事不如少一事。從今年春天以來，實在發生太多事了……」

信乃的話有幾分眞實性，不過事情應該沒那麼簡單。昂貴的鑽石戒指丟了，她爲何默不作聲？

「對了……」這次換警部插話：「那個藉由假電報把妳叫出去的人，已確定是新宮先生。關於這一點，妳有什麼想法？」

信乃的睫毛連動都沒動一下，「我沒有什麼特別的想法。聽到烁子小姐的戒指被新宮先生搶走的時候……不，應該說，烁子小姐把戒指給新宮先生的時候，我就猜到發電報給我的人是新宮先生。」

等等力警部朝耕助瞥了一眼，問道：「爲什麼……？」

「爲什麼？因爲那很像是新宮先生會做的事。那個人就是這麼卑鄙，只要有機會，就會撲向秌子小姐，把她的錢搶過去。所以我們……我和目賀先生片刻都不敢離開秌子小姐的身邊。秌子小姐要是照新宮先生講的去做，再多的財產都不夠。」

這跟金田一耕助的想法大致相同，信乃應該沒說謊。

不過，他還是覺得缺少什麼。像是牙齒後面塞了塊菜渣，又像隔靴搔癢，就是覺得不夠痛快。

這老太婆依然沒把眞相講出來，不過要讓她講，比讓公雞下蛋還難。

「謝謝。接下來，可否請妳幫我們找目賀醫生過來？」

信乃又惡狠狠地瞪向耕助，「我拒絕，目賀醫生也知道假電報和假電話是新宮先生搞的鬼。該說的我都說了，他講的內容肯定也跟我一樣。」

然後，信乃身子一挺，大搖大擺地走出客廳。

目賀博士隔了很久才來，想必已和信乃套好招。

一如往常，目賀博士那像蟾蜍的臉上，露出目中無人的笑容。

「有什麼事嗎？那假電報和假電話的事，信乃應該都回答過了。」

金田一耕助露出無精打采的眼神，「不，我們要問醫生的不是那件事。聽說，那晚你和夫人就寢之後，曾大吵一架。當時你是這麼說的：『妳跟誰串通好，把我和信乃騙出去，然後趁我不在家的時候……』你到底想說夫人趁你不在的時候做了什麼？」

在耕助的逼視下，厚顏無恥的蟾蜍大仙突然露出不安的神色。見狀，耕助知道這個問題已碰觸到問題的核心。不過，對方也不是省油的燈，馬上恢復嘻皮笑臉的表情。

「哈哈哈，原來是這件事啊？我不是說過很多遍了嗎？我不記得講過那樣的話，就算講過，也是因爲這個緣故吧。老實說，我不想提戒指的事，所以就沒講出來。我睡下以後，發現她手上的戒指不見了，於是我追問她戒指在哪裡，她回答得支支吾吾。當我知道戒指是被新宮先生拿去的同時，又想到那通假電話八成也是新宮先生打的，我就忍不住發火……那通假電話眞的令我非常生氣。」

「就算這樣，犯不著說夫人跟誰串通……不是嗎？」

蟾蜍大仙的表情又顯得有點不安，不過他立刻大笑掩飾過去。

「我連自己說過什麼都不記得了。我氣壞了，才對她亂發脾氣。要不你們也被騙騙看？跟別人擠那破電車，大老遠地晃到橫濱，你們不氣死才怪。」

「對你來說，夫人把戒指借給新宮先生，是一件讓人那麼生氣的事嗎？」

蟾蜍大仙似乎又嚇一跳，他觀察著耕助的臉色。

「這樣問或許有些失禮，不過我想知道的是，你覺得夫人的財產不見是那麼重要的事嗎？」

不知爲何，目賀博士似乎鬆了一口氣。他僵硬地擠出微笑，「那件事啊？你是想問我有多重視炑子的財產吧？有機會做有錢人，誰想做窮光蛋呢？錢當然是越多越好。不過，再怎麼說，在那方面我算比較不貪心的，才能贏得玉蟲伯爵的賞識。」

「玉蟲伯爵的賞識……？」

「沒錯。你們大概以爲我和炑子在一起，是我用暴力威脅她屈服吧？絕對沒有這回事。我們有伯爵作媒，舉行過正式儀式，但只有自家人知道而已。因此，我們絕對不是那種不三不四的男女關係。等椿先生去世滿一週年，我們就會正式對外宣布……」

「那是從什麼時候開始……？」

「椿先生的屍體被發現後的第七天吧？我被伯爵說服了。她是那樣的一個女人，需要有個靠得住的丈夫在她身邊。像我這樣比較不貪錢，而且，該怎麼說呢？還要像我一樣體格健壯的男人才行。嘿、嘿、嘿！」

金田一耕助忍不住抓著桌緣。

母親的肉體隨時都如火般熊熊燃燒著。爲了讓那團火熄滅，必須有個像目賀博士一樣滿身肥油的男人才行……

前天美禰子吐露的想法是正確的，此刻金田一耕助也明白了這件事。

能說的都說完後，目賀博士走了出去，好一陣子，金田一耕助和等等力警部被嚇得啞口無言。一股莫名的妖氣充斥在屋裡的每個角落，黏糊糊地包裹住身體。或許，他們是被蟾蜍大仙的毒氣噴到了。

話說回來，剛剛博士的一番告白，確實對破解祕密有所幫助。先別提是否能夠解開那恐怖殺人案的謎團，至少椿子爵和炑子夫人這對夫妻的隱私，好似被火把照出來，一清二楚。

玉蟲伯爵經常罵椿子爵沒用、孬種，依這情形看來，子爵就算不是性無能，也無法徹底滿足炑子夫人的生理需求。這件事導致他們夫妻感情不睦，甚至讓一味護短，只站在自己外甥女那邊的玉蟲伯爵不太高興。換句話說，身爲炑子夫人的配偶，子爵正常得有點過分了。

可憐的子爵，還有可憐的炑子夫人。

「哎呀，你們在啊。」

突然聽到嬌滴滴的聲音，警部和金田一耕助詫異得同時回過頭，只見菊江笑盈盈地站在客廳門口。

「這麼安靜，我以爲沒人呢。不是就要輪到我了？我一直在等著。」

「是嗎？眞不好意思……來，快請進。」

「可以進來了嗎？」

「是啊，請進、請進。」金田一耕助忙不迭地讓出座位。

最近，菊江在這個家裡成了一個微妙的存在。照理，玉蟲伯爵已死，對這個家而言，菊江是毫不相干的外人。可是，這家裡的人並沒有故意給她臉色看，或許是因爲貴族的驕傲，又或許是大家需要她留下來。

實際上，要不是這女人天不怕、地不怕，依舊不改常態地在一旁賣弄風騷，這家裡的人肯定會被一連串事件壓得喘不過氣。

此時，金田一耕助特別能體會這一點。

「怎麼了？金田一先生，表情這樣嚴肅，難道又撞上暗礁？」

菊江刻意忽略心情不好、板著臭臉的警部，跟金田一耕助打情罵俏。

「哈哈哈，我們一開始就撞到暗礁了，到現在暗礁還是暗礁。」耕助似乎稍微恢復精神，有心情講俏皮話。

「對了，妳來得正好，我正想問妳一件事。」

「什麼事？四日晚上的不在場證明，我說得嘴都瘦了……」

「不，不是那件事。其實，是有關炑子夫人的戒指。」

警部看著耕助，一臉納悶。關於戒指，根據信乃和目賀博士的供述，不是知道得差不多了嗎？

「喔，那枚戒指啊，八成是新宮先生從炑子夫人那裡搶去的……不，是討去的。」

「八成……？」金田一耕助直視菊江，「妳說八成是什麼意思？那麼，妳一開始就注意到戒指不見了嗎？」

「是，我一開始就注意到了。」

「大約在什麼時候……？」

「那天晚上就注意到了，四日晚上……從東京劇場回來，我去過夫人的房間，發現夫人手上的戒指不見了。」

「原來如此，妳果然是女人。」

「哎呀，這麼說是什麼意思？」

「目賀博士和信乃都說很晚才注意到……」

「什麼？」菊江瞬間睜大眼睛，「他們是這麼說的嗎？這就怪了。」

「爲什麼？」

「因爲他們也都注意到了啊。不，應該說是他們告訴我的。我在講看戲的事時，目賀博士和信乃不斷在一旁擠眉弄眼。一開始我還不知道是怎麼回事，那兩人頻頻看向夫人的手指，我才注意到。糟糕，這些話好像不該講出來。」

警部突然露出好奇的表情，他總算發現耕助正在很有技巧地套菊江的話。

「沒關係，這種事根本無關緊要。對了，發現夫人的戒指不見時，妳馬上想到是新宮先生搶去了嗎？」

「是的，因爲目賀先生和信乃都一臉不高興，加上發生假電報和假電話的事。這怎麼看都像是新宮先生會做的事……」

「哎呀，這麼說來，新宮先生的心思不就被這家的人摸透了嗎？」

「就是啊。對了，金田一先生，你知道玉蟲老爺爲什麼要搬來這裡嗎？老爺的房子是被燒掉了沒錯，但他不是沒有其他地方可去。他偏偏要住在這裡，就是爲了監視新宮先生。」

金田一耕助不由得瞪大眼睛，「這麼說……新宮先生眞的這麼惡名昭彰？」

「我想是吧。新宮先生的房子被燒掉後，他就硬要搬來。老爺非常擔心，三天兩頭就說：『那小子待在秌子身邊，秌子的財產肯定不保。』等他自己的房子也被燒掉後，他就趁機搬進來。當時，新宮先生一家還住在我現下住的別苑，是老爺把那地方占了，他們才搬到對面那一棟。」

金田一耕助心底莫名一陣騷動。玉蟲伯爵爲什麼要這樣提防自己的外甥？

這其中肯定有什麼蹊蹺。

「對了，我還有一個問題想問妳。」

「好的，幾個都行。」

「哈哈，沒有那麼多問題。目賀博士表示，是伯爵作媒，讓他和秌子夫人完婚，而他們的婚禮只有少數幾個親人參加，妳知道這件事嗎？」

「我知道，不過美禰子他們好像不知道。」

「是玉蟲老爺告訴妳的嗎？」

「是的。」連菊江也不禁臉紅，「再怎麼說，未免太快了。距離椿先生的屍體被找到才不過一個星期，目賀博士就經常留宿，而且是跟夫人同一個房間……就算他們要那樣做，也該等事情平息，至少要顧一下面子嘛。於是，我偷偷跟老爺提起，他竟然告訴我：『有什麼關係？這件事我知道，是我私底下湊合他們的。』所以我就不再說話了。當時我怎麼想都不明白，看來那個世界的人的想法，不是我這樣的平民能理解的……」

菊江的語氣充滿譏諷和嘲弄。金田一耕助首次發現，在菊江那膽大妄爲、輕浮風騷的面紗底下，其實躲著非常傳統的靈魂。

「對了，還有一件事……這個問題或許有些失禮，不過妳左手的小指是怎麼回事？」

菊江詫異地望著金田一耕助，突然大笑。

「哎呀，討厭，我以爲是什麼事呢！原來是這件事啊……」

菊江刻意豎起切掉一半的小指，嘻皮笑臉地說：「這是我自己切的，爲了心上人……哎呀，我是說眞的。像我這樣的女人，能有個心上人，不也是好事一樁？現在想來，雖然覺得自己很蠢，不過當時我實在太癡心，甚至不怎麼覺得痛。不過，挨了姊妹們一頓罵，而且玉蟲爺……不，老爺醋勁大發，不斷追問是爲誰切的。呵呵，眞是引起好大的騷動。」

「那妳是爲誰切的？」

「不就是爲了心上人嗎？他被軍隊徵召，臨走的時候來向我辭行。我哭了一整個晚上，最後把指頭切下送給他。呵呵，這是學古人的。你爲何要問我這種事？難不成你以爲，他恨我被搶走，一氣之下殺了玉蟲老爺？那你就搞錯對象了。說來可憐，他一去到戰場就死了。聽說眞的死了，屍骨無存。」

「失禮了。」耕助同情地看著面色潮紅、有些歇斯底里的菊江，這樣的表現一點都不像她。

「我並不是要妳問這個。因爲這家裡有兩人都缺了指頭，我只是覺得很不可思議罷了。」

「啊，你是說三島先生吧？」菊江似乎在解讀耕助的表情，閃閃發光的眼睛定住不動。「你可不能把他跟我相提並論。我這是鬧著玩的，人家是爲了國家失去手指。」

「三島是哪幾根手指不見？」

「中指的一半，還有無名指的三分之二吧，不過你爲什麼要問……」

面對菊江的質疑，金田一耕助隨便編了個藉口。

「沒什麼，我只是在想，不管是妳或三島，像你們這樣缺了指頭的人是不是可以在黑暗中打字？」

24

CHAPTER — 第二十四章

# $a=x, b=x \therefore a=b$

新宮利彥的命案發生以後，可以說椿家接連死了三個人，以此為契機，一切的祕密即將揭曉，案情也急轉直下。不過在破案之前，仍經歷了幾天空窗期。

在這所謂的空窗期裡，金田一耕助並不是完全沒有行動。表面上看來若無其事、無足輕重的行動中，有助破案的種子已一一萌芽。

在此，我們隨意列舉兩、三個乍看沒什麼，事後想來卻是破案關鍵的行動吧。

是日，離開椿宅的時候，金田一耕助似乎陷入苦思，他向警部問了這樣的問題：

「對了，警部，『天銀堂事件』後來怎麼樣了？」

「當然還在調查。有一陣子不是我負責的，不過那件案子不是又和這次的命案攪在一塊嗎？這下倒好，我得兩頭同時進行，偏偏都是難上加難的懸案。」警部眉頭深鎖。

金田一耕耕助還是一副若有所思的樣子，不久，他下定決心，說道：「那件案子發生的時候，想必找到很多嫌犯吧？就是像那張合成照片的人……椿子爵不也是其中之一嗎？」

「沒錯，其中也有讓人覺得就是犯人的傢伙，但找不到關鍵證據，只好不了了之。」

「那些嫌犯後來怎麼了？有沒有派人監視他們？」

「你說的是理想情況，實際上很難辦到……畢竟我們沒那麼多預算，人手也不夠……這樣說像是在找藉口……」警部的臉色暗了下來。

「要不要重新調查那些嫌犯的行動？不用追溯到一月那麼遠，就從椿家命案發生以來的行動查起就行了……」

警部吃驚地看著耕助，「金田一先生，你是什麼意思？」

金田一耕助露出有點靦腆的笑容，「警部，你可不要笑我。我現在滿腦子想的都是最基本的代數定律。你應該也知道吧，如果a等於x，b也等於x，那麼a就會等於b……」

「那有什麼問題嗎？」

「你聽好了，椿子爵跟假設爲x的合成照片很像，不過跟那張照片像的人不只他一個，也就是說，跟合成照片x很像的椿子爵，應該也跟其他酷似照片的人物b很像。」

「金田一先生！」警部突然喘了一大口氣，「你、你是說，在這案件背後活動的、很像椿子爵的人物，就是那些嫌犯的其中一個？」

「不，還無法如此斷定。首先，我們到現在都搞不清楚，那傢伙是眞正的椿子爵，還是冒牌的。如果那傢伙是冒牌的，是誰派他來當替身？替身不是那麼容易找到的，椿子爵的情況比較特殊，因爲正好有合成相片。警部，那張合成照片替這次的凶手，把全日本酷似椿子爵的人物全找來了，說不定這就是它發揮的功用，哈哈哈！」

警部忍不住握緊雙拳，連他自己也無法說明的怒氣，從腹底排山倒海湧上來。

金田一耕助繼續道：「不過，跟代數不同的是，可以確定椿子爵並不等於x，只是像x而已。如此一來，b這個人物是x也好，或單純只是像x也罷，椿子爵都不會等於b。雖然不相等，至少可以確定很像，兩者之間肯定有許多共通點、相似處。這樣的人如果有心扮成椿子爵，一定比其他人像。更何況，他出現的時候，都只露一下臉。」

「你的意思是，有人……即此次的凶手，從『天銀堂事件』的嫌犯中，物色到最像椿子爵的人，然後利用他當子爵的替身嗎？」

「是的。和那照片相似的人被捕後，報紙把他的姓名、住址全刊出來了。所以我才說，簡直就像警視廳和報社聯手，幫凶手物色椿子爵的替身一樣。」

「可是，要如何解釋耳環的事？那是『天銀堂事件』的犯人……」

「所以，警部，」金田一耕助的表情突然變得很嚴肅，「我想這個案子解決的同時，『天銀堂事件』也會一併解決。身爲a的椿子爵不等於x，只是像而已。不過，b不只是像，還等於x，換句話說，b可能就是x本人。如果不是這樣，凶手……這次的凶手不管拋出多好的釣餌，都不足以誘惑b成爲殺人案件的同夥。不，那傢伙不僅僅是同夥，甚至去淡路殺人。想必b有把柄在此次的凶手手上，他能證明b就是犯下『天銀堂事件』的x，所以不管b願意與否，都必須淌這趟渾水。」

等等力警部的背脊傳來一陣陣的戰慄，完全無法克制。

「天銀堂事件」的凶手和椿家命案的凶手……不管是誰，都稱得上是世界屬一屬二的重大凶犯。若讓這兩個沒人性的傢伙勾結在一起……

等等力警部突然覺得眼前黑霧重重。

「好，我就重新清查『天銀堂事件』的嫌犯吧。」

於是，金田一耕助告別了等等力警部。第二天，警視廳那邊傳來出川刑警的報告書。

根據報告書的內容，阿駒——即妙海尼姑的女兒小夜子，確實已死亡。這是出川刑警特地前往阿駒待過的住吉溝口家調查的，應該沒有問題。

出川刑警的報告寫著：小夜子原本在神戶的大造船廠工作，昭和十九年八月二十七日服氰化鉀自殺。沒人知道她自殺的原因，經解剖才發現，她懷有身孕，腹中胎兒已有四個月大。

由於小夜子沒有其他親人，由母親阿駒將屍體領回暫時棲身的溝口家，草草安葬。關於這一點，已毋庸置疑。

不過，小夜子爲什麼自殺？腹中胎兒的父親又是誰？連溝口家也不知道內情，到現在仍是個謎。

無論如何，只要有新的調查結果出來，一定會馬上回報。此外，目前也尚未查到植辰的小妾阿玉的消息，若查到了，也會立即回報云云……

金田一耕助閱讀這份報告的時候，覺得某些地方非常有趣。

害小夜子懷孕的人是誰？還有，小夜子爲什麼非自殺不可？

這或許不可一概而論，不過自古以來，再也沒有比懷孕的婦女更堅強的人了。想要保護胎兒的母性本能，讓弱女子也能變成女強人。爲了保護胎兒，女人可以熬過任何困境，那是上天賦予她們的本能。

雖然不知道小夜子的個性如何，不過她寧願了斷自己的生命，也不願讓懷孕的事曝光，其中肯定有非比尋常的理由。那到底是怎樣的理由？

那天下午，等等力警部打了通電話給金田一耕助。警部的聲音顯得十分興奮。

根據警部的說法，身爲『天銀堂事件』的嫌犯而遭到調查的幾個人當中，有一人這兩、三天音訊全無。那個人名叫飯尾豐三郎，據說是當時嫌疑最重的人物。

「總之，我們目前正全力追查那傢伙的下落。」說完這句話，警部又加重語氣：「不瞞你說，我的部下中，有人到現在都堅信飯尾就是『天銀堂事件』的凶手。當時那傢伙的嫌疑最重，卻讓他成功地從我們手上溜走，一方面是沒有找到關鍵證據，另一個更大的理由是，偵訊那傢伙時，收到舉發椿子爵的密告信。於是我們先調查椿子爵，發現他也有涉案的可能。由於我們把全副精力都放在椿子爵身上，飯尾那傢伙才有機會逃走。」

接著，警部的聲音忽然變小：「話說回來，飯尾眞的跟子爵很像。當時那些人都是跟合成照片很像，才會被抓，彼此之間有幾個共通點也不足爲奇，所以我沒有放在心上。現在回想起來，那傢伙跟子爵最像，只要他好好地扮一扮……」

「總之，希望你們能夠順利找到他。還有，我要提醒你，別忘了和出川刑警聯絡，追蹤京阪神那邊的消息。」

隔天，金田一耕助到椿宅拜訪美禰子。其實耕助沒什麼重要的事，只是覺得美禰子很可憐，忍不住想安慰她。

幸好新宮利彥的喪禮已告一段落，椿家總算能喘一口氣，稍微休息一下。

美禰子的臉色還是不太好，也不知是怎麼聊起的，她突然提起一件事，讓金田一耕助印象十分深刻。

「我後來仔細一想，這是父親失蹤前講的話，應該算是父親的遺言。當時父親說了奇怪的話，是有關我和一彥的……」

「關於妳和一彥……」

「是的。」美禰子的雙頰微微泛紅，「父親似乎誤會我和一彥了。他拐彎抹角地暗示我，絕對不可以和一彥結婚。」

「因爲你們是表兄妹？」

「是的，就是這樣。而且……」美禰子欲言又止，不過她馬上就想開了。「我們不能在一起，有更重要的理由。因爲我母親的雙親，也就是我的外祖父母就是表兄妹，然後我外祖母的雙親，也就是我的外曾祖父母，他們也是表兄妹。我家代代都是近親結婚，才會生出我母親那樣……不，我是說，才會生出那樣的人。雖然父親一直很在意這件事，但他應該很清楚我和一彥是怎樣的關係，眞不知他爲何會那麼擔心。我對一彥只有表兄妹的感情，一彥對我也一樣。明知如此，爲什麼父親會那麼擔心，還用拐彎抹角的方式提起……」

「妳說拐彎抹角，是怎麼個拐彎抹角法？」

「父親沒有直接點明一彥的名字，只跟我說不可跟同住一個屋簷下的人結婚，而且一副憂心忡忡的樣子……可是，現下住在這個家裡，年齡足以當我丈夫的男子，除了一彥還有誰呢？」

# 25 CHAPTER 第二十五章

# 口音的問題

此刻，金田一耕助正躺在床上讀書。懶散如他者，要是不這麼做，就沒辦法把讀過的東西裝進腦袋。他讀著歌德的《威廉．邁斯特的學習時代》，不用說也知道，是從美禰子那裡借來的。

昨天去探望美禰子的時候，美禰子提到椿子爵失蹤之前，曾給她充滿暗示的忠告，金田一耕助聽了以後心裡一陣騷動。美禰子表示，因爲是父親失蹤前講的話，就像遺言一樣。不過，子爵是那種會到處留下暗示，讓人去猜的人嗎？

軟弱的子爵應該是不敢直截了當地講出事實，才拐彎抹角地給予暗示？

比方，那張收錄〈惡魔前來吹笛〉的唱片。那啓人疑竇的標題和意味深長的旋律，應該也暗示著什麼。這麼說來，或許應該認爲子爵失蹤前的一舉一動都有特殊的意義。

夾有遺書的《威廉．邁斯特的學習時代》，難道也包含子爵想說卻不能說的某種暗示嗎？事實上，美禰子表示，是父親推薦她讀那本書。子爵建議美禰子讀《威廉．邁斯特的學習時代》，是純粹要她欣賞文學作品，還是基於其他更重要的理由？

於是，耕助從美禰子那裡借來《威廉．邁斯特的學習時代》上、中、下三冊，從前天晚上就不停研讀，不過說老實話，眞是件無聊事。

讀這大部頭的小說，對鎭定耕助的心神一點幫助都沒有。更何況，他讀這部小說的目的不是爲了欣賞文學，而是希望能從字裡行間找出子爵留下的暗示，所以完全無法體會小說的趣味，只能算是一種非常耗腦力的勞動。從昨晚起，耕助的腦袋中一直有硬塞入的鉛字跳來跳去。

可是，耕助還是繼續讀下去，懶散地繼續讀下去。不過，像這樣悠閒地躺著、繼續翻書的同時，他卻也被不斷升起的疑惑弄得煩惱不堪。

現下正在做的事，會不會只是白費工夫，徒然讓精神疲勞？在他讀書的時候，會不會又有重大的案件發生？……從淡路回來以後，耕助就一直爲一種壓迫感所苦。面對怎麼讀都讀不完的《威廉．邁斯特的學習時代》，他忍不住對自己發起脾氣，心情十分焦躁。

老實說，耕助這幾天一直伸長脖子等待某樣東西。今天已是十月十日，屈指一算，那東西也該送來了，想到這裡，他更是坐立難安。

下午三點，耕助在等的東西終於送來。

「金田一先生，有你的信！」聽到女侍的聲音，耕助馬上跳起來，一把搶下兩封信，雙眼一亮。

其中一封是出川刑警寫來的，另一封則是在岡山縣的警察總部服務的磯川警部寫來的。前面稍微提過，金田一耕助在須磨市的三春園旅館落腳時，曾寫信給岡山的磯川警部。耕助最近伸長脖子在等的，就是那封信的回信。

耕助急忙打開信，一股作氣讀完。看書看累的眼睛閃閃發光，呼吸也急促起來。他重看兩、三遍後，才打開出川刑警的信。在讀這封信的時候，耕助感到眼球有股異樣的灼熱感。因爲太激動，拿信紙的手微微發抖，拉扯頭髮的右手指頭也越動越快。

出川刑警終於找到植辰的小妾阿玉，並且從她嘴裡打聽到某件重要的事。

耕助輪流把兩封信又看了一遍，擺在膝前，一臉肅穆地陷入苦思。就在此時，遠方的電話鈴響，接著有人從走廊另一頭跑來。

「金田一先生，電話！」

「誰打來的……？」

「等等力警部，他好像很激動……」

難道又有事情發生了嗎？耕助連忙去接電話。等等力警部只說要他到芝市的增上寺，就掛斷電話。聽他的語氣那麼沉重，想必又有棘手的案件發生了。

耕助看了看手表，三點半。

今晚似乎有暴風雨要來，天空像墨一樣黑，風捲起一陣又一陣的沙塵。耕助冒著狂風，好不容易來到芝市的增上寺。快要五點了，陰慘的暮色中，風越吹越大，越吹越強。

一進到寺中院子，就看到警察來來往往，穿梭個不停。混在圍觀群眾裡，四處東跑西竄的記者，也是一副如臨大敵的樣子。

耕助加快腳步，往前方的人潮走去。只見等等力警部從裡面走出來，朝他招手。這座寺的腹地很大，加上地處偏僻，大約在一年前就曾是變態殺人魔的行凶場所。耕助一走近，警部露出嚴肅的表情，抬起下巴示意被人牆圍起的草叢。耕助湊近一看，一個赤身露體的男子躺在雜亂的草叢裡，全身上下只圍著塊兜擋布。耕助撥開人牆，往前一步，突然覺得噁心想吐，忍不住別開臉。

事實上，那是一具難以形容的恐怖屍體。不管是臉或四肢，都被啃得體無完膚，從腹部露出的五臟六腑，讓人看了毛骨悚然。

尤其是臉，不知是有意還是湊巧，被毀得一塌糊塗，幾乎無法分辨出原來的面貌，只剩殘缺不齊的肉塊。

「這是誰……？」金田一耕助硬擠出沙啞的聲音。

警部面色凝重，沉痛地回答：「現在還無法確定是誰。不過，說不定是我們拚命在找的那個人。」

「我們拚命在找的人……？」耕助詫異得瞪大眼睛，不禁屏住呼吸。

「這麼說來，是飯尾豐三郎？」

「沒錯。不過你也看到了，他的臉一片模糊，身上穿的衣服也被脫掉，所以現階段還無法斷定，只是，我覺得非常可能是那個人。如果眞讓我們說中，他就是飯尾……」警部充血的雙眼露出駭人的激憤之色。

金田一耕助也想著同樣的事，頓時寒毛直立。

「可是他變成這樣了，就算他眞是那男人，也無從證明。」

「不，沒這回事。飯尾有前科在身，所以眞是他的話，對照指紋就行了。幸好他的手指還在。」

「啊，那眞是……」

這時，驗完屍的法醫正好起身，走向警部。

「未經解剖之前，我也無法斷定，不過他應該死亡兩天了。死因是絞殺，是被繩子之類的物品勒斃。」

「對了，有關他的臉，那是野狗啃的嗎？」警部問道。

「雖然野狗也有幫忙，但在那之前，應該有人故意毀掉他的五官，屍體上留有這樣的痕跡。可能是屍體身分曝光，會替凶手帶來麻煩吧。」

金田一耕助又泛起一陣雞皮疙瘩，轉頭不看那慘不忍睹的屍體。

「警部，到底是誰發現這具屍體？」

「是野狗。經過的人發現野狗聚集在一起，互相搶食埋在草叢裡的東西。」

接著，警部面向法醫，問道：「醫生，你說他死亡兩天了，也就是說，他是前天的八日被殺害？」

「沒錯，應該是前天晚上，詳細情形要等解剖才知道……」

醫生走開後，換鑑識人員前來採集指紋，於是兩人離開現場。

風越吹越猛，迎面颳來的沙塵讓人幾乎抬不起臉。散落一地的紙屑，在陰暗的秋風中飛舞，大顆大顆的雨滴落了下來。

「警部，我有話跟你說。」

「好的……」

「這個……」耕助從懷裡掏出某樣東西，「我們先進車子吧，這樣根本沒辦法談。」

兩人逃進汽車裡。霎時，雨夾帶猛烈的氣勢直落而下，車裡沒有其他人。

「這雨眞大。」

「聽說晚上會有暴風雨。」

兩人呆呆地望著窗外夾雜著狂風的驚人雨勢，半晌後，警部轉向耕助，問道：「對了，你有話要說……？」

「就是這個，請看一下。」

耕助把信拿出來。看到寄件人的姓名，等等力警部訝異地皺起眉頭。他抽出信紙，讀不到兩、三行，就全身發抖，震驚地望向耕助，面露疑惑。緊接著，他又急忙讀了下去。

在此，我把磯川警部信裡寫的、讓等等力警部無比震驚的部分抄出來。

（前略）關於你所詢問的三島東太郎一事，僅將我方調查的結果，做成簡單的報告如下：

一、昭和十七年左右，在岡山縣立某中學任教的三島省吾，確實和妻子勝子，育有一名叫東太郎的獨生子。

二、有關三島省吾和椿子爵是至交一事，我詢問過他以前的同事，得知那是事實。

三、三島省吾於昭和十八年因腦溢血逝世，妻子勝子也在昭和十九年於岡山大空襲中死亡。

四、話說回來，方才提到的他們的獨生子東太郎已在戰時病死於廣島的陸軍醫院。在各地飽受戰禍的情況下，這份調查雖稱不上完美，卻與事實大致相符。因此，若眞有名叫三島東太郎的人物存在，肯定是同名同姓的人，不然就是冒名頂替者，這部分尚待你進一步查證。（後略）

「什麼？這、這麼說，那個三島東太郎是假的？」警部滿臉通紅，額上青筋暴露。

「好像是這樣。不可能是同名同姓的人，因爲他自己也說了，他父親在岡山縣的中學任教，和椿子爵是好友。」

警部凝視著耕助的側臉，啞聲問道：「金田一先生，你、你怎麼知道這件事？你怎麼知道那傢伙是假的……？這封信是針對你的問題回覆……」

「那是因爲……」金田一耕助慢條斯理地抓起頭，「口音的問題。」

「口音的問題……？」

「沒錯，你記得嗎？有一次，我們在溫室前碰到那男人。當時，他說剛餵了食蟲蘭蜘蛛。之後回主屋的路上，他告訴我們，從那座橋過去會比較快。問題就出在蜘蛛和橋的發音，他的口音跟東京人完全不一樣。警部應該知道吧？蜘蛛和雲、橋和箸和端，以及碳和隅，這幾個字的重音，東京人和京阪神一帶的發音正好相反……」

「這我知道。不過，他是在那裡出生的，所以……」

「警部，不是的。」耕助緩緩地抓著頭頂，一邊說道：「蜘蛛和雲、橋和箸和端，以及碳和隅……這幾個字的重音，關西和關東確實不一樣，但只限於近畿地方。這是向和我同姓的語言學者問來的，從兵庫縣以西，亦即進入岡山縣後，這些字的發音便又跟東京一樣了。」

警部的眼睛瞪得像銅鈴一樣大，「這是真的嗎……？」

「是真的。」耕助繼續搔著頭，「我在岡山縣有朋友，知道他們的發音跟東京人一樣。所以，如果現在那個三島東太郎真的是在岡山土生土長，講蜘蛛和橋的發音就會和東京人一樣，可是他的發音卻不一樣。那時我故意問他，是不是在關西住過，他回答從來沒有。因此，我知道他在說謊。語言形同一個人的出生證明，恐怕連他自己都不知道，兵庫縣和岡山縣的口音不一樣吧。」

警部咬牙切齒地瞪著耕助的側臉，就在此時，全身淋得像落湯雞的刑警前來請示。

往窗外一看，暴風雨已正式登場，增上寺籠罩在斜打橫吹的狂風大雨中。

剛剛如螞蟻般湧來的圍觀群眾已散得差不多，傾盆大雨中，只剩下刑警和新聞記者。攝影人員不斷按下的閃光燈就像閃電，劃破風雨交加的陰慘夜空。這時，前來載送屍體的救護車緩緩駛近。

警部坐在車裡，向刑警下達如何處理的指令後，轉向金田一耕助。

「如果……」警部先大大地吸了一口氣，「那男人不是三島東太郎，他到底是誰？爲什麼要冒名潛入椿家？」

「警部，你還沒看出川刑警的報告嗎？」

「出川刑警的報告……？不，還沒……他又寫了什麼？」

金田一耕助從懷裡拿出剛才那份報告，「這是用複寫紙寫的，警視廳那邊應該也有一份……若你還沒看到，表示那是在你出來後才送達。不管怎樣，請先看一下。」

警部一把將信搶過去，抽出裡面的信紙，認眞讀了起來。

出川刑警的報告寫得十分冗長，在這裡就盡量簡單地轉述。植辰的小妾阿玉離開神戶的溫泉旅館後，躲進大阪天王寺區的色情賓館。這賓館比她之前待的那家還要低級，已有相當年紀的她不但仲介色情，還要下海賣淫。

出川刑警是怎麼找到她的？由於這一點跟故事沒有直接關聯，就省略不提。總之，當他找到人時，阿玉已身染惡疾，腰腿無力，終日纏綿病榻。

出川刑警費盡苦心，好不容易從阿玉嘴裡打聽出來的事實，大概就是以下的內容。

根據阿玉的說法，害小夜子懷孕的人，應該就是植辰的兒子治雄。

治雄從小就離開植辰身邊，在神戶的商家做長工。他很少回去阿玉和父親同居的那個家，卻經常往阿駒那裡跑。

阿駒和治雄雖是同父異母的姊弟，但就年齡而言，阿駒都足以當他母親了，反倒是阿駒的女兒小夜子和治雄的年齡相近。

治雄和小夜子身上都有植辰的血脈，兩人算是舅甥關係。不過，由於阿駒的母親和治雄的母親不是同一人，再加上年齡相近，兩人很難謹守舅甥的分際，不知不覺中竟成了一對戀人。

小夜子是在昭和十九年八月自殺，治雄被軍隊徵召是在同年六月，就算小夜子死時已有四個月的身孕，時間上也是吻合的。

小夜子爲什麼會自殺呢？連阿玉也不知道。

不過她猜想，說不定是阿駒知道小夜子懷孕，以及治雄是孩子的父親，大驚之餘，狠狠地責備小夜子。阿駒爲人傳統又有潔癖，對舅舅和外甥女發生關係的事，並不像時下年輕人那麼開放，於是她責備小夜子，逼得她去自殺……阿玉說，阿駒就是這樣的女人。

此外，阿玉爲什麼會認爲小夜子的對象是治雄，還有另一個理由。

去年夏天，剛從部隊退伍的治雄，突然去找當時仍在神戶溫泉旅館工作的阿玉。治雄什麼也沒問，只問她小夜子的下落。聽到小夜子自殺時，他十分震驚，失魂落魄。而且，說到小夜子死時已有四個月身孕，治雄的眼神更是幾近瘋狂。

接著，他凶神惡煞地追問，小夜子爲什麼會自殺？這個問題阿玉答不上來，她也搞不清楚。

於是，她說，「你去問阿駒好了」，並告訴他阿駒在淡路的住址。治雄把住址抄在筆記本裡，所以他一定去找過阿駒。之後，不管阿駒或治雄，她都沒再見過，不清楚後續的狀況……

出川刑警的報告大致如前所述，不過最後附註的那段，警部忍不住大聲念出來：「……之後，阿玉再也沒見過治雄，所以治雄現下在哪裡、做些什麼，她一概不知。前面提過，治雄很少回去植辰那邊，因此阿玉也不清楚他的個性、為人，但退伍後的治雄身上多了一項特徵。因為戰傷，他失去右手的兩根指頭。」

最後一句話就像毒箭一樣，射進警部的腦袋。

「治雄！這、這麼說，現在化名三島東太郎的男子，其實是植辰的兒子？」

金田一耕助面色凝重地點了點頭。

暴風雨越來越猛烈，車子不時發出奇怪的聲音。救護車載著屍體，緩緩駛離。全身溼透的司機回來了。

「抱歉，接下來要去哪裡？」

「到麻布六本木。」警部回答後，望向耕助。

耕助無言地點頭。

「可是，金田一先生，那傢伙為什麼要冒名潛入椿家？」

「我也不知道。不可思議的是，那傢伙冒名頂替的對象，竟然是椿子爵的故人之子。植辰的兒子應該不認識子爵的故友。說不定是椿子爵自己把故人之子的名字告訴他，要他假冒這個人。」

「椿子爵嗎……？」警部用力喘了一口氣，「但子爵爲什麼……不，應該說，子爵到底在這案子裡，扮演著什麼角色？」

「我也不清楚，我只知道阿玉的話不能解釋一切，肯定有更可怕的祕密藏在其中……」

金田一耕助講完這句話，就陷入漫長的沉默。

26

CHAPTER

第二十六章

# 烌子在怕什麼

金田一耕助和等等力警部乘坐的車子離開芝市增上寺後，暴風雨正式登場，其強度猛烈到連房子和人都會被吹走。

事後才曉得，發生在昭和二十二年秋天的這場颱風，是十年才有一次的大天災，首當其衝的關東南部一帶所承受的損害，至今仍是大家津津樂道的話題。

先不管颱風的事，話說耕助和等等力警部趕到椿家的時候，還不到六點，天色卻已暗下，黑色的夜幕瞬間掩來。而且，暴風雨造成大停電，偌大的椿家連一盞燈都沒亮，靜悄悄地佇立在狂風暴雨中。不知爲何，一種不祥的預感又從心底升起。

等等力警部在玄關前用力叩門，等了一會，只見蠟燭的火光透過玻璃窗，搖曳著逼近。門終於打開，來應門的不是阿種，而是美禰子。或許是燭火的關係，美禰子的臉又像女巫似地扭曲變形。

耕助鬆了一口氣，正想開口，蠟燭被風吹熄了。

「趕快進來，我要把門關上了。」

在美禰子的催促下，耕助和等等力警部連忙跳進漆黑的玄關，發出好大的聲響，差點跌個大跤。他們好像撞到了什麼。

「啊，抱歉。我一時忘了……」美禰子一邊道歉，一邊趕緊點亮蠟燭。藉由燭火，兩人往周遭一看，才發現玄關的泥土地上堆著高高的行李。

「這、這是怎麼回事……」警部的眼神充滿疑惑，金田一耕助也納悶地看向美禰子。

「不，等一下……」

這時，客廳傳出人聲：「美禰子小姐，怎麼了？剛才的聲音……」問話的聲音聽起來很沙啞，是目賀博士，他有點醉了。

「不，沒什麼事。有客人來了。」

「我也知道有客人來，到底是誰？」

「警部和金田一先生。」美禰子沒好氣地回答，目賀博士就沒再作聲。

「請進來吧。是不是又……」

「沒什麼，只是一點小事……」

耕助向警部使眼色，進到亮著家用照明燈的昏暗客廳。客廳裡同樣堆滿打包好的行李和皮箱。打著赤膊的目賀博士擦著汗，一邊協助一彥打包行李。

「這是怎麼了……你們要搬家嗎？」金田一耕助大感震驚，忍不住問道。

「不……」目賀博士用髒兮兮的手帕擦抹粗大的脖子，「是烁子。她不想待在這個家，要逃到鎌倉的別墅，才會這麼混亂。」

「逃出去？這麼說，你們都要搬去鎌倉？」

「不，不是所有人，只有烁子、信乃和女傭阿種。至於我，則是兩頭跑。因為只要我一不在家，烁子就會寂寞得受不了。嘿、嘿、嘿！」因流汗而更突顯滿身肥油的蟾蜍大仙，發出像是蟾蜍的奇怪笑聲。那油亮發光的胸膛上，有一撮胸毛被汗水濡溼，說不出有多猥褻噁心。

「可是，只有這幾個人去，有必要打包這麼多行李嗎？」金田一耕助語帶責備，環顧著堆積如山的行李。

「我母親就是這麼喜歡鋪張。」美禰子照例用懊惱又帶著幾分理虧的語氣回答。一彥沒說話，卻把行李扔來扔去。

「這怎麼行？我絕對不允許這種事！」等等力警部突然開口。警部的聲音因憤怒而顫抖著，「誰都不准離開這個家，我們早就再三交代過。對不起，請你們打消這個念頭。」

「不可能打消，炑子已離開。」

「你、你說什麼！」

「警部，我很清楚我們現在的立場。只要我們一動，就會造成你們的困擾，這一點我也知道。只是，我阻止不了她，我嘴巴都快說破，炑子還是聽不進去。不過警部，炑子那種人，連法律也拿她沒辦法，你也很清楚吧。她呀，一向住在法律之外。」

「你說她離開了，是什麼時候的事……？」警部總算壓抑住怒火。

「就在剛剛，不過也是兩小時前的事了。順利的話，在風雨沒變大之前就會到達。」

「離開的人有炑子夫人、信乃，以及……？」

「她們還帶了女傭阿種。」

「鎌倉那邊的住址是……？」

美禰子報出住址，警部抄進筆記本。就在此時，三島東太郎提著行李出現。

「目賀博士，你要的裝衣服的箱子……啊，歡迎光臨。我不知道你們來了。」發現警部和耕助站在陰暗處的身影，東太郎似乎嚇一跳，連忙鞠了個躬，把胸前敞開的釦子扣好。

「啊，就是那個。這下全湊齊了……對了，三島。」目賀博士打直身體，不停搥打腰部。「等一下再打包吧？這些還要弄很久。正巧警部和金田一先生來了，更何況，這麼熱也沒辦法做事。」

確實很熱。待在密閉的房間內，就像洗三溫暖一樣，即使站著不動，一顆顆汗珠仍從毛孔冒出來。再加上氣壓急速下降，真讓人喘不過氣。

「那麼，我去拿杯子過來。」

東太郎走出去之後，目賀博士說：「各位，我去洗個手就來。一彥，你呢？」

「我也去。」於是，一彥跟著目賀博士出去了。

「小姐，我想跟妳借個電話……」

「這邊請。」

美禰子和等等力警部出去後，剩耕助一人留在客廳。他茫然地瞪著堆積如山的行李和皮箱。

今天秌子夫人突如其來地出走，是不是隱含著什麼不祥的預兆？雖然可以理解秌子夫人想逃離這個家的心態，但有必要選颱風天出發嗎？就算夫人再怎麼孩子氣，難道不能等颱風過去？

金田一耕助的內心猶如被風撼動的窗戶，掀起陣陣洶湧的波瀾。

「咦，金田一先生，只有你一個人？」

背後冷不防傳來叫喚聲，金田一耕助猛然回頭。昏黃的家用照明燈下，菊江捧著銀盤站在那裡。由於她左手小指少了半截，讓人覺得格外詭異。

「眞失禮，幹麼一直盯著人家的臉？」

「失敬、失敬，我正好在想事情……」

「對不起，我突然出聲，嚇了你一跳吧？警部呢？」

「他去打電話了。」

「是嗎？那他應該很快就會回來。不好意思，可不可以幫我挪一下那張桌子……」

菊江把銀盤放在桌上。銀盤裡堆滿如山的三明治。

「你還沒吃飯吧？就在這裡陪你們一起吃好了，餐廳比這裡還亂。瞧，我這身打扮。」

連身洋裝外罩著短圍裙，菊江將雙手一攤，說道：「烋子夫人啊，就像公主一樣，根本不懂什麼叫凡事從簡。」

「聽說烋子夫人突然吵著要去鎌倉？」

「才不突然呢。四、五天前，她就吵著要去……新宮先生不是去世了嗎？之後她一直吵著要去鎌倉，輪流跟家裡的每個人講，最後大家不得不順著她。」

「再怎麼說，也不用挑颱風天出門啊……」

「是啊，有點奇怪。」

「奇怪……？」

菊江目光一閃，向耕助拋了個媚眼，說道：「討厭，像你這種人，只要聽到一點風聲，就會追根究柢。不是這樣的，今天出發的事是早就預定好的。不過，不是有颱風要來嗎？不，那個時候風雨還沒像現在這麼大，可是聽收音機廣播說風雨會越來越大，大家都勸阻夫人，她也臨時改變主意。於是，大家聚集在這裡，目賀醫生喝威士忌，其他人喝紅茶，但夫人突然……」

「突然……突然怎麼了？」

「突然尖叫起來……哎呀，不好意思，我們在這邊閒聊……」

進來的人是華子和美禰子，兩人捧著放有碟子和杯子的托盤。大盤子上堆滿生菜沙拉和香腸。

「這實在……太豐盛了。」

「不，這個時局，沒什麼好招待的……不好意思，還沒跟您打招呼，歡迎光臨。」華子依舊沉著穩定、謙恭有禮，不過跟利彥活著的時候相比，她的神情明顯開朗許多，金田一耕助沒漏看這一點。

「張羅出這些東西也不簡單，全是三島先生的功勞。要是沒有他，我們根本不知道該怎麼辦才好。話說回來……」菊江突然壓低音量：「那個人到哪裡去了？目賀醫生……」

她的語氣怪怪的，金田一耕助不禁「咦？」地一聲，轉頭看向她。

「如果要找蟾蜍仙，他在這裡。」打著赤膊的目賀博士故意開玩笑，雙腿大開、東倒西歪地走來。

要是平常，碰到這種時候，菊江一定會立刻反唇相譏，今天不知是怎麼回事，她卻一愣，不跟他計較。正把盤子排在桌上的美禰子和華子，也只是交換了個眼神，繼續保持沉默。兩人的身體都有點僵硬。

肯定發生了什麼事。

金田一耕助心裡一陣騷動，輪流望著腦滿腸肥的蟾蜍大仙，和臉色蒼白的女人們。

目賀博士目光炯炯地看著眾人，「怎麼了？大家幹麼嚇成那個樣子。來，盡情享用吧。發生什麼事了，警部呢？」

「警部在打電話。」

「是嗎？那三島又去哪裡了，怎麼不趕快拿杯子來？」

目賀博士一邊嘮叨，一邊拿起桌上的威士忌和玻璃杯，自斟自飲起來。

華子朝杯裡注入紅茶，說道：「金田一先生，想吃什麼自己來，不要客氣。」

「我比較沒規矩，就直接用手了。」

「請便……」

這時，東太郎和一彥進來了。

「杯子來了。金田一先生，喝一杯怎麼樣？」

「不，我比較喜歡紅茶……是嗎？那我喝一杯好了……」

「三島，你呢？什麼？不要？哈哈哈，在客人面前，你倒客氣起來了，剛才你不是挺能喝的嗎？對了，警部真慢啊。」

這時，警部一邊擦著汗，一邊板著臉回來了。

「警部，發生什麼事？」

「剛剛橫須賀線電車不通了。」

「什麼？」大家不約而同地看向警部。

「由於土石崩落，預計要花很久的時間才能恢復通車。」

「這麼一來，烋子夫人不就……？」華子擔心地皺起眉頭。

「不，夫人應該沒事。她是什麼時候出發的？」

「四點剛過的時候。」

「那就沒問題。聽說電車路線是在六點過後中斷的，好像是戶塚一帶發生山崩。」

「警部，如果電車通了，您打算做什麼？」

「當然是去找某人，把她帶回來。這種時候還擅自離開，實在傷腦筋。」警部非常不高興。

「哎呀，警部，事已至此，算了吧！不管烋子是逃走或躲起來，我們先喝一杯再說，如何？」

警部端起目賀博士爲他倒的酒，不加思索地喝下。此時，警部瞄到站著的三島東太郎，他正大口大口地嚼著三明治。

警部突然被威士忌嗆到，連忙放下杯子，用力猛咳。好不容易沒那麼難受了，他看著東太郎，打算開口的時候，金田一耕助從旁插話。

「對了，菊江小姐，請繼續剛剛的話題。烼子夫人爲什麼忽然尖叫？」

「什麼？」警部似乎嚇了一跳，轉頭看向金田一耕助。於是，耕助簡短地把前因後果說了一遍。

「就是這樣，我想知道烼子夫人爲什麼忽然尖叫，之後又發生什麼事。菊江小姐，可不可以形容一下當時的情況？」

臉色略顯蒼白的菊江環顧眾人，稍稍抬起眉毛說：「我是可以形容，不過我也不知道烼子夫人爲何會那麼驚慌？是什麼把她嚇成那樣？我並不清楚原因。」

「烼、烼子夫人眞有那麼害怕嗎？」

「是的，非常害怕。在我看來是這樣，不知道華子夫人和美禰子小姐有什麼感想？」

「我也是頭一次見到母親那麼害怕的樣子。」美禰子毫不猶豫地回答，然後試探地看向目賀博士。

「原來如此、原來如此。」金田一耕助搔著頭，一邊說道：「接下來，請妳詳細描述當時的情況。到底烁子夫人是從什麼時候開始變得那麼害怕？」

「你問我從什麼時候開始？總之，烁子夫人曾一度打消今天出發的念頭，於是我們坐在這裡喝茶。大約是三點半吧？烁子夫人……」菊江指著擺在客廳中間、離窗子不遠的沙發，「和信乃並排坐在那張沙發上，我們則各自找位子坐。就在此時，烁子夫人突然驚叫，我嚇了一跳，回頭往夫人那邊望去。只見夫人彷彿被什麼附身，用十分怪異的眼神看著目賀醫生。」

「她才不是在看我……」

「醫生，等一下……不管怎樣，請先讓菊江小姐說完。然後呢……？」

「其實，我不是很確定夫人在看什麼。不過，至少她的視線是投向目賀醫生那邊。由於夫人的樣子非常奇怪，一瞬間我也忘了呼吸，只顧著看夫人的臉。就在此時，夫人突然大叫，躲進信乃的懷裡……背對著目賀醫生，用手指著他，嘴裡不斷喊著『信乃、信乃，惡魔……』，這就是我聽到的……」

「我也聽得很清楚。」美禰子又斬釘截鐵地說道。

「原來如此，然後呢……？」

「然後她就失去了理智，說什麼『我再也不要待在這個家裡，信乃，趕緊帶我到鎌倉去』……不管大家怎麼勸阻，她都聽不進去，逃命似地出發。」

死寂的沉默籠罩整個屋子。雖然外頭風雨交加，屋內卻靜到讓人骨頭都要結冰了。

「原來如此。也就是說，夫人今天在這房間裡，看到……惡魔？」

「應該吧。」

「夫人所謂的惡魔，似乎是指目賀博士？」

「不，關於這一點……我也搞不清楚……」

目賀博士大聲嚷嚷，急於辯解，不過——

金田一耕助打斷他的話：「請等一下，目賀醫生，當時你在哪裡？說不定秌子夫人看到的不是你，而是別人。不好意思，可否請你回到當時的位置？」

目賀博士有點困惑，但還是馬上繞過沙發左邊的空間，來到角落，背過身，面向這邊。

「那時我站在這裡，舔著威士忌的杯子。對了，我就是這身打扮，打著赤膊……」

「秌子夫人是坐在這裡嗎？」

金田一耕助坐到沙發上，往目賀博士那邊望去。他馬上注意到目賀博士的身後，有一面桃花心木製的屏風，上面嵌著鏡子。那面鏡子映出目賀博士肥厚多肉的背部。

當然，鏡子照到的不只是目賀博士的背。稍微轉換角度，就能把沙發右邊的空間看得一清二楚。

金田一耕助忽然懂了。

「請問，當時大家都在這裡嗎？一個也不少？」

「是的，大家都在……連要去鎌倉的阿種也……」

「不好意思，可否請大家坐回當時的位子？警部，請你充當信乃。」

大家都一副莫名其妙的樣子，不過還是各自把位子換了過來。華子和美禰子隔著桌子，坐在沙發的前面。菊江面對桌子，坐在右手邊。一彥站在華子的後面，東太郎則站在沙發的右後方，背對著窗子。然後——

「阿種站在這裡。」菊江指著東太郎前面一點的地方。

金田一耕助再度從牀子的位置看向鏡子，卻大失所望。只要稍微改變觀看的角度，就能在鏡子裡看到在場的每個人。華子和美禰子是斜後面、一彥是側面、菊江是斜前面，至於東太郎，則幾乎是正面對著鏡子……

金田一耕助失望地搖頭，起身走到窗邊，稍稍打開窗戶，又連忙關上。窗戶像要被風吹破了。

耕助茫然地瞪著空中半晌，「沒辦法，只好放手一搏！」

他突然轉身面向警部，「警部，外面有一輛車吧？那麼……」

他迅速點好人數，「請你再調兩輛來。然後，帶兩、三個刑警，不，要四、五個……」

「金田一先生，怎、怎麼了？」

「我們現在就一起去鎌倉。惡魔肯定就在這裡，而牀子夫人看到了祂。打鐵要趁熱，我們讓牀子夫人指認誰是惡魔。」

警部一陣風似地衝出客廳，打電話去了。

「可是，這個家要怎麼辦……？」華子十分擔心。

耕助安撫道：「沒關係，有刑警守著。」

誰也沒講話，大家都呆滯地站著。

對金田一耕助而言，不，不只是金田一耕助，對在場的每個人而言，今晚的冒險恐怕將成爲一生難以磨滅的記憶。

那的的確確是充滿恐怖和戰慄的三小時。冒著越來越猛烈的狂風暴雨，三輛汽車不管三七二十一地往鎌倉挺進。事後想起，竟然一輛都沒出事，安全抵達目的地，簡直就是奇蹟。

載著金田一耕助、等等力警部，以及美禰子三人的先發汽車，來到北鎌倉的別墅時，早就過了十點。當然，這一帶也停電，一片漆黑。

就算按門鈴也不會響，耕助拚命拍打玄關的窗櫺。阿種高舉手電筒，從裡面開門，一看到耕助，她瞬間睜大眼睛。之後，阿種又看到警部，最後是美禰子。就在此時，她張大嘴巴、雙手發抖，想要叫喊卻喊不出聲。

「阿、阿種，發、發生什麼事？」耕助連忙抱住搖搖欲墜的阿種，腦中閃過不祥的念頭。

「夫人怎麼了？」

「惡魔……」

「什麼？惡魔？」

「吹響笛子，然後夫人就……」

「夫人就……？」

「就死了。她吃了目賀醫生配的藥……」

27

CHAPTER — 第二十七章

# 密室再現

麻布六本木的椿家，今天一早就像下了戒嚴令，警備十分森嚴。

從報紙上得知又有新慘劇發生的民眾，絡繹不絕地湧來，睜大好奇的眼睛，團團圍住房屋四周。颱風把牆都吹壞了，鑽過牆縫、偷跑進來的新聞記者和警方之間，不斷上演著追逐戰。

傍晚七點。

秌子夫人的遺體已在鎌倉解剖完畢。以夫人的遺體爲首，所有關係人一同回到這裡。隨著他們的到來，圍繞著椿家的緊張氣氛變得更加濃厚，員警的走動也更勤了。

大家都已受不了。絕對不能讓這種事一再發生，必須儘早破案，以彰顯警察的威信。因此，無論如何，今晚都必須有所行動……

正當夫人的遺體被運往裡面的和室時，金田一耕助匆匆忙忙地趕來。今早，等橫須賀線恢復通車，他馬上先趕回東京。雖然他的眼睛因疲勞而充血，卻透著一種異樣的光芒，應該是掌握到了什麼證據。

他在客廳碰到警部，警部把他拉到角落，壓低著聲音說：「金田一先生，出川刑警那邊又送來報告。」

「我知道，我那邊也收到了……」

「有關小夜子自殺的原因……」

「關於那一點，我正在思考……」

兩人沉默地交換了個眼色，金田一耕忽然渾身一顫。

出川刑警的報告是這樣的。

刑警之後就一直待在神戶。爲了瞭解小夜子自殺的原因，他四處奔走，好不容易在最近才查到以下的事實。

小夜子自殺之前，曾拜訪一名姓M的好友。根據M的描述，她事後回想，覺得小夜子是來見她最後一面。那時，小夜子說了很奇怪的話。

她說「我墮入畜生道」。

畜生道——M不太明白這種在文言小說裡才會出現的字眼的意思。不過，小夜子的神態和舉止，都讓她留下非常深刻的印象。

「畜生道……這是什麼意思？難道是指她和舅舅治雄發生關係嗎？」

「如果是那種事，小夜子應該早就知道了。更何況，『畜生道』這個字眼通常是指更嚴重的近親相姦……」

這下，兩人又不發一語，你看著我、我看著你。等等力警部的眼底，似乎有什麼在燃燒。

金田一耕助突然移開視線，慢條斯理地搔起頭。「警部，炑子夫人的解剖報告出來了嗎？」

「又是氰化鉀搞的鬼，有人摻入目賀博士調製的強心劑中。氰化鉀實在太氾濫，根本管不勝管。這也算是戰爭的遺害吧？」警部目光一沉，喃喃抱怨著。

「金田一先生，怎麼樣？乾脆直接去問三島東太郎吧？」

「嗯，無論如何，今晚一定要……不過，再稍等一下。對了，警部，我拜託你準備的那個房間，準備好了嗎？」

「現在正在準備……應該快要好了。」

這時，刑警走進來，在警部耳邊說了幾句話。警部點點頭，匆忙離去。

這下客廳只剩耕助一個人了，他筋疲力盡地往沙發倒去。環顧四周，打包好的行李和皮箱跟昨晚一樣，堆得老高。沒必要把這些送到鎌倉了，可惜目賀博士和三島東太郎白流那麼多汗。

金田一耕助愀然看著堆積如山的行李，重新思考昨晚的事。

如今回想起來，烁子夫人死得眞慘。

因爲害怕，昨晚四點左右從這裡逃出去的烁子夫人，在信乃和阿種的陪伴下，趕往北鎌倉的別墅。三人到達別墅的時候還不到六點，偌大的別墅佇立在狂風怒吼的黑暗中。那時北鎌倉一帶尙未停電——這件事在奪取夫人性命的計畫中，扮演著非常重要的角色。

嚇壞了的烁子夫人，由信乃和阿種從左右兩邊扶著，進入西式臥房。信乃把牆壁上的開關一按——燈沒亮，黑漆漆的房間裡響起可怕的旋律〈惡魔前來吹笛〉……

這一招簡直是效果百分之百。屋外狂風大作，烁子本來就嚇壞了，此時漆黑的房間裡突然響起那令人血液凝結的可怕旋律，說不定烁子在那一瞬間就已魂飛魄散。

半晌，信乃和阿種僵在原地，無法動彈。不過，信乃憑著先前幾次的經驗，馬上識破凶手的詭計。

她摸索著走進房間，找到床頭的檯燈開關，按了下去。檯燈亮了，她也馬上知道那可怕的旋律從何而來。

信乃從床底下拖出小型留聲機，唱盤上惡魔的唱片正在旋轉。

信乃讓唱盤停止轉動，拿出唱片，朝地上用力擲去。唱片摔個粉碎，但烁子也在阿種的懷裡暈了過去。

當時，如果信乃和阿種把烁子交給專業醫生治療，或許就能防止之後的悲劇發生。

可是風雨這麼大，醫生會不會來都還是個未知數，再加上信乃忌諱自己的長相，不願跟陌生人打交道。

當然，信乃作夢也想不到，她餵烁子服下目賀博士事先調製好的藥劑，竟然會要了烁子的命。

藥丸裡摻有氰化鉀。烁子渾身痙攣，痛苦得滿地打滾，終於氣絕身亡。死前，她緊緊抓著因害怕而瀕臨崩潰的信乃，還有阿種的手。

屋外，暴風雨益發猛烈。

問題來了，是誰裝設留聲機？又是誰在目賀博士調製的藥裡，摻入氰化鉀？金田一耕助已放棄去想這個問題。

秌子前往別墅之前，椿家的人可能爲了準備，都曾輪流去過那裡。這樣看來，誰都有機會放置那台留聲機。此外，偷偷把加入氰化鉀的藥丸和目賀博士配的藥掉包，只要是住在椿家的人應該都有機會。凶手總是利用誰都能下手的機會。

還有一個更重要的問題，昨天，秌子在這個房間看到什麼？她在誰的身上看到……惡魔？

金田一耕助突然想到似地環顧整個房間。然後他站起來，穿過堆得亂七八糟的行李和皮箱，站在嵌有鏡子的屏風前，認眞思考。

昨天，讓秌子夫人嚇到的是目賀博士本人？抑或，是這鏡子照到的某人影像？如果是與鏡子有關，秌子夫人到底在鏡子裡看見什麼？

金田一耕助背對屏風，再次環視屋內的一切。不，不是再次，而是無數次。他啃著指甲，搔著一頭亂髮，套著拖鞋的一隻腳以極快的節拍抖動。

驀地，耕助的視線凝聚在某一點上，不停搔頭的手，以及劇烈抖動的腳彷彿瞬間凍結。他睜大的眼睛裡，燃燒著熊熊火焰。

耕助緊盯著百葉窗拉下的窗戶。

「惡魔……」

耕助大口喘著氣，一度停止的手又以猛烈的氣勢搔起頭。那股狠勁簡直像要把頭髮連根拔起……

耕助總算弄懂秌子夫人當時想說什麼。

這時，刑警快步走進來。

「金田一先生，那邊準備好了……」

「是嗎？」耕助如夢初醒似地眨了眨眼睛，問道：「警部呢？」

「他在那邊等您，人都到齊了。」

「是嗎？我這就過去。」

耕助撩起和服褲裙的下襬，跟在刑警後面，穿過長長的走廊。自這案子發生以來，他的眼裡首次出現如此不尋常的興奮之情。他很清楚地知道，即使是這麼恐怖的案子，也即將接近尾聲。

耕助被帶到爲這一連串殺人事件揭開序幕的房間前面，那裝有隔音設備的音樂練習室。某天晚上曾出席卜卦的所有人，全站在那裡。當然已看不到相繼去世的玉蟲伯爵、新宮利彥和烁子夫人的身影。

在大批便服員警的包圍下，眾人不安地環顧房內，神情都因過度疲勞而顯得有些呆滯。

「金田一先生，這樣可以了吧？」房內傳來警部的聲音。

耕助穿過人群，站在房間前面，不發一語地審視一切。

三面被黑色簾幕罩住的八張榻榻米大空間。從天花板垂吊而下的充電式家用照明燈，不過這盞燈今晚只是裝飾，房間裡亮得很。

家用照明燈的下面，圍著大圓桌，有十張椅子。圓桌的上面，有沙卦用的大盤子。盤子裡裝著新沙，鋪得十分平整。離圓桌有點距離的茶几上，擺著風神或是雷神的雕像。

金田一耕助仔細看了一遍房內的擺設，轉頭對站在身邊的美禰子說道：「美禰子小姐，那晚……就是玉蟲伯爵過世的那晚，房內就像這樣，對吧？還是有哪邊不一樣？」

臉色蒼白的美禰子逐一查看房內的擺設後，微微點頭，不過她馬上又搖頭：「啊，那個不對。」

「哪個？」

「茶几上放的是風神像吧？那晚，放在這裡的應該是雷神像才對。玉蟲舅舅就是被雷神像擊昏的……」

金田一耕助莞爾一笑。

「美禰子小姐，那晚在這屋裡的就是風神像沒錯。只是，當時風神像在燈光之外，加上長得很相似，所以誰也沒注意到。不管是誰，都不會特別去注意這種小事吧。」

美禰子疑惑地看著耕助，「可是，風神像去年被小偷竊走了……」

「沒錯。不過，現下不是在這裡嗎？小偷曾一度把風神和雷神像一起偷出去，後來又扔在院子裡。雷神像被撿回來，風神像卻被扔在誰都看不到的地方。凶手發現風神像，利用它執行那晚的計畫。」

美禰子又疑惑地看著耕助，欲言又止，最後還是閉上了嘴。

代替美禰子開口的是菊江。

「金田一先生，接下來到底要做什麼？你重現那晚的情景，不是想要嚇唬犯人，讓他自己招出眞相吧。」

菊江的語氣依舊充滿嘲諷，不過今晚連她的聲音都有點沙啞。伶俐如她，肯定已嗅出今晚耕助的態度跟平常不一樣。

耕助嘻皮笑臉地回道：「也可以這樣說啦……」

「哪有犯人會這麼簡單就承認自己是凶手的？」

菊江一邊這樣說，一邊誇張地逃離之前一直跟她站在一起的目賀博士。目賀博士的雙眼露出凶惡的光芒。

「哈哈。」耕助仍不改嘻皮笑臉，「犯人招不招都無所謂。更重要的是，那晚他如何在沙上印下火焰太鼓，亦即惡魔徽章的圖案？之後，他又如何在密閉的空間內，完成血腥的命案？這才是我想重現的。」

「也就是說，你想揭開戲法的內幕？」

滿身肥油的蟾蜍大仙露出鄙夷之色。華子和一彥則像吞了鉛一樣，面帶愁容地站著。稍遠一些，三島東太郎和阿種的神情也都不同。信乃仍舊睜著宛如禿鷹的眼眸，一副極有威嚴的樣子。

「是啊，你說的沒錯。所有手法都像是騙小孩的把戲，這密室殺人事件的眞相也出奇簡單。話雖如此，卻不是什麼人都做得來。」

金田一耕助一邊說，一邊走進屋內。眾人都盯著他的背影。

金田一耕助站在圓桌和神像中間，轉向門那邊，有點心虛地說：「其實，我本來想賣個關子，讓大家照那晚的位置坐在椅子上，關掉燈光，重新舉行一次沙卦。不過，今晚還有其他事要忙，我就直接做給你們看好了。」

耕助如此說道，一邊將茶几上擺的風神像拿起，彷彿在蓋印章，將底座往平整的沙上按去。當他拿起神像的時候，每個人都睜大眼睛。沙的表面有一個非常清楚的圖案，不就是那晚看到的火焰太鼓嗎？

目賀博士突然吃吃笑了起來，「原來如此，這確實是騙小孩的把戲。看樣子，那晚的火焰太鼓也是這麼印上去的。新宮夫人，妳說是不是？」目賀博士故意跳過身旁的菊江和美禰子，找比較遠的華子搭話。

「既然您都這樣說了……」

沒人反駁目賀博士或是華子的說法。

「我懂了。金田一先生，」菊江吞了口口水，「這就說明了爲何那晚火焰太鼓會出現在沙缽上……但光是這樣，無法解釋玉蟲老爺爲什麼會被殺啊？」

「沒錯，所以接下來我和警部會實際表演給你們看。」

「什麼，和我嗎……？」警部嚇得直眨眼。

「別怕，雖說是表演，卻非常簡單，只要照我說的去做就好。之前……」耕助面向門那邊，「沙鉢上出現火焰太鼓的時候發生什麼事，大家應該都還記得吧？響起了〈惡魔前來吹笛〉的旋律。換句話說，那是犯人逼本案被害者一步步走上絕路的手段之一。同時，犯人有必要讓大家的注意力暫且離開火焰太鼓。爲什麼呢？因爲犯人必須趁沒人注意，把這尊風神像和原來擺在這裡的雷神像調換過來。那麼，當時雷神像在哪裡？」

耕助逕自走出房間，指著門外裝飾的大花瓶。「大家應該記得吧？那晚我進入房間之前，順手把帽子放在花瓶上。帽子的內裡被花瓶的浮雕鉤住，鬧出一場搶救帽子的笑話。諷刺的是，那晚雷神像就藏在花瓶裡。」

耕助環顧眾人，一邊說道：「犯人用那音樂把我們騙出去後，連忙想從花瓶裡拿出雷神像。不巧的是，我的破帽子罩住瓶口，雷神像拿不出來。如果硬把帽子扯下，內裡恐怕會破掉，更何況也沒時間讓他慢慢想辦法，於是調換風神和雷神像的計畫只好暫時往後延。幸好在這段期間，唱片引起的騷動已告一段落，我等一下就會回來拿帽子，犯人隨時都可以從花瓶裡拿出雷神像。沒想到，這下……」

「換玉蟲老爺礙手礙腳了。」菊江輕聲插話。

「嗯，沒錯。對那火焰太鼓大感驚訝的玉蟲老爺獨自在房裡沉思，但不管犯人怎麼等，他都沒有離開的意思。於是犯人放棄了，先回到自己的房間，不過，天亮以前，一定得把風神和雷神像換回來。於是三更半夜，他趁大家都睡著後，偷偷摸摸地來到這房間前面。當時房裡的燈恐怕全關了吧？所以，犯人才會以爲玉蟲老爺已回去。犯人從花瓶裡拿出雷神像，反手握著，走進房間……」

耕助一邊這麼說，一邊從花瓶裡拿出雷神像。反手握住神像的耕助，躡手躡腳地走進房間。「不料，玉蟲老爺竟然還在裡面。他是喝醉了在睡覺，或者是關了燈沉思？這些都無所謂，總之，他察覺有人偷偷潛進來，隨手打開燈……」

耕助面向警部，繼續道：「警部，現在你是玉蟲伯爵，我是犯人。燈忽然亮了，犯人嚇了一跳，看著玉蟲伯爵。玉蟲伯爵是何等聰明的人物，一看到犯人，和犯人手上的東西，馬上知道剛剛的火焰太鼓是怎麼回事。於是，他打算質問犯人。就在此時，犯人撲向玉蟲伯爵……」

耕助撩起褲裙的下襬一跳，掄起右手的雷神像，朝等等力警部一擊。警部的身體後仰，倒在沙缽上。耕助左手掐住警部的脖子，右手做出用雷神像擊打警部頭臉的動作。

乍看之下，這戲演得眞是滑稽。警部似乎因沒經過排練而顯得手忙腳亂，嚇得直眨眼，不過他仍配合金田一耕助演下去。

耕助繼續掐住警部的咽喉，「就這樣，沙子被攪亂了，血濺得到處都是。何況，玉蟲伯爵流的是鼻血，血量會比實際傷勢多。話說，被按在沙缽上的玉蟲伯爵拚命掙扎的同時，想必會問『你是誰、到底想做什麼』吧。警部，換玉蟲伯爵講話了。」

在耕助的催促下——

「啊，是……」警部仰躺在沙缽上，維持被按住的姿勢。「你是誰？到底想做什麼？」

「面對這樣的質問，犯人貼著伯爵的耳朵，說了某句話。」

說完這句話，耕助也對著警部的耳朵，悄悄說道：「我、我是——」

不知他說了什麼，警部臉色大變。他突然推開耕助，大驚失色地站起。「你、你說什麼？金、金田一先生，這、這是真的嗎？」

警部不是在演戲。他像見到鬼似地，面容因極度驚駭而扭曲，眼珠都快要爆出來了。

耕助的反應倒是很沉著，拍拍袖子上的沙。「是真的——我想應該沒錯。然後警部，那晚玉蟲伯爵和你剛才的反應一樣，感到前所未有的驚恐，向犯人拋出同樣的問題。」

好一陣子，眾人都默不作聲。

耕助到底跟警部講了什麼悄悄話？警部爲什麼會那麼驚訝？

詭異凝重的氣氛使得在場的人表情都很僵硬。或許是因爲他們無法想像耕助到底說了什麼，當然也有人知道是怎麼回事。

菊江終於開口，還是開玩笑的語調，聲音卻有點沙啞：「金田一先生，你到底跟警部說了怎樣的咒語？」

「這個嘛。」耕助向警部使了個眼色，「先暫時保密。倒是從剛才警部的表情，你們應該可以理解那是多麼可怕的話吧？更何況，玉蟲伯爵本身是當事者。」

「金田一先生……」這怯懦的聲音是美禰子發出的。美禰子的眼睛越睜越大，蒼白的雙頰泛起雞皮疙瘩。

「跟那個有關吧？讓椿家的名譽陷入泥沼的事……」

「是的，說不定就是。」

耕助避開美禰子幾乎要把他吞沒的視線，用力清了清喉嚨。

「就這樣，那晚發生的慘劇第一幕結束。玉蟲老爺傷得不輕，尤其是他的鼻血四處飛濺，屋內實在慘不忍睹。儘管如此，這時候他還沒死，活得好好的。」

「那他爲什麼不叫人呢？」是蟾蜍大仙宛如蟾蜍的聲音。

「當然是因爲咒語的關係。」菊江聰明地指出問題的癥結。

「沒錯。把人叫來後，那傢伙如果當著大家的面隨便亂講，就糟糕了。於是，玉蟲老爺妥協了。不，或者說，那傢伙暫時妥協了比較恰當。所以，他留玉蟲老爺一個人在房間，走了出去。當然，他先把風神和雷神像換了過來。話說，獨自留下的玉蟲老爺關上大門、扣上門鉤、推上門閂，再拉上布簾。不，恐怕大門和布簾在打鬥的時候就一直關著，不然聲音會傳出去，布簾上也不會濺到那麼多血跡。說到玉蟲老爺爲什麼會再度關上門和布簾，選擇留在這裡，恐怕是太震驚的緣故。他需要時間整理情緒，也不想讓她看到……」耕助抬起下巴向菊江示意，「自己渾身是血的模樣。犯人在外面，玉蟲老爺則留在密閉的房間內。此時，犯人突然心生一計。」

這時，金田一耕助忽然又走出房間，將放花瓶的那座台子搬到房門口。

「看清楚了。當時這個門關得死死的，還上了門閂、門鉤，有雙層防護。當然，布簾也是拉上的。於是犯人站到台子上，透過氣窗的欄杆朝裡面看。」金田一耕助爬到台子上，透過欄杆往裡面看，「然後，他約莫說了這樣的話：『老爺、老爺，我還有話要告訴您，請過來一下。』──來，警部，你演玉蟲老爺。」

「是。」

警部環顧四周，抄起手邊的椅子，放在門的內側，爬了上去。

「金田一先生，這樣可以嗎？」

「可以、可以，請打開這扇玻璃窗。」

警部把氣窗的兩片玻璃往左右拉開。金田一耕助從台上俯視眾人，「就這樣，犯人和玉蟲老爺隔著氣窗，面對面。如大家所見，這氣窗很窄，連頭都伸不進去，不過換成手就沒有問題。而且大家應該都還記得吧？那晚，玉蟲老爺的脖子上正好圍了條絲巾。犯人假裝把嘴貼近老爺的耳朵，要跟他講悄悄話，卻突然抓起絲巾的兩端……」連金田一耕助都不禁嚥了口口水，「勝負很快就分出來了。玉蟲老爺意志堅強，但畢竟上了年紀，再加上事情發生得太突然，他連喊都還來不及喊，就氣絕身亡。犯人鬆手，往後一推，玉蟲老爺大概是撞到椅子或是什麼東西的角，後腦勺又多了道大傷口。於是，血淋淋的密室殺人案就這麼發生了。」

金田一耕助爬下台子，卻沒人開口，可怕的沉默再度瀰漫在眾人之間。

率先打破沉默的依然是菊江。

「可是，金田一先生，沙缽上用血描繪的火焰太鼓，又要如何解釋？難道是犯人走出房間時印的嗎？當著老爺的面……」

聽到這個問題，耕助高興地抓著頭上的雞窩頭，說道：「菊江小姐，妳的頭腦眞好。其他人漏掉的細節，妳記得一清二楚。事情是這樣的，我們剛剛講的，只是那晚慘劇的第二幕，接下來還有一幕。」

金田一耕助進入房間，拿起風神像，將底座展示給眾人看。不用說也知道，那上面刻著火焰太鼓。耕助將神像一敲，五公分厚的底就掉了下來。

耕助將那直徑約三寸大的圓盤拿在手上把玩，一邊說：「這是我做的，我們發現風神像的時候，底座就像現在這樣，被切掉一部分。因此，發生命案，大家亂成一團的時候，犯人偷偷地把這樣的圓盤藏在口袋裡，趕到現場。然後，門被打破，趁大夥都在注意屍體，犯人再神不知鬼不覺地把同樣的東西往沙上一蓋，血做的徽章就完成了。換句話說，這就是慘劇的第三幕。至此，完美的密室殺人案總算成功。」

耕助有點得意，菊江不太服氣。

「這不是很奇怪嗎？既然犯人已把底座切下，何必大費周章地在沙卦之前調換風神和雷神像，又把它們換回來？根本不用那麼麻煩，不是嗎？直接把這印章一蓋，不是更便利、更省事嗎？」

聽她這麼問，金田一耕助更加高興了，咯吱咯吱地使勁搔起頭。

「沒、沒錯。菊江小姐，妳說的沒錯，眞是太聰明了。」

耕助總算鎭定下來，「所以，那晚的悲劇應該是突發的，犯人一開始沒有計畫要殺人。或許犯人早就對玉蟲老爺懷有殺意，但那晚並未打算殺死他。犯人只是想藉火焰太鼓嚇嚇大家，藉音樂引起眾人的恐慌，再讓貌似椿子爵的人露個臉，把這房子變成恐怖的地獄。犯人要一步一步地把某些人逼上絕路，也就是說，這只是準備動作，那晚犯人應該滿足了。只是按照我們剛才說的順序，事情有了出乎意料的發展，讓犯人決心動手殺人。而且痛下殺手後，犯人反過來一想，這是一個非常特殊的狀態，密閉的空間內，發生血淋淋的殺人慘案。察覺到這詭異、神祕氣氛的犯人，爲了再度增強神祕性，想到用血蓋印的那一招。於是，把人殺死後，犯人回到自己的房間，趕緊把底座的一部分切下來，趁你們發現命案，亂成一團之際，把切下的底座藏在口袋裡，若無其事地趕到現場——順序應該是這樣吧。」

「我懂了，金田一先生。」連喜歡找碴的菊江也服氣了。

「這下總算把密室殺人的問題解釋清楚。接下來，應該就是凶手是誰的問題。你早就知道了吧？那個凶手就在這裡吧？」

菊江笑容燦爛，看著周遭的人。每個人的臉上都血色盡失，緊迫的空氣充塞整個屋內。

28

CHAPTER

第二十八章

# 火焰太鼓的出現

正如菊江所說，密室的謎已解開。接下來，終於要說明是誰籌畫了密室殺人，又是誰接二連三地把新宮利彥和椿玞子推入地獄？如今已到了非說不可的地步。還有，犯人又是基於何種動機，犯下這麼血腥的罪行？

「是、是、是的……」連金田一耕助也不禁結巴，久久說不出話。他不由得痛恨起菊江的燦爛笑容。

此刻，耕助很想盡量拖延，哪怕多一秒都好。如果可以，眞想一走了之。是的，接下來，他將說明的祕密就是那麼灰暗、悲慘，而且噁心。

不過，他現在騎虎難下，更何況，還有偵探不斷追求眞相的良心，和誰都會有的討厭虛榮心，在驅策著他。

耕助似乎終於下定決心，沉重地開口：「我現在有一定的把握，不過爲了證明我的假設，必須再度進行某項實驗。」

「你說的實驗是……？」等等力警部皺起眉頭。

「是的，昨天究竟是什麼嚇著玞子夫人？玞子夫人到底看見什麼？」

「如果是那件事，昨天不是做過了？」蟾蜍大仙目賀博士斜眼瞪著耕助，嗤之以鼻。

「沒錯。不過，昨天做得不夠周全，今天我想更愼重地再做一遍。總之，只要瞭解玞子夫人看到什麼，差不多就知道犯人的身分了。」

等等力警部試探地看著耕助，「你的意思是，我們應該再回到客廳？」

「是的，如果可以的話……」

於是，眾人一起離開練習室，再度走向客廳。刑警和制服員警就像牧羊犬一樣，緊緊跟著默默移動的案件關係人。誰都逃不掉，也沒人想逃。

走到客廳的門口，金田一耕助突然停下腳步。他猶豫地向美禰子說：「美禰子小姐……」

「什麼事？」

「妳和一彥，還有新宮太太，不要進去比較好。」

「爲什麼？」美禰子突然睜大眼，彷彿要吃了金田一耕助似的。

「妳問我爲什麼……」

「金田一先生，」美禰子語氣堅定：「我要進去。我想知道一切，舅媽和一彥也都想知道。」

美禰子突然變得很溫柔，她挽起金田一耕助的手臂說：「金田一先生，我明白你的心情。你不想讓我們聽到討厭的事，可是我已有覺悟，一彥和舅媽也都有所覺悟。」

金田一耕助還想說些什麼，美禰子卻硬生生打斷：「更何況，金田一先生，你不認爲我有知道的權利嗎？畢竟我才是委託人。這樣講或許很失禮，不過，是我請你來的，雖然我一毛錢都還沒付。」

然後，美禰子轉向一彥和華子。「走，舅媽、一彥，我們進去！」

金田一耕助無奈地垂下頭，跟在眾人後面進去了。

因爲有這麼一段小爭執，耕助是最後進去的。客廳裡，牧羊犬圍著羊群，虎視眈眈，蓄勢待發。

耕助環顧所有人之後，略感困擾地皺起眉頭，走到警部身邊說了幾句悄悄話。

警部眉毛一挑，「可是，如果……」

「沒問題，只要找人守在門外和窗下就行了。」

等等力警部集合員警下達某道指令，他們隨即走出房間。

金田一耕助趁隙抓住一名員警，低聲交代什麼，然後——

「新宮夫人，請您過來一下。」

華子被叫到耕助的身邊，三人不知說些什麼，最後刑警走了出去，回來時手上端著銀盤，上面放著威士忌和酒杯。

耕助接過銀盤後，就把刑警請了出去，從裡面關上門。接著，他手捧銀盤，回頭對眾人說：「好，這下只剩我們了。這扇門很厚，外面應該聽不到裡面的話聲。」他說話的樣子，彷彿有魚刺卡在喉嚨。

「金田一先生，你到底想做什麼？難道你要把我們灌醉嗎？」目賀博士惡毒地諷刺道。

「沒錯，目賀先生，請務必多喝一點。換句話說，我想重現昨天烌子夫人看到惡魔時的情境。」

金田一耕助將銀盤往中央的桌子一放，朝杯底注入威士忌。

「來，請用。」

「那我就先喝了。」目賀博士像在跟誰嘔氣似地一把抓起酒杯，「一彥、三島，你們儘管喝。說不定，這是我們臨終前的最後一口水。」

一彥只是沾一下唇，就把酒杯放下。東太郎倒是爽快地一口氣喝乾，面向目賀博士，笑瞇瞇地問：「醫生，昨天我喝了幾杯？」

「這個嘛，應該有五、六杯吧？想不到你這麼能喝。」

「是嗎？那麼……」

東太郎爽快地斟起威士忌，一連喝了五、六杯。不消片刻，他的臉就紅了，額頭也滲出一顆顆汗珠。

「沒錯，我記得大概是這麼醉吧？昨天發生那件事情的時候……」

大家都嚇到了，有些害怕地看著東太郎。連目賀博士握著杯子的手也顫抖起來，緊盯著東太郎。

「好，」金田一耕助依然像是喉嚨鯁到什麼東西似地說：「這下都準備好了。接著，請大家坐回當時的位子。對了，目賀醫生，你上半身不是赤裸的嗎？」

目賀博士給了耕助一個大白眼，但仍乖乖地脫下上衣和汗衫。然後，他走到嵌有鏡子的屏風前面，轉身面向這邊。

一彥遲疑了一下，也脫下上衣。三島東太郎走到窗子旁邊，面向這邊，爽快地露出上半身。

金田一耕助稍稍把眼睛閉上，吐出深長的嘆息。

「金田一先生，然後呢？」

沐浴在警部和眾女士逼問的視線下，耕助在客廳中央站了一會，才有氣無力地走到烌子昨天坐的那張沙發，心情沉重地坐下。

此時，金田一耕助再度閉上眼睛深呼吸，接著睜開眼睛，盯著目賀博士身後的鏡子，調整坐著的角度。

耕助的嘴唇再度逸出深長的嘆息。

「警部，請過來這裡，看看鏡子裡有什麼。三島後面的玻璃窗照到的東西，也會映在鏡子上。烌子夫人就是看到那個……」

「金田一先生，不用那麼麻煩吧？」

除了被點名的金田一耕助外，其他人都看向聲音的主人。

不用說也知道，聲音是三島東太郎發出的。不可思議的是，東太郎的神色看起來非常輕鬆，就像接下來要去野餐似地明朗燦爛。

「一個一個地來盯著鏡子，未免太辛苦了。乾脆我讓大家直接看個仔細。」

東太郎逕自走到客廳中間，轉身秀出他的背。就在此時，眾人彷彿被下了恐怖的魔咒。

警部倒抽一口氣，連見多識廣的目賀博士，也睜大快要飛出去的眼珠，額頭直冒汗。

汗水淋漓的東太郎，左肩有一塊清楚浮現的胎記。那是不可能認錯的火焰太鼓，和新宮利彥肩膀上的一模一樣。

眾人彷彿遭鬼魅附身，注視著那不祥的胎記。華子和一彥的臉色像紙一樣蒼白，菊江嚇得目瞪口呆，信乃的臉皺成一團。只有美彌子一副不能理解的樣子。

半晌，東太郎轉過身。他也是一臉蒼白，表情僵硬，卻硬擠出笑容。「各位知道了吧？椿子爵的日記裡，註明惡魔印記的圖案，指的就是我的胎記。我以這個胎記為憑證，找上椿子爵。」

「那麼，你是……」華子想說什麼，卻沒說完，話語消失在她的喉嚨裡。

東太郎的臉上掛著勉強的微笑，「沒錯。夫人，我是妳丈夫的私生子。一彥，我是你同父異母的哥哥。」

一彥羞愧得臉都紅了，渾身一僵。

「那麼，你不就是殺了自己的父親？」

警部的語氣頗爲嚴厲，東太郎卻毫不在乎地說：「沒錯，警部。請等一下，不要馬上叫人來，不然就辜負了金田一先生的一番美意。我已有所覺悟，不會再做垂死的掙扎，請放心。」

金田一耕助阻止警部叫人過來。然後，他走到門旁，叉開雙腿站好。他這樣做，不是爲了防止東太郎逃跑，而是提防有人闖進來。

「如果是這種事，你早說出來不就好了……我一定會想辦法補償你……」華子痛哭失聲。

這時，東太郎首度露出不屑的笑容：「多謝了，夫人，可是妳什麼都不知道。那傢伙……妳過世的丈夫，他不是人，是畜生，是禽獸。這世上再也沒有比他更不知恥的生物，他簡直是人面獸心。」

東太郎的臉上燃起無法形容的鄙夷憎惡，隨即又無力地垂下肩膀。「哈哈哈！」他從喉嚨深處發出嘶啞的笑聲，「金田一先生，我可以喝一杯威士忌嗎？」不待回答，他就自斟自飲起來。

美禰子從震驚中回神，剛剛她一直冷眼觀察著東太郎的舉動，這時她突然嚴厲地質問：「三島先生，你要怎麼說舅舅都沒關係，我也贊同你的話。只是，爲什麼你連我母親都要殺害呢？那麼無辜、可憐的母親……」

這時，金田一耕助突然走到美禰子的身後，伸手搭住美禰子的肩膀。「三島！」他的聲音尖銳，帶著濃厚的警告意味。

東太郎和耕助的目光都很銳利，互相瞪視了好一會。等等力警部不禁別開臉。

「金田一先生，請原諒我。」之後，東太郎虛弱地呢喃：「是她說想知道一切的。而且……而且，我也想叫她一聲『妹妹』。」

「妹妹……？」美禰子用力睜大眼睛。

「是的，美禰子，我是新宮利彥侵犯自己的妹妹，亦即妳的母親，所生下的孽種。」

# 29 CHAPTER ── 第二十九章

# 惡魔的自白

我——本名河村治雄，去年化名為三島東太郎，住進椿家。為了避免日後帶給別人麻煩，在此先寫下自白書，說明一切。

一切已結束。

我殺死了舅公、父親，也做好謀殺母親的準備。雖說母親還活著，不過我的計畫應該不至於失敗，所以就當母親死了吧。這時來寫這封自白書，一點也不嫌早。

我是懷著滿腔的憎惡和報復心殺害舅公和父親的，所以殺死他們後，一點都不後悔。相反的，我覺得輕鬆又痛快，就像一般人做完該做的事情後，那種輕鬆和痛快。

然而，準備好殺害母親的此刻，心中卻颳起陣陣淒涼的狂風。這又是怎麼回事？我不就是懷著對舅公的埋怨、對父親和母親的憎恨，才來到這個家嗎？

難道潛意識中，我希望殺害母親的計畫能夠失敗，才寫下這封自白書？也就是說，我祈禱有人發現這封自白書，即時阻止母親被殺害？

不、不，不是這樣的。

母親還是必須得死。那樣的母親活在世上，對她本人、對美禰子，都不是件好事。

美禰子，勇敢的美禰子。

是的，這封信是寫給美禰子看的。對美禰子這樣的少女而言，知道這麼恐怖的事實，恐怕是個無比沉重的打擊。可是美禰子，妳一定要熬過去，也只有妳才有辦法熬過去吧。

好了，在說明那恐怖血腥的犯罪行為之前，我必須先從自己的童年說起。

我是以神戶市須磨寺的園藝師傅、人稱「植辰」的河村辰五郎的長子身分被養大，戶口名簿上寫著，我是辰五郎和元配阿春所生的兒子。

不過，從我懂事以來，我就知道自己不是河村辰五郎的親生兒子，雖然我從未問過別人。我已不記得是何時、如何知道，我是他從外面抱回來的孩子，總之我就是知道。

我很小的時候，戶籍上的母親阿春就死了，辰五郎也不再做園藝師傅，帶著年輕的小妾住在神戶的板宿。

之後辰五郎不斷換女人，這個小妾算是第一任，我記得是叫阿勝，可能就是她告訴我那件事的。

不論是阿勝也好，或是辰五郎之後眾多的小妾也罷，似乎都不知道我真正的身分。直到昭和二十一年夏天退伍回來之前，我也對自己的身世毫無概念。

辰五郎當然知道。我求過辰五郎好多次，請他告訴我，我的親生父母是誰。那個時候，辰五郎總是露出十分詭異的笑容（啊，我現在終於知道那詭異笑容的含意了），說道：「你還是不要知道這種事比較好。」甚至，他話裡還透露這樣的意思：「你要是知道就活不下去了，乖乖做我的兒子吧。」

可是，我反倒更執意要知道事實，結果辰五郎發了脾氣，把東西亂摔一通。那景象實在太過可怕，我只好死心，不再追問自己的身世。

辰五郎和我之間，自然沒有半點父子之情。儘管如此，我們的關係也不是非常惡劣，並沒有一天到晚吵架。

高等小學一畢業，我就離開辰五郎家，到神戶的商店打工。這是辰五郎的希望，也是我的希望。我不想跟不斷換女人、又是賭鬼的養父住在一起。隨著我逐漸長大，辰五郎也覺得我很礙眼吧。

我白天在神戶工作，晚上在夜校讀書。十九歲從夜校畢業，開始在貿易公司上班。那家公司是做德國生意的，我因此學會打字的技巧。

那段期間，我最大的樂趣就是去探望阿駒母女。當時，阿駒住在靠近湊川新開發地的狹小胡同裡，跟女兒小夜子相依爲命。我對阿駒的丈夫源助不太有印象，由此可見，他早就死了。阿駒總是拿些手工活回家裡做，小夜子則在新開發地的電影院從事女服務生的工作。

阿駒和我在戶籍上名爲姊弟，實際上我們毫無血緣關係，這一點阿駒和小夜子都知道。只是，阿駒那時並不知道我眞正的身世。

阿駒會知道那件事，是由於接下來的因緣巧合。

前面也提過，去探望阿駒母女是我唯一的娛樂。自小就不知家庭溫暖爲何物的我，在阿駒家首次體會到類似的感受。阿駒和小夜子都很同情我的遭遇，每次我去的時候，她們總是熱心接待我。

那是在我二十歲的時候，盛夏的某一天，公司舉辦慶祝酒會。當時我還不會喝酒，卻在大家的強灌下，硬是喝了好幾杯。喝得爛醉的我，跑去阿駒家。

盛夏的酷暑，再加上酒精的推波助瀾，我全身汗水淋漓。看到我這樣，阿駒和小夜子馬上端來臉盆和水，讓我在走廊擦澡。正當我欣然接受她們的好意時，小夜子突然大叫一聲……

「治雄哥背上有奇怪的胎記。」

我早就知道胎記的事。那胎記平常隱藏在皮膚底下，幾乎看不出來，但只要泡過澡或是流了很多汗，就會清楚浮現。

只是，我不知道擦完澡、回到房間的時候，阿駒難看的臉色，跟我的胎記有關。

阿駒一直都知道，那個侵犯她、讓她懷了小夜子的男人背上，有著一模一樣的胎記。經過這件事，阿駒對我的身分起疑，某天跑去板宿找辰五郎。苦苦追問的結果，她終於得知我的身世。

阿駒開始避著我。尤其是發現我和小夜子的感情越來越好，她更是怕我、疏遠我。在這件事上，我誤解了阿駒，還對她發了好大的脾氣。

我心想，阿駒是不是嫌我來路不明、出身不高貴，認爲我不配做小夜子的丈夫？可是，小夜子還不是連親生父親是誰都不知道……

事實上，我曾當面對阿駒說這番話，並質問她。要是阿駒告訴我眞相就好了。

可是，阿駒再怎麼想辦法拆散我和小夜子，也有管不到的地方。小夜子應徵上了川崎造船廠的女工，而阿駒因強制撤離的法令，必須一個人搬到別處。

那是昭和十九年的春天，之後我比以前更能自由地和小夜子見面，然後我們終於發生了男女關係。

我敢發誓，比誰都愛小夜子，而小夜子也是這麼深愛著我。

小夜子和我有同樣的遭遇，她也不知道自己的父親是誰。那件事爲她的美麗帶來無法磨滅的陰影。不管再怎麼嬉戲胡鬧，她的臉上總有幾許落寞的神情，讓我特別憐惜她，而她對我也是如此。

我們之所以跨越最後一道防線，也是因爲即將被軍隊徵召的我，希望小夜子的肉體能清楚留下對我的記憶，小夜子也是如此希望。

果眞沒過多久，我被軍隊徵召了。當時我倆發誓，如果我能活著回來，一定要結爲夫妻。

有關戰爭的事，這裡就不提了，因爲跟我的犯罪自白無關。

昭和二十一年五月，我平安退伍。我最想知道的，當然是小夜子的安危。

我用盡各種辦法四處打聽，終於找到養父辰五郎最後的小妾阿玉。當阿玉說出小夜子的消息時，我是多麼震驚、悲傷……然後，那震驚和悲傷，逐漸化爲無法形容的絕望和憤怒。

小夜子在我出征不久就自殺了，而且自殺時懷有身孕。不用說，那當然是我的孩子。懷著我的孩子的小夜子，爲什麼要自殺？

阿玉也不知道其中的原由。她要我去問阿駒，並告訴我已出家的阿駒在淡路的住址。我當然立刻去找阿駒。

突然見到我時，阿駒的驚訝和害怕眞是非比尋常，然而，她的反應只是讓我更加激憤。見我一副凶神惡煞的樣子，阿駒只好把祕密全盤托出。

在淡路那幽暗的鄉下庵室裡，從尼姑打扮的阿駒口中，聽到那驚世駭俗的祕密的瞬間，我已不是人類，我把靈魂賣給了惡魔。

我簡單交代一下阿駒述說的內容。

大正十二（一九二三）年夏天，阿駒前往位在月見山的玉蟲伯爵別墅，充當臨時女傭。伯爵的外甥和外甥女，新宮利彥和他的妹妹炢子，正好來到別墅。

某日，阿駒不小心撞見利彥和炢子做了不可告人的事。然後同一天晚上，阿駒被利彥強暴。利彥是想藉此堵住阿駒的嘴。

利彥和炢子沒有待到夏天結束就回東京去了。過沒多久，阿駒發現自己懷孕了。在父親苦苦逼問下，阿駒總算說出對方是新宮利彥。

辰五郎知道此事，當然不可能善罷甘休。他馬上趕到東京，找玉蟲伯爵理論，向他索討大筆金錢。之後沒多久，阿駒就大著肚子，嫁給父親的徒弟源助。

因此，阿駒並不清楚我被帶回辰五郎家的事，而且她似乎從來沒想過我是誰的孩子。

我剛剛提過，她會注意到這件事，是因爲擦澡意外。以前在月見山的別墅，阿駒幫利彥擦過兩、三次背，所以她記得那奇妙的胎記。當她發現我的背上竟然有同樣的胎記時，可以想見有多驚訝——

隔天，阿駒馬上去找辰五郎，向他問個明白，這才知道我身世的祕密。

大正十三年六月，新宮秌子在月見山的別墅偷偷產下一名男嬰。在玉蟲伯爵的安排下，那名男嬰一落地就被辰五郎抱走。男嬰的父親是誰？關於這一點，不管是伯爵或秌子的貼身女傭信乃都隻字不提，不過，從女兒口中知道利彥和秌子如何荒唐的辰五郎，馬上猜出那是誰的孩子。

關於這件事，他對誰——即使是對自己的老婆阿春，他都沒透露。這又是為什麼？因為那時他早已下定決心，要把這個祕密當作一輩子的搖錢樹，一旦祕密曝光，代表搖錢樹也毀了。他很清楚這一點，苦苦保守祕密，不是為了利彥和秌子的名聲，而是為了自己的貪欲。

可是，知道這個事實的阿駒該有多驚訝？兄妹通姦生下的兒子，又跟自己同父異母的妹妹湊成一對。

枉費阿駒用盡苦心，到頭來，不見容於世的錯誤還是延續了兩代。然後，和我珠胎暗結的小夜子，從母親那裡得知這污穢不堪的事實，想必再也活不下去了吧。可憐的小夜子！

在幽暗的庵室裡，從阿駒口中聽到上述事實的瞬間，我就瘋了。正如先前所寫，我已變成惡魔，把靈魂賣給惡魔。為了小夜子，也為了我自己，我發誓要報仇。我經常在想，當時我那麼生氣，為什麼沒掐死阿駒？如果當時殺死她，事後就不會有這麼多麻煩。

這就不提了。話說，我在阿駒的尼姑庵住了一晚，翌日早晨我馬上離開淡路，前往東京。我一邊在黑市商人底下做事，一邊觀察新宮利彥和玉蟲伯爵的動靜，就在此時，我認識了飯尾豐三郎。

我先簡單介紹一下飯尾豐三郎，那傢伙簡直視道德於無物。打一開始，他就不覺得善惡有什麼差別。雖說如此，他也不會特別想做壞事。那個人看起來非常慵懶，好像有某部分的人格是沉睡的，不怎麼靠得住。他是那種有本事犯下「天銀堂」這麼恐怖的大案，卻因迴響太大，連自己都嚇一跳的男人。

先不提他。就這樣，我一邊充當黑市商人的嘍囉，一邊調查新宮利彥、新宮秌子和玉蟲伯爵的動靜，沒想到，與我的目的不謀而合，如今他們全住在一起。

知道這一點後，我馬上去拜訪椿子爵。我也不知道爲何會選上椿子爵。當時我並不瞭解椿子爵的性格，也不可能知道事情會進展得如此順利。只是站在我的立場，我不想太早展開正面的攻擊，希望從側面一步步進攻，才會選上跟我的身世一點關係都沒有，卻跟我的母親最親密的椿子爵。

我在這個家的客廳和椿子爵見面，最先感到驚訝的是，子爵和飯尾豐三郎長得很像。

如果兩個人站在一起，要分辨並不困難。但若分開來看，不管是臉的輪廓、五官，或是帶點倦態、神情恍惚的樣子，都非常相似。不過，那時候我還沒有想到要利用這一點。

由於我隱瞞自己的姓名，一開始子爵覺得莫名其妙。然而，當他聽聞我的身世，並看到我背上的胎記時（我事先喝了酒），他非常震驚。或許他自己沒意識到，不過恐怕就是在那一瞬間，自殺的念頭掠過子爵的腦海。當時，子爵臉上浮現的絕望和嫌惡就是如此令人印象深刻。

就這樣，我一拳擊倒對方。接下來，我慢條斯理地陳述自己的經歷。我不只告訴他自己的經歷，連小夜子的經歷也說了。當他聽到小夜子和我之間發生了什麼關係，小夜子又是怎麼死去的時候，子爵的臉色就像字面上形容的——蒼白如紙。我幾乎以爲他要昏過去了。

只是，我覺得最不可思議的是，面對我講述的那麼荒謬的事，子爵竟然一句話都沒反駁。雖然多次做出掩耳的動作，他卻從未講出「你胡說！」或「我不相信！」的話。說不定，他覺得有那樣的妻子和大舅子，眞有可能發生這種情況吧。

待我講完，子爵絕望地看著我，問：「你打算怎麼樣？」

我回答他，我想住在這個家裡。子爵眼底的絕望變成恐慌，他又問：「你想住進這個家做什麼？」

「沒有想做什麼。只是我現在沒地方去，想跟親生父母住在一起，也是很合理的願望吧？」

子爵眼底的恐懼轉爲猶豫不決。

「那麼……如果我拒絕呢？」

可憐的子爵，他滿頭大汗，害怕到身體幾乎要扭斷了。看到他的模樣，我只是冷酷地嘲笑：「這個嘛，我還沒想清楚，或許我會去找報社吧？就新聞價值而言，這樣的故事他們一定很樂意買下來……」

這句話緊緊掐住子爵的脖子。

於是，我以學生的身分住進椿宅。代價是在子爵有生之年，絕對不能洩漏這個祕密，而且要發誓絕對不會對那三個人下手。那麼，我確實遵守了這份約定嗎？

當然，三島東太郎的名字也是子爵給的。由於我說話有關西腔，他要我冒充在岡山去世的某個故友的兒子。

自此以後，子爵氣惱的程度，到了令人看不下去的地步。有潔癖的子爵，跟那樣的妻子和大舅子住在同一屋簷下，本來就夠噁心了，更何況如今兩人的孽種成天在眼前晃來晃去，似笑非笑地看著他。膽小懦弱的子爵會萌生輕生的念頭，也是理所當然。

子爵決定創作〈惡魔前來吹笛〉，大概就是在那時候。看得出來，在創作這首曲子之際，他就決定要自殺了。為什麼呢？因為子爵在這首曲子裡，清楚點出惡魔是誰。

今年一月十四日到十七日之間，椿子爵踏上命中注定的旅程。我當然很清楚子爵的目的地。因為在那之前，他曾向我打聽已成為妙海尼姑的阿駒住處。子爵煩悶懊惱到最後，終於決定要去查證我說的話。

諷刺的是，子爵不在的期間，剛好發生「天銀堂事件」。

我一開始也未曾聯想到，這個案子會是飯尾豐三郎幹的。可是，一次、兩次，隨著合成照片不斷修正，我非常肯定犯人就是飯尾豐三郎。

果然，二月中旬，報上刊出飯尾被抓的消息。就在那個時候，我突然想到一種殘忍的玩笑。

我去密告椿子爵是「天銀堂事件」的凶手。

爲什麼會那麼做？我自己也不知道。我絕對不是爲了救飯尾豐三郎，和飯尾的接觸是在那之後，我甚至沒讓他知道自己的住處。

不過，我還是插手管了那件事，只能說我的體內流著跟新宮利彥一樣的血液，都是那麼卑劣殘忍。

來到這個家以後，我不斷觀察著新宮利彥這個人。他的眾多缺點中，以卑鄙殘忍最爲顯著。

新宮利彥最喜歡做的事，就是欺負弱者。他特別怕狗，只要前面有狗，距離十幾公尺遠就會避開。不過，若是讓他發現狗是綁著的，他肯定不會放過欺負狗的機會。

我曾親眼目睹新宮利彥怎麼虐待被綁住的狗，那眞是說不出的殘忍和執拗。就算是不太喜歡狗的人，看到利彥虐待狗的景象，也會希望狗掙脫繩索，一口氣撲上去咬死利彥。

對我而言，椿子爵就像是被名譽綁住的狗。不管我做了什麼，他都不能咬我。子爵當然知道是我去告的密，他卻不能講出來。在子爵的眼中，我形同握著王牌的神。

子爵的處境益發危急，他終於提出不在場證明，獲得釋放。不過同一時間，不，在那之前，飯尾豐三郎也被釋放了。

子爵失蹤後不久，我就偷偷去找飯尾豐三郎。

飯尾豐三郎當時一個人住在新橋附近的廢墟，有一群流浪漢在那裡搭了帳棚。

雖然住在那種地方，但他總是衣著光鮮、談吐優雅，再加上他比較有錢，人又大方，流浪漢都喊他一聲「先生」，頗敬重他。

流浪漢們都很納悶飯尾的錢從哪裡來的，跟他做過兩、三次生意的我，很清楚他最大的本錢是什麼，就是翩翩的儀表，和沉穩的態度。畢竟他打從心底覺得善惡沒什麼差別，很少有事能動搖他。他可以臉不紅氣不喘地說謊，對他來講騙人根本不算什麼。

不過，即使是飯尾豐三郎，看到我突然來訪，也顯得有些狼狽。我恭喜他終於擺脫可怕的嫌疑，他淡淡地笑了笑，雙眼卻明顯透著不安。看到他那樣，我就滿足了。那天我就先回去了。

後來飯尾告訴我，我是第一個讓他感到頭疼的人。根據他的描述，當時我全身散發著宛若黑色游絲的妖氣，他一方面感到害怕，一方面又覺得好奇。飯尾說，當我找上門的時候，他就知道大勢已去。

這先按下不表。其實，要讓飯尾講實話，並沒有那麼困難。怎麼說呢?因爲我知道飯尾的怪癖。只要拿到重要的東西，他就會先埋起來。如同小狗會把餅乾藏在垃圾堆或枯草叢裡，飯尾也有這樣的習慣。而且，我之前就知道他會埋在增上寺的花園裡。

飯尾會怎麼處理從「天銀堂」搶來的珠寶？就算他再沒有道德感，惹出這麼大的亂子，要銷贓也不是那麼容易。飯尾會不會又將那批珠寶埋在增上寺的花園裡呢？

我決定偷偷守在增上寺附近，不過，我並沒有守很久。我去找他後的第三天傍晚，飯尾大大方方地來到增上寺。因我的造訪而感到不安的飯尾，覺得埋珠寶的地點不夠安全，打算移到別處，卻讓我逮個正著。

當場人贓俱獲，就算狡猾如飯尾，也無法抵賴。他倒是爽快地承認自己的罪行。我答應他，不搶他的珠寶，條件是他每個月要給我一筆錢。就這樣，他已在我的掌握之中。

當時，我還沒有想到要拿飯尾怎麼辦。不過我心想先控制住這個長得很像子爵的傢伙，說不定日後會有用到他的地方。於是，我一手掐住椿子爵，一手掐住飯尾豐三郎，這兩個長得很像的人都逃不出我的手掌心。

我記得椿子爵就是在那前後失蹤。我馬上就確定他去自殺了，不過我最害怕的是，在他自殺之前，會用什麼方法抖出我的事？幸好，家裡沒有發現遺書，但他或許帶在身上。因此，當子爵的屍體被找到時，我自告奮勇，陪新宮利彥、美禰子和一彥去認屍。

幸好，子爵身上也沒有找到類似遺書的東西，唯一的記錄是畫在隨身日記本上的火焰太鼓圖案，以及「惡魔的徽章」這五個字。想必這是子爵竭盡所能的最大表達方式吧。對內向、有潔癖又保守的椿子爵而言，那麼傷風敗俗的事，別說要他親口講出來了，連用寫的他都害怕吧。

我初步構思好大致的計畫，應該就是在那段期間。我可以利用椿子爵的自殺，和他跟飯尾豐三郎外貌相似這件事做些什麼……所以，從霧之峰回來後，當秌子夫人、我的母親問起認屍的情況，我盡可能含蓄地回答：「那屍體有點像椿子爵，又有點不像。」

美禰子啊。

妳應該知道，母親很容易接受暗示吧。就算不是那樣，認爲子爵失蹤是別有目的，非常害怕的秌子夫人，也絕對會中我的計。再加上，之後只要一有機會，我就會有意無意地暗示她子爵還活著，她當然會完全陷入妄想之中。

就這樣，我靜靜等待時機成熟，終於跨出計畫的第一步。所謂的第一步，不用說，當然是讓飯尾假扮椿子爵，出現在秌子夫人的面前。就像我先前所寫，飯尾和子爵並非長得一模一樣，兩人站在一起的時候，要分辨彼此沒有那麼困難。

不過，在子爵失蹤超過半年的今日，讓原本就很像的飯尾，打扮成子爵的模樣，要騙過秌子夫人應該不難。我讓他在東京劇場牛刀小試了一下，結果正如美禰子妳所知道的。

於是，我讓這家人得到第一次的恐怖經驗，接著馬上進行下一步計畫。不用說，當然是指那晚沙卦的事。不過，我可以對天發誓，那晚我完全沒有殺害玉蟲伯爵的意圖。

我是不是打一開始就對舅公和雙親動了殺機？我自己也說不清楚，但我的意圖沒有那麼堅決。我的復仇心當然很強，而且我已決定要盡可能折磨他們，只是我真的沒有想到會殺人。

我想後來仇恨會轉變成殺機，還是因爲這個家的氛圍。瀰漫在新宮利彥、椿秌子，以及玉蟲公丸三人之間的氣氛，就算是不知道過去、不知道內幕的人，也會感到噁心想吐。

那樣的氛圍導致椿子爵自殺，讓我動了殺機。算了，我不想替自己辯護。

這先不提，話說沙卦那晚的計畫，只有火焰太鼓的圖案，以及〈惡魔前來吹笛〉的音樂而已。我打算利用這兩樣向他們三人宣戰。

不確定金田一耕助是否會猜到我當時的手法，爲求保險起見，我還是寫出來好了。

在這之前，我在院子的落葉堆裡找到風神像，撿了回去，在底部刻上火焰太鼓的圖案，然後將它跟占卜房內的雷神像換了過來。接著，我再把雷神像藏在門口的花瓶裡。

只要仔細看，就能很快分出哪尊是風神、哪尊是雷神，不過在幽暗的房間裡，根本沒有人會去注意那種東西，我的計畫立刻成功。家用照明燈熄滅的同時，我抓起風神像往沙上一按。然後，趁電來了，唱片開始放出音樂，大家嚇了一跳，都往外跑的空檔，我再把風神和雷神像換回來……

可是誰知道，金田一耕助那頂討人厭的破帽子罩住瓶口。不管我怎麼試，就是沒辦法把雷神像拿出來。如果硬扯，帽子恐怕會破掉。再加上，這時有人來了，我只好暫時打消掉包的念頭。

那時，我完全不瞭解金田一耕助，看到他爲了把帽子拿下來，跟花瓶纏鬥的樣子，我眞是流了一身冷汗。花瓶只要一倒，裡面的雷神像就會發出鏘啷鏘啷的聲響，事後金田一耕助細想，必定會起疑。

這先按下不表。話說，那晚無論如何都要將風神和雷神像換過來的我，等大家都睡著後，偷偷溜到練習室前面。練習室的門關著，裡面沒開燈，我心想玉蟲公丸一定回去睡覺了。我從花瓶裡面拿出雷神像，打開門。門後面的布簾是放下的，我穿過布簾，進到房間裡，就在此時——

「是誰！」

伴隨著尖銳的喊叫，電燈亮了。

當時玉蟲公丸還在練習室裡。那一瞬間，我就像被鎖鏈捆住，動彈不得，玉蟲公丸也一樣。

我們無言地瞪著彼此半晌，玉蟲公丸瞥見我手上的雷神像，隨即回頭看向背後的風神像。他是個聰明人，光這一瞥就識破火焰太鼓的機關。他拿起風神像，打算查看底部，這一瞬間，我舉起雷神像，朝玉蟲公丸砸去。當時我的精神狀態如同戰場上被下令背水一戰的士兵，無法形容的憤怒和憎恨驅使著我。

美禰子啊。

妳很清楚那房間的慘狀吧，不過玉蟲公丸的傷勢並沒有那麼嚴重。只是最初的一擊打中他的臉，流了很多鼻血而已。

話說，我把玉蟲公丸壓在沙缽上，正想繼續打下去時，他在底下掙扎著，質問我是誰。我把嘴巴貼近他的耳朵，輕聲說出我是誰，勝負立判。

就像椿子爵一樣，玉蟲伯爵知道我的身世時，宛如被撒上鹽的菜葉，瞬間萎縮。所以我才覺得，不需要繼續跟他纏鬥下去。把名譽看得比誰還重的他，不可能叫人來，把我扭送法辦。他不可能自找麻煩。

於是，我們達成某項協議。我以守住自己的身世祕密爲代價，伯爵則保證我的將來。如果伯爵的眼中沒流露可疑的殺氣，或許我會滿足地離開。只要離開這個家，或許充塞在我體內的危險殺機會變淡。

達成這樣的協議後，我打算走出房間。就在此時，我不經意地回頭，卻在伯爵的眼中瞥到極其可怕的凶光。

我嚇了一跳，發現伯爵萌生的殺意比我還重。我很清楚玉蟲公丸是怎樣的人，只要他想做，什麼事都做得出來。殺死我，對他而言根本不算什麼。而且，沒人知道我的身世，就算我的屍體被找到，也沒人會懷疑玉蟲公丸……

我的心意瞬間改變。不，應該說之前隱約感到的殺機，這下總算清楚呈現。

離開房間後，我聽到伯爵從裡面關門、放下門閂、扣上門鉤的聲音，然後布簾也被拉下。恐怕伯爵必須思考一下，如何跟菊江和其他人解釋臉上的傷是怎麼來的。

我也想了一下，然後我把放花瓶的那座台子搬到門口，爬上去，透過氣窗窺探裡面……

（筆者按，接下來的部分，金田一耕助已實驗過，就此省略。）

所以，那晚殺害玉蟲公丸的事，完全在我的計畫之外。如果一開始就打算殺人，我就不會叫飯尾豐三郎來家裡閒晃了。

利用火焰太鼓的圖案和笛聲，以秌子夫人爲中心，引起這家人的恐慌，再讓他們瞥見疑似椿子爵的人物，替可怕的龍點上眼睛，這是我當時幼稚的構想。

如果椿家發生命案，飯尾肯定會懷疑到我的身上。光是這樣就對我不利，更何況，萬一飯尾被抓，我的計畫不就曝光了？這件事可證明，那晚確實是突發的狀況，妳應該會相信我吧？

殺新宮利彥的時候也是這樣。

殺死玉蟲伯爵之後，我就不斷累積對那男人的殺意，不斷琢磨我的計畫。石頭已滾下山坡，不滾到盡頭是不會停止的，我心裡很清楚。不過，我也沒料到會在那晚殺了他。

那晚，我比其他人以爲的還要早回來。通常這種時候，我都會從圍牆的破洞進出家裡，這樣才不會驚動守門的刑警和其他人。

話說，我從破洞進入，繞去後門的途中，正好經過可遠遠看到秌子夫人房間的位置。這時，我突然撞見新宮利彥在那附近探頭探腦，然後他悄悄把那房間的門一關。沒多久，房裡的燈就暗下。

接下來的事我就不用寫了，那正是我叫他「畜生」的原因。我的胸口快要因憎惡而裂開了。

我埋伏在路上，等那男人搶了母親的戒指出來後，一把將他拖進溫室。寡廉鮮恥如他，知道自己的醜事被撞見，不禁臉色發白，全身顫抖。告訴他我是誰之後，我就拿起藏在溫室的風神像，打倒呆若木雞的他。那傢伙一下就倒地，像個孩子似地哇哇痛哭。我騎到他身上，慢條斯理地勒緊他的脖子。

殺玉蟲伯爵的時候也一樣，不過殺死新宮利彥後，我真的一點都不後悔。相反的，我覺得非常痛快，彷彿自己替世界除了害。不，我後悔沒用更殘忍的手段殺死他。

接下來的事，現在寫也來不及了。有點遺憾的是，早知道報復新宮利彥的機會這麼早到來，我就不用殺死阿駒。我害怕阿駒會洩漏我的身世，讓我失去殺害新宮利彥的機會，才命令飯尾豐三郎去取阿駒的性命……

飯尾我已處理掉。他的屍體早晚會在增上寺的花園裡被發現，只是警察會不會知道那就是飯尾呢？殺害母親的準備也已完成，石頭終究會滾到它該滾的地方。

如今只剩下我自己了。我將會如何呢？是被抓起來，送上絞刑台？還是，在那之前，先自我了斷？怎樣都行，反正我也不想活得太長。

可是，美禰子啊。

妳一定要活下去。知道這麼殘酷的事實後，要堅強地活下去的確很困難。不過，妳一定能熬過去。一彥雖然沒有妳那麼堅強，但華子夫人一定會支持他。哈……這似乎不是惡魔該講的話。

美禰子啊，永別了。

一彥啊，永別了。

30 CHAPTER — 第三十章

# 惡魔的笛聲結束了

三島東太郎——即河村治雄的遺書，在一切都結束的數天之後找到了。看過遺書的，只有美禰子、一彥、華子夫人、金田一耕助和等等力警部五個人。

在那充滿各種回憶的客廳裡，由美禰子代爲朗讀，其他四人仔細聆聽。

美禰子、一彥和華子夫人，都耐心地等待這悲慘紀錄的結束，不過提到新宮利彥死前的無恥惡行時，眾人都嚇了一跳，面面相覷。華子夫人的臉色蒼白，幾乎就要痛哭失聲。

等等力警部嘆了一口氣，「金田一先生，你早就知道這件事嗎？」

金田一耕助也嘆了一口氣，回答：「也不是說早就知道，應該是猜到……有這樣的懷疑。那晚，目賀博士和烁子夫人就寢前發生爭執，打那時候起……」

這時，金田一耕助突然猛烈咳嗽起來，「抱歉。總之，我們先把遺書讀完吧？美禰子小姐，妳還有念下去的勇氣嗎？」

「是，我繼續唸下去。」美禰子勉強展現堅強的意志。

就這樣，美禰子讀完長長的遺書，之後大家沉默許久。華子夫人似乎只要一想到就全身顫抖，不停啜泣。一彥則坐在沙發上，雙手抱著頭。

美禰子悄悄走到一彥的身邊，把手搭在他的肩上。

「一彥，你不需要這麼苦惱。你的父親是個壞蛋，但你母親是個了不起的人。有人說，男孩子從母親那裡繼承到的血液，會比從父親那裡的多，你應該也知道吧？相反的，女孩子繼承父親的要比母親的多。幸好我是女孩子，我身上父親的血要比母親的多。雖然我父親是個軟弱的人，卻也是個正直、善良的人，你應該不否認吧？」
一彥用力點頭，隨著脖子的擺動，大顆大顆的眼淚滴落在地板上。
「謝謝。不要哭了，舅媽也要振作起來，今後我只能依靠舅媽了。」
「對不起，美禰子。」
「我們盡快處理掉這棟房子吧。不管多小都沒關係，三個人搬到明亮、陽光照得到的地方，把這一身陰霾洗乾淨吧。」
接著，美禰子面向金田一耕助，說道：「金田一先生，一切算是結束了。只是，在那之前，我還有一個問題想請教你。」
「什麼問題？」
「你怎會知道那件事？我母親……和舅舅的事……」
金田一耕助嚇了一跳，原本想轉移話題，不過美禰子眼中的堅決打敗了他。這個女孩什麼都想知道。
「美禰子小姐，那是因爲夾著令尊遺書的那本《威廉．邁斯特的學生時代》。」
「威廉．邁斯特……？」
「是的，妳也知道吧。書裡寫的是，不知彼此有血緣關係的兄妹墜入情網，生下孩子，然後三個孩子各自有段不幸遭遇的故事。考慮到令尊的個性，我發覺他生前的一言一行似乎都含有某種暗示。因此，建議妳讀這部作品，該不會也有什麼暗示？於是，我讀了那本書，發現駭人聽聞的戀愛故事。再把其他的事綜合起來一想，我猜到三島東太郎可能和一彥是兄弟，同時又和妳是兄妹。總之，那都過去了。」

「是的，都過去了。金田一先生，謝謝你。」

不可思議的是，知道如此黑暗的事實後，金田一耕助第一次見到美禰子時，她身上散發的不祥黑氣反而消失了。

話說回來，三島東太郎——即河村治雄，後來怎麼了？

爲了交代這件事，筆者必須中途打岔一下，接著第二十八章的後面繼續講下去。

三島東太郎坦承一切罪行後，轉身面對一彥，如此說道：

「一彥，請你打開最下面的那只皮箱，黃金長笛應該就在裡面。」

一彥看了看金田一耕助和等等力警部的反應後，從東太郎指示的那只皮箱裡，拿出黃金長笛。

東太郎接過長笛，脫下手套。「金田一先生，」他轉向耕助，說道：「你怎麼不找人——或是找一彥吹吹看那首〈惡魔前來吹笛〉呢？只要你見過它被吹奏的樣子，馬上就能知道椿子爵口中的惡魔是誰。現在我吹一遍給你看，請仔細觀察我手指的動作。」

東太郎把口對準笛子的吹嘴，吹奏起那首可怕的曲子。

震驚世人的悲慘大案即將落幕，這首曲子眞是最好的配樂。

密閉、幽暗的客廳裡，那充滿詛咒、怨恨的瘋狂曲調越升越高，雖然每個人都看過渾身是血的屍體好幾次，此刻感受到的陰森鬼氣卻比那些還要可怕。

不過，這時讓金田一耕助心跳加速的卻是另一件事。

曲子繼續吹下去，吹到一半，然後終於接近尾聲，東太郎斷掉的中指和小指從未派上用場。

金田一耕助恍然大悟，就像有人用燒紅的鐵叉往他的腦門一插。

這麼說來，椿子爵當初創作〈惡魔前來吹笛〉的時候，就設定即使不用右手的中指和無名指也能吹奏了。他就是以這種方式來暗示惡魔的身分嗎？

驚訝之餘，耕助正想開口，不料嘴還對著黃金長笛的三島東太郎猶如枯木，往地上倒去。

他用同夥飯尾豐三郎在「天銀堂」下的那種藥，結束了自己的性命。

就這樣，隨著笛聲的結束，突然拜訪椿家的惡魔也同時離開人世。

原著書名／悪魔が來りて笛を吹く・作者／橫溝正史・翻譯／婁美蓮・責任編輯／張麗嫺（初版）、陳盈竹（二版）・行銷業務部／徐慧芬、陳紫晴・編輯總監／劉麗眞・事業群總經理／謝至平・榮譽社長／詹宏志・發行人／何飛鵬・出版／獨步文化 城邦文化事業股份有限公司 115 台北市南港區昆陽街 16 號 4 樓 電話／(02) 2500-7696 傳眞／(02) 2500-1951・發行／英屬蓋曼群島商家庭傳媒股份有限公司城邦分公司 115 台北市南港區昆陽街 16 號 8 樓・讀者服務專線／(02)2500-7718; 2500-7719・服務時間／週一至週五：09：30-12：00、13：30-17：00・24小時傳眞服務／(02)2500-1990; 2500-1991・讀者服務信箱 E-mail／service@readingclub.com.tw・劃撥帳號／19863813 書虫股份有限公司・香港發行所／城邦（香港）出版集團有限公司 香港九龍土瓜灣土瓜灣道 86 號順聯工業大廈 6 樓 A 室 電話／(852) 25086231 傳眞／(852) 25789337・馬新發行所／城邦（馬新）出版集團 Cite (M) Sdn. Bhd. 41, Jalan Radin Anum, Bandar Baru Seri Petaling, 57000 Kuala Lumpur, Malaysia. 電話／(603) 90563833 傳眞／(603) 90576622・封面設計／高偉哲・排版／游淑萍・印刷／中原造像股份有限公司・2006年5月初版・2022年6月二版・2024年8月6日二版二刷・定價／450 元 ISBN 978-626-7073-52-0（平裝） ISBN 9786267073551（EPUB） Printed in Taiwan

# 惡魔前來吹笛

日本推理—大師—經典

AKUMA GA KITARITE FUE O FUKU

 ISBN 978-626-7073-52-0（平裝） ISBN 9786267073551（EPUB）

國家圖書館出版品預行編目資料

惡魔前來吹笛／橫溝正史著；婁美蓮譯．二版．-- 臺北市：獨步文化：家庭傳媒城邦分公司發行，2022〔民111〕

面；　公分．（日本推理大師經典；06）

譯自：悪魔が來りて笛を吹く

ISBN 978-626-7073-52-0（平裝）

ISBN 9786267073551（EPUB）

861.57　　111005126

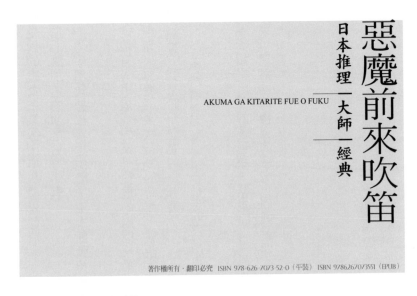